你想激荡，你想开怀，你想向上，
你想绽放，你真有胆，你就来阅读——

长篇小说《镜像》……

镜像

陈新 /著

江西教育出版社
JIANGXI EDUCATION PUBLISHING HOUSE

图书在版编目（ＣＩＰ）数据

镜像 / 陈新著. --南昌：江西教育出版社，
2016.6

ISBN 978-7-5392-8787-4

Ⅰ．①镜… Ⅱ．①陈… Ⅲ．①长篇小说－中国－当代
Ⅳ．①I247.5

中国版本图书馆 CIP 数据核字(2016)第 131271 号

镜像
JINGXIANG

陈新　著

江西教育出版社出版

(南昌市抚河北路 291 号　　邮编：330008)

各地新华书店经销

江西省和平印务有限公司印刷

720 毫米×1000 毫米　　16 开本　　17.5 印张　　字数 260 千字

2016 年 11 月第 1 版　　2016 年 11 月第 2 次印刷　　印数 20000 册

ISBN 978-7-5392-8787-4

定价：28.00 元

赣教版图书如有印装质量问题，请向我社调换　　电话：0791-86710427

投稿邮箱：JXJYCBS@163.com　　　　电话：0791-86705643

网址：http://www.jxeph.com

赣版权登字-02-2016-526

长篇小说《镜像》
中国版的《麦田里的守望者》

在当下的语境中，《镜像》的发表与出版，是一件值得重视的文学事件。一部长篇小说能够给我们带来对生活的洞见，已经是非常难得了，何况，这部书的语言幽默风趣，文字隽永灵动，故事跌宕起伏，情节曲折透迤，结构新颖奇巧。有泪有痛，有苦有甜，有悲有喜，有传统有潮流，温馨、大气，活泼也稳重，雅俗共赏。文坛中人会为他的手艺叫绝，而普遍大众则能够得到对生活滋味的新认识，不失为一部当代长篇小说佳作。

——邱华栋

（著名作家，鲁迅文学院常务副院长、《人民文学》前副主编）

序

时间深处的爱与痛

邱华栋

  作家陈新在《知音》杂志工作了多年,我知道。《知音》是这些年办得非常好、非常有趣的一本畅销杂志。说它"有趣",是因为我只有在理发店理发的时候,才读这本杂志。每次理发,我都要问理发店要这本杂志,理发师很快就给我拿来一本,而且,我是常常在各地出差的时候去理发,让全国各地的理发师给我理发。我发现,各地很多理发店,都有《知音》这本杂志,男的女的来理发做头发,很多人手里都拿着一本《知音》在看。就这样,出了理发店,我就再也没有看过这本杂志。

  这是不是很有趣?我觉得很有意思。那么,《知音》的从业编辑和作者陈新,他的文风是不是要受到《知音》的影响呢?这是我脑海里浮现出来的一个疑问。

  因此,陈新后来写小说,我以为是和《知音》上发表的那些或者曲折或者离奇或者要死要活以及惊天地泣鬼神的故事大有联系的。但等到我拿到他的新长篇《镜像》的稿子，还是吃了一惊，因为，这本书的文学品质非常突出，无论是人物还是结构，语言和叙述的技巧，都是非常"纯文学"的。

《镜像》，仅这部长篇小说的名字，我就觉得挺有段位的，其形式感特别强，已经挑战了难度。《镜像》之所以叫做镜像，指的是什么？既指的内容，也指的成长，还指的结构。

小说的开始，描述了在一个炎炎夏日里，一个带着外省口音的老太婆不慎跌倒了，就在人们避之不及，恐招麻烦之时，一个善良而勤劳，正在卖报的成都女孩见状，义无反顾地去搀扶她，又是给钱又是给饮料，力所能及地帮助老人。

然而，正如世故的人们所料想的那样，成都女孩的好心真被那个外省来蓉的老太婆给讹诈上了……

这个类同于农夫和蛇的故事，从寓言中走了出来，走进了真实的生活中，变成了阳光下一个如鬼魅附身的魔梦，形影不离地折磨着主人公，那个成都女孩"我"。

曾经的"我"多想当一个好学生好孩子，可现实如同幻像，烦恼总是寸步不离。

甚至，种种巧合，还将"我"逼得走投无路，生不如死，被迫转学，从此遁迹……

这个悲情的故事曲折动人，貌似已经是小说的结尾，其实恰恰是小说的开头。

《镜像》讲述了两组如发辫般交集、曲折的人物故事：

豆蔻春初，积极向上的王恩玫成长的过程中吃了不少苦头：考试没作弊，却遭遇魔幻之冤奇葩之祸；想成好学生，却每每弄巧成拙事与愿违；好心扶起跌倒的老太婆，却被恩将仇报被迫转学……

屡遭摧折的袁倩，意欲破罐子破摔，命运却对她厚爱：写作文嘲讽老师，老师没责罚她还嘉奖她；把班主任捉弄哭，班主任却向她道歉；不想好好学习，老师却激发她的兴趣，使她成了学科尖子……

两个女孩子同时推进互不关联的两组故事，貌似远之天壤，岂知真实距离，却仅隔时间之墙。

每个家庭都有孩子，每个孩子都会是长辈心上的肉，他们成长过程中的风风雨雨都会牵动长辈的心。他们的或优或劣，都是长辈们的喜怒哀乐。

孩子优，则爱之切；孩子劣，则痛之深。

可是家长们想过没有，这世间没有差的孩子差的学生，只有差的家长差的老师，以及差的教育环境和差的教育模式。

如今，学生读物中远离现实的科幻小说、童话小说，以及猎奇怪诞闯荡历险等图书琳琅满目,但真正贴近当下孩子的心灵、与现实生活紧密结合、有泪有痛,有苦有甜,有悲有喜,有传统有潮流的成长小说却并不多,尤其是好的成长小说更是凤毛麟角。

《镜像》是一部青春励志长篇小说,是一部真正关注当下青少年酸甜苦辣的书。其实,这仅只是表象,该小说真切的内涵远非如此。

小说通过不含杂质的少女之眼,来观察当下生活中的欢乐与痛苦,观察成人世界的虚伪与矫情,观察传统道德的沦丧和挣扎,是花季一代颠沛流离仍执念希望的心灵成长史,是面对令人啼笑皆非的痛苦遭遇时却仍矢志前行的奋斗史。

每个人的心中都住着一个童年,每个成人心中都有一个儿童,每个人的情感都留存着纯真,不管多伟大的作品,最打动人处还是其故事的本真和思想的纯净。虽然程度不一样,但美好的东西没有人不爱,因而,这部小说视角虽是少女的,各色人物是虚构的,但故事的背景却是现实的,也因此读者的构成也是老少咸宜的。

《镜像》弘扬真善美针砭假恶丑,既是现实生活的精准写真,又是现实生活的艺术再现。语言幽默风趣、隽永灵动,情节身临其境直击内心,能给人超越平庸的阅读快感。

当然,《镜像》最值得一提的还是新颖的叙事结构。

诺贝尔文学奖得主莫言在一篇名叫《捍卫长篇小说的尊严》的文章中说,"长篇小说的难度,是指艺术上的原创性,原创的总是陌生的,总是要求读者动点脑子的,总是要比阅读那些轻软滑溜的小说来得痛苦和艰难,难也是指结构上的难,语言上的难,思想上的难。"

"长篇小说的结构,当然可以平铺直叙,这是那些批判现实主义的经典作家的习惯写法。这也是一种颇为省事的写法。结构从来就不是单纯的形式,它有时候就是内容。长篇小说的结构是长篇小说艺术的重要组成部分,是作家丰沛想象力的表现。好的结构,能够凸现故事的意义,也能够改变故事的单一意义。好的结构,可以超越故事,也可以解构故事。我们之所以在那些长篇经典作家之后,还可以写作长篇,从某种意义上说,就在于我们还可以在长篇的结构方面展示才华。"

传统的小说结构多是线性的,单线的,如下水道般笔直了然又索然,少了河流般的蜿蜒秀丽,以及沿岸润泽的似锦繁花。

但《镜像》的结构却一反惯常的线性叙事、单线叙事司空见惯的浅鄙及沉疴,采用了一种打乱顺序、时间切分并重新组合的叙述方式,让两个不同纬度的故事,隔着岁月之墙,机巧地穿越并交织到同一平面,不露声色地推进。扼腕难忘的回忆和触手可及的现实,靠挥之不去的魇梦、靠意象之花栀子、靠纯洁流淌的本真牢牢地联系在一起,两个不同时空的人与事,到同一个平面叙事、演绎,既立体又魔幻。

小说的结局,过去与现在巧妙地融会,实景与镜像珠联璧合,隔着时空的两个主人公也出人意料地合二为一,让一直追索答案的读者恍然大悟赞叹击节……

人生从不顺境,难免偶尔孤寂。回望岁月,甚至沉缅于曾经的摧折之痛之中。但过去和现在,何尝不是两两相望的镜像。

好在,曾经挥之不去的魇梦,最终会在时间的阳光中消散。光明,亦会拂去阴霾的旧尘。

清逸而纯粹的芬芳,是最鲜艳的绽放方式;诚实而善良的心灵,是所有美好的伊始。

镜像的叙事,情致盎然,鲜艳始终。

镜像是虚幻的,镜像又是真实的。

镜像,是时间之像,陈列着肆意奔放的过去,开启着芬芳飘荡的未来。由此可见,作家陈新创作这部长篇小说是有野心的,他不是为了故事堆砌而创作,而是为了传递一种思想而创作;他不是为了轻松又最易令人乏味的阅读潮流而创作,而是独辟蹊径讲究时间切分技巧而创作。

在当下的语境中,《镜像》的发表与出版,是一件值得重视的文学事件。一部长篇小说能够给我们带来对生活的洞见,已经是非常难得了,何况,这部书的语言幽默风趣,文字隽永灵动,故事跌宕起伏,情节曲折逶迤,结构新颖奇巧。有泪有痛,有苦有甜,有悲有喜,有传统有潮流,温馨、大气,活泼也稳重,雅俗共赏,文坛中人会为他的手艺叫绝,而普通大众则能够得到对生活滋味的新认识,不失为一部当代长篇小说佳作。

最近,我去成都出差,碰巧见到了陈新。这个在武汉生活了很多年的四川男人,很有喜感:锃亮的光头闪耀着光芒,睿智的眼神温和而亲善,看他那感觉,似乎是从生活的荆棘丛里出来之后的一种如释重负和坦然放松的感觉。但才过不惑之年的陈新,似乎对自己锃亮的光头十分不满,他甚至为自己的"发型"感到了痛彻心肺,我觉得,这就是一个优秀作家的自嘲和喜感了。而这种能够审视和打量自己的感觉,最适合来写小说了。放下了架子,卸掉了重担,展开了想象,捕获了语言,塑造了人物,铺陈了故事,创造了一个自足的文学世界。这就是这本书,这就是有趣的、有意思的陈新给我们带来的惊喜。

4,21 日,2016.

(邱华栋,著名作家,鲁迅文学院常务副院长、《人民文学》前副主编)

目录 CONTENTS

目录 CONTENTS

引子

扼腕自娱的春天

"你要再不听话,老子崩了你!"

一个人恶狠狠地对她说。

说话间,一支乌黑的手枪枪管顶着她的太阳穴。

面对威胁,生死攸关的她毫不示弱,犹当这支手枪是塑料枪一般。

甚至,她也用同样的一支手枪指着对方的太阳穴,向对方说着同样威胁的话。

表情同样恶狠狠……

镜像。

枪,是一只塑料玩具枪。

欢乐与痛苦,皆是自娱自乐。

嗯,别忘了它,今天有太阳,别让它被晒坏了。

想到这里,她将飘窗上的一盆植物挪了位置,放在了书桌旁的阴凉处。

那是一盆栀子。

叶片葳蕤、含苞待放。

镜像
JINGXIANG

上部

第一章

由浅入深的孤独

一

军训风波

"哪个同学能回答军训的意义？"

威风凛凛的教官傲视训练场上一大片树桩般坐在小板凳上，正在接受军训前动员课的田家中学初中新生。

毒日当空，晒得蝉声扳命。

教官声音落处，满场静寂，只有蝉声汗流声鼻息声凌乱且无主题地变奏。

天似穹庐，辽远而茫然。

"我来回答吧！"

正在教官扫视鸦雀无声的那一大片树桩的时候，有一个人自告奋勇地举起手说。

那阵仗，恰似一截浑圆的乌木兀地葱绿。

说话者长得胖乎乎、黑黢黢的，他那肤色，真是生灵涂"炭"，活脱脱一个小李逵。

此人貌不惊人，声音却如同宁静中打碎一大块玻璃，尖利而扎心。挨着他坐的王恩玫心里充满了鄙视，觉得他是一个爱出风头的"颤翎子"。

"颤翎子"是四川方言。本指川剧中武将头盔上用野鸡尾巴羽毛所制的饰品。

这种野鸡翎子长约一米五六，武将上台后为展示英发雄姿，往往把这两根翎子抖出不同花样。陆逊火烧连营后便是如此，得意忘形之状令人生厌。因而，"颤翎子"后来被百姓演绎成了爱表现自己，爱出风头的男人。

竟然有同学主动请缨，教官既意外，又兴奋，脸上的汗滴在太阳光的照射下，珍珠般闪亮："这位同学好样的，那你站起来回答一下吧！"

那个黑胖同学"噌"地一下站起来，一股被汗臭濡染的湿气浪袭四周。

然而，挨着他坐的同学心中的厌恶，很快被他字词有力的回答转移了注意力："我想军训的意义，主要是锻炼意志、培养纪律性的。坚强的意志和严格的纪律性会使人一生受益无穷。著名的美国西点军校培养出了大量著名的政治家、企业家，我们从中便可以看出接受军事化教育及管理的好处。"

"这位勇敢的同学回答得很不错，大家鼓掌欢迎！"黑胖同学话音刚落，教官带头鼓起掌来，他脸上、额头上的"珍珠"随着他鼓掌的动作在滴落："勇敢是军人最基本的素质，大家可以向这位同学学习，勇于发言。哦，对了，同学，你叫啥名字？"

"我叫胡继勋。'胡'是'不教胡马渡阴山'的'胡'；'继'是'前仆后继'的'继'；'勋'是'建立功勋'的'勋'。"

虽刚进学校，但这个名叫胡继勋的同学却让王恩玫记住了。记住他的原因不是因为他长得黑，长得胖，像非洲人，而是因为他嘴很臭。

就在军训前，大家接受军训动员课前，整齐集合后，班主任老师与手里拿着一本小册子的军训教官正在交流着什么的时候，王恩玫清晰地听到有人偷偷地议论着什么。蝉声悠扬，张扬着刚刚脱壳的新鲜。

"好漂亮的女生啊！长得就像仙女一样。"

"你说的是哪个女生呀？"

"噜，就是站我们后面那个女生呀！"

他们说谁呢？王恩玫很奇怪。正在这时，她看到站在她前面那两个正在说话的男生齐齐转过脸来朝着她看。匆匆地扫描一眼之后又转过头去。这两个男生一黑一白，一胖一瘦，就像传说中的黑白无常。

"这也算仙女吗？是蟾宫里的仙女吧？""黑无常"说。她看不见"黑无常"说话的表情，但从语气中能感知充满鄙夷："美得惊天地泣鬼神的。"

"为啥是蟾宫里的仙女呢？"

"白无常"看来要蠢些，一时间没明白"黑无常"话中的意思。

"你没见她脸上有骚籽籽吗？那么多红疙瘩，就像癞巴狗一样。"

"啥骚籽籽哟？那叫痤疮，又叫青春痘。"

"就是那么个意思。再漂亮的女生，只要脸上有了青春痘，其漂亮指数都要大打折扣。"

"反正我就觉得她是美女，一个很地道的美女。即使脸上有骚籽籽，也瑕不掩玉。"

"一个很地道的美女？嗯，也许你说得没错，因为地道美女只有在地道里才算美女，你知道为什么吗？原因在于地道里没灯。还有，癞巴狗通常就喜欢生活在地道里。"

王恩玫忍无可忍："你这两头猪能说人话吗？"

"黑无常""呲呲"一笑："哥从来就不说人话，因为哥一直说的是神话！"

"你就是一个神经，当然所说的话便是神话了。'神话'、'神话'，神经病说的话！"

王恩玫真想踹这"只""黑无常"一脚！他为啥不向那"只""白无常"，不，那个最起码知道尊重人，尊重事实，心态随和的白面书生学一学，省省自己乱喷的臭嘴呢？

她一想到这事，心里还恨恨的。这黑胖小子真是可恶！你说女孩子什么都没关系，可就是不能说她丑，说她丑，这不是要她的命了吗？

王恩玫觉得真奇怪，军训动员课之前，这"黑无常"站在自己前面，现在军训训话课上，"黑无常"又在自己前面。

真是冤家路窄啊！这个没有涵养的来自煤灰世界的臭小子，我得教训教训他！

可是怎么教训呢？难道无缘无故地把先前准备踹他那一脚给补上？不成啊！威严的教官在上，怎可造次？

要打，咱就打暗拳！俗话说，英雄不用暗招，那是因为英雄还有招。英雄无招时用暗招，那便是使绝招。武侠小说里不都是这样说的吗？

正在这时，王恩玫的思路被瞬间打断。

"切……"同学们听了黑胖子飘飘然的解释后，发出了轻蔑的声音。

"好，胡继勋同学，不错，不错。坐下吧。"

这有啥不错的？王恩玫心里不以为然。这不就是军训前事先在网上查过学生军训的意义吗？好！我有主意了！王恩玫脑海中灵光乍现，决定让这个"黑无常"超能量地绽放一下，吃点说不出口的小苦头。

想到这里，王恩玫在胡继勋坐下之前那短暂的片刻，迅速将他先前坐着的那张塑料小凳抽走。处在兴奋中的胡继勋全然没有注意到自己"后院失火"，屁股"坐失城池"，志得意满地班师回朝之时，一下子摔了个大屁股墩儿，像一只乌龟四肢朝天……

赤日炎炎，烤得云也躲了起来。

王恩玫像一张被晒蔫的莲藕叶，无精打采地融进一片移动着的花丛草丛之中。

花丛草丛如银河，花朵草儿如星辰，密密麻麻地流动，但却大同小异，无甚特色。

其实，王恩玫自己也并非绿叶，而是这一大群移动着的散发着汗酸臭味的花儿草儿之一。

这是九月，新生开学的日子，校园里的第一组镜头。

新的学校，陌生的景致如城市的雾一样迷离，王恩玫的心左跳右跳，就像一只惊恐的小兽，无所适从。她好想跳出这种惘乱，可囚着小兽的笼子外面，又是怎样的世界呢？

老师说，从小学升入初中，我们又长大了一截。其实在王恩玫看来，自己长大没长大并不明显，倒是长黑了一截——半个月军训下来，他们全都变成了非洲人，或者准非洲人，起码也成了南亚人，脸上和身上未被衣服遮住的地方都如同涂上了太阳赐予的"煤炭灰"。

"人黑有什么关系呢？晒得黑，健康色。"

每当有人说自己被军训晒黑而倍感遗憾之时，班主任李檀便这样说。

李檀是英语老师，30多岁，此人很有特点：胖乎乎的他本来长着一张马脸，眼睛又小，眯缝着，似乎总也睁不开，但他却还将头发做成富士山那样朝天冲的形状，且在头发上喷上发胶，弄得纹丝不动，远远看去，那脑袋不是脑袋，是一根胖冬瓜，是一支奥运会火炬。

李檀为啥这么在意头发的造型，总是执著地给头发打上发胶呢？同学们分析来分析去后觉得，那是他死要面子，或者有强迫性精神病，程度已到达"血可流，头可断，发型不能乱"的程度。

李檀的肤色，就跟他这名字中的"檀"一样，黑红黑红的。所以，在皮肤较白的王恩玫眼中，这个颈子上顶着一根黑色冬瓜、一支奥运会火炬头的老师不怕被太阳晒黑，那不过是他已经再也晒不黑了，不过是"乌鸦不嫌猪的黑"。

用这个歇后语来形容班主任，如果不是王恩玫没修养，便是她与李檀不对付。

当然，原因是后者。

说到这里，就不得不说到前面刚刚提到的那个"黑无常"，真名叫胡继勋的同学。

胡继勋长得黑也就罢了，可他脸上却还残留着没有进化完全的痕迹。比如那张脸吧，长得就像一艘船，中间鼓两头尖；下巴呢，像一个水瓢把子，不过有了这个下巴，他那张脸倒也更像船了；他那眼睛吧，大还是挺大的，还是双眼皮，可装在他那脸上，实在有些不太协调，像影视片中外星人的眼睛；还有那鼻子，肥硕得就像一座大户人家的祖坟，摆在"船"的中央；嘴巴呢？当然是那座大户人家的祖坟被盗墓贼掏出的一个大洞；他那耳朵呢，则像两片船帆一样地支在脑袋的两侧，却又比常人的耳朵多了一种招风的功能……

这个相貌级别的年代分级，那真是史前一万年啊！

王恩玫每次看到胡继勋那张脸，都盼望着能将之"像素"或分辨率调低一些。那张脸大大地超出了她的想象能力，太像一个凌乱不堪的建筑工地了，更像一个烂尾工程……

王恩玫性格开朗，是个鬼精灵，人漂亮，明眸皓齿，笑靥如花，身材婀娜，像一个青幽的古瓷瓶，但人却并不内秀，脸上有"黑无常"胡继勋所说的那些

"骚籽籽",肚里装着不少拿人取乐的鬼点子。

胡继勋呢,性格也开朗,不过他"开朗"得有些张扬和自以为是,让王恩玫眼中如揉沙子。更何况,胡继勋竟然说王恩玫长得像癞巴狗。她总想收拾收拾这个爱抖羽毛的黑孔雀,杀杀他的威风。也因此,这两个性格开朗的人,本该惺惺相惜,却从此相生相克。

良好的开端是成功的一半,做事如此,友情、印象也是如此。

军训时,平时好动,想法怪异的王恩玫便直接破坏了自己给李檀的第一印象:她挪开"黑无常"屁股下的塑料小凳之后,那只黑孔雀毫无悬念地像一砣劣质的石头遽然砸在地上,摔了一个大屁股墩儿。

这个太精彩了,俨然一只四脚朝天的大乌龟啊!又像是掉进墨池被捞起来有着五片花瓣的桃花。这个造型,喜感十足,立时让全体同学的哈哈大笑。

然而,只是一瞬间,"黑无常"尖厉、惨烈且令人心惊肉跳的叫声,便把尚未真正意义上正式开始的军训,叫成了一锅粥。

摔个屁股墩儿就摔个屁股墩儿吧,爬起来,拍拍身上的灰尘 振作疲惫的精神,有啥大不了的。无非就是地面疼一下,屁股被按摩一下而已啊。但胡继勋这一下摔,不仅摔了个大屁股墩儿,摔出了同学们的欢乐和极不严肃的喜庆,摔肿了他那肥硕的"坐墩肉"——竟然还把左手臂给摔骨折了,成了折翅的孔雀。

原来,在"黑孔雀"屁股上的"坐墩肉"没有找到塑料凳子这张"案板"之时,身体产生了应急反应,便用左手去撑地,结果由于他长得太胖,他那坨如同煤炭黑的肥膘便沉重地把他的左"翅膀"给涅槃了一下。而且,涅槃的结果没有令他脱胎换骨,破茧成蝶,却变成了脱臼断骨,化汗为泪。

于是一棵没有品相的校草,挂上了串串伤痛的露珠。

"黑无常"呀,算起来,你跟阎王的关系最铁、最近,可你却连自己的一只"翅膀"都保护不了,你的功能怎么这么弱小呀?干脆我今后还是叫你"黑孔雀"吧,你"颤"得这么凶,时常开屏,叫你"黑孔雀"更贴切。

奇葩绽放,夺人眼球。田家中学初一(二)班,一下子就有两个人名变成了两个名人,一个是胡继勋,一个是王恩玫。而且是全校的名人。

这一对活宝互为映衬,一正一反,各占一分为二辩证的一面,而他们的对称轴,便是班主任李檀。

宠物是人类情感的调节剂。

不少女孩子都喜欢养宠物,比如养猫猫,养狗狗,但王恩玫却不喜欢养宠物。

相比于养宠物,王恩玫更喜欢养花,比如栀子,她便很喜欢。

她喜欢栀子经年累月常青那种旺盛的生命力,以及绽放时厚重的纯洁、沁人心脾的芬芳。

"旱地莲花娇小,水盆栀子幽芳。"

朱自清一篇名叫《看花》的文章里,也对栀子花的评价甚高,"栀子花的香,浓而不烈,清而不淡"……因而,她坚持在自己的卧室里养了一盆栀子,平时也精心地呵护着它,视如自己的小妹妹。

新学季,新气象。除了学校是新的以外,被孤独喂养了一个暑假的王恩玫还在开学的第一天早晨,在自己家所在的楼下的冬青丛里,发现了一个同样孤独的新东西:那是一只长相悬崖峭壁瘦骨嶙峋的京巴狗。

看得出来,这只大约刚出生几个月的京巴,虽然身上脏得不成样子,但其毛色纯正,无有瑕疵。无奈肩胛处掉了一块学生所用三角板大的毛,露出鲜红的裸皮,估计因为这个原因被主人遗弃。

不过,这只京巴肩胛处那一块无毛的所在,看上去并不像是天生那么自然,而是触目惊心,更像是被开水烫过,脱痂后所致。

"汪!汪!"声叫得人心碎,叫得人心软。

王恩玫不喜欢养宠物,但看到这家伙实在可怜,她的内心还是被那一声声友好的叫唤刺扎得恻隐和疼痛,于是弯下腰来,把自己正吃的面包掰下一大块喂给这只小狗吃,继而又将自己手中的牛奶喂给这只小狗喝。无微不至,像个宠物保姆。

看到这只肩胛处没毛的京巴,王恩玫突然想到了一个古怪而又贴切的词"癞巴狗"。这个词虽然是"黑孔雀"用来踏谑自己的,但她觉得如果用到这只京巴身上,那其实再恰当不过了——那个没毛且鲜红的地方,的确像一个癞疤呀!

"好吧,我就给你取一个好听的名字吧,叫你'癞巴狗'如何?"王恩玫对正清澈无邪地望着她看的那只刚刚吃了一大块面包,喝了几大口牛奶后正在舔着嘴巴的小可怜说。

禽兽岂通人语？那只脏兮兮的京巴与王恩玫对望的眼睛里除了对食物仍充满渴望的眼神外，别无他物，自然对她的问话充耳不闻。

佛说：与你无缘的人，你与他说话再多也是废话。与你有缘的人，你的存在就能惊醒他所有的感觉。一份好的感情或友谊，不是追逐，而是相吸，不是纠缠，而是随意，不是游戏，而是珍惜。

"沉默？沉默就是默认哦！"京巴对自己的置若罔闻，王恩玫无奈地摇了摇头。

"汪！汪！"

"哈哈，你同意自己叫'癫巴狗'这个名字了？同意就好！同意就好！"

"癫巴狗？"

"汪！汪！"

"癫巴狗！"

"汪！汪！"

"你怎么刚进中学就给我惹出这么大的祸事啊？你读小学时便调皮捣蛋，原以为进中学后，人长大了些，应该收敛了，有女孩子的文静，哪知你还更加淘气，真是不可救药！"

军训第一天的情景是那么刻骨铭心。

难以捉摸的天空，先还毒日高照，但没过多久，便乌云密布，大地一片漆黑。天地间的距离薄得就如一张纸。

王恩玫那个脾气暴躁的妈在匆匆地乘公交车赶来之时，被淋成了落汤鸡，原本精心描黑的眉毛，以及细致打理的面霜，在暴雨中变得一塌糊涂，像一幅抽象画，滑稽可笑。

从教官口中得知事情原委后，王恩玫的妈妈被气得脸上的肉，跳动如刘翔跨栏。她一边用手擦拭着脸上粗大的水珠和如画坏的油画般的脸，一边咬牙切齿地训斥王恩玫，尖厉的声音如刀箭般扑来：

"你真是把我的脸都丢尽了！"

往日温情的目光，顿时变成了锋利的投枪，投枪们每一次暴戾的俯冲，都令王恩玫脆弱的心多上两个流血而惊恐的洞。

就在妈妈说话之时,军训部训导处的窗外吹进来一股热风。虽然仅是那么一丝丝儿,却也让王恩玫感到身上顷刻间汗涔涔的,奔涌的汗水,把她的脑子冲刷得一片空白。

成都的街上流淌着喧嚣和每个城市都一样的俗气。虽然自己身在室内,但王恩玫依然能够想象得出,阵阵烟尘正随川流不息的车流人流滚滚流动,浑浊的气息,让人烦躁、窒息。

夕阳曛黄,夜幕渐暝,压抑的墨黑如水浸漫。就像妈妈的情绪,亦像王恩玫的心情。

悚然面对,像一朵小花面对暴躁的春寒。王恩玫知道妈妈生气的原因,最主要的还不是她把“黑孔雀”的“翅膀”给折断了,而是把妈妈的钱给弄“折”了,让妈妈的心破碎如飘零的雪花。因为傻子也能猜得到,要去医院把“黑孔雀”那脆弱而肥硕的“翅膀”重新接起,会花掉一大笔钱的,起码几千块吧。

当然,王恩玫还知道妈妈心疼面子。在子女的教育问题上,不攀比面子的父母,还真难找。这个难找程度要比在学校食堂进行午饭搭餐时,在那些诸如韭黄炒肉、青椒回锅肉、笋子炒肉中寻找隐身遁形的肉丝、肉片、肉丁难多了。

妈妈的暴躁只要不变成暴力,不让她身上的肉疼,不让她身上的肉成为“笋子炒肉”的主料,无论妈妈心怎么疼,王恩玫都觉得无所谓。

不过,这事谁说得准呢?看妈妈那目光,不正磨刀霍霍吗?因而王恩玫心里越是惊恐,越是双手合十悲愁地不停祈祷:天苍苍,野茫茫,保佑我不变猪羊!

虽然,将站立着的同学的凳子挪走,令其坐下时摔个屁股墩儿的恶作剧并非王恩玫独创,更谈不上罪大恶极,但看到妈妈那个气势汹汹捶胸顿足的样子,王恩玫在那种浅层的无所谓之外,也情不自禁地在心里对自己说,今后类似的玩笑还是少开一些比较好。

否则,一个幽默的念想,便可能放逐成一个黑色的深渊。

二

阆苑仙葩

"又梦见你了，你孤独地被拴在简易的牛圈里，放草料的地方一无所有。这么热的天，你既没草吃，也无水喝，但你水灵灵的眼睛看我时只有渴望和亲切，无一丝怨愤。我的心蓦地好痛，泪流满面。在都市狼奔豕突，我遗忘你于贫苦的过去，多少年里，你却不时回到我的梦中，带我重归童真。我想你了，小伙伴黄牛。"

看到我爸写的这条微博，我觉得很可笑。你说你都是成年人了，还这么强拽着童年青涩的尾巴不放，还这么留恋童年的生活干吗？

童年时，我爸总爱嘲笑我一个人喜欢自言自语，认为我幼稚天真。其实，我爸写的这种内容的微博,难道不是自言自语吗?

看来,装腔作势的成人也有幼稚天真的一面啊!

我爸是贫穷与农事养大的汉子,身体里流动着乡野绿色的血脉,往事中的一草一木,一枝一叶,一禽一畜,总能让他心生温暖。

我承认,事物总是在回忆中才是最美的;可有时候,回忆中的事物也是残忍的。

当然,我是学生,要上微博是很困难的。虽然上电脑课时可以偷偷地上一下微博,但现在却是在上数学课呀!我爸所写的上面这条微博,还是我在课间十分钟偷偷上网看到的,而且是通过贱友洪仁涛的手机上的网。

洪仁涛长得胖墩墩傻不拉叽,与我是世交。

我爷爷与洪仁涛的爷爷认识,我爸爸与洪仁涛的爸爸是朋友。洪仁涛命运多舛,母亲死得早,小可怜的他小时候经常到我家来蹭饭,跟我抢玩具,抢零食。因而,伴随着岁月的流逝,我与他的友情也积淀了十多层年轮那么厚,以至于形成了这种令人羡慕的格局:有我在,他的精神世界不倒;有他在,我的保护神不倒。

原因很简单,我与他算得上是发小,翠柳轻风、鸣蝉惊梦,友情自穿开裆裤时便开始了,而且历经成长的风雨,以及聊胜于无的沧海桑田,约等于未的海枯石烂。

虽然岁月无情地在改变着世事,就如我家街对面的楼盘一样,由农田变为平房,又由平房变为高楼大厦。但我与洪仁涛之间的友情,改变的都是不停蜕下的年轮的壳,不变的是内心手足同胞般的温暖。

文德中学管理很严,比如说规定学生不能将手机带进校园,规定学生不能抽烟,不能在校外过夜,不能进网吧……

校规整饬,章法繁复。

学校不允许学生将手机带进校园,何况我也根本就没手机,刚转学而来的我也不敢有手机,所以,我偶尔上一下网,也大多是向班上一些学渣们借的手机。

洪仁涛敢偷偷地带手机上学,差不多算得上是一个学渣。不过,他是那种阴着调皮,明着不调皮的人,偶尔来一两句冷笑话,成绩又还过得去,所以并不是那么招老师反感。

此时,讲台上,数学老师张阆苑正在黑板上奋笔疾书一道几何题,求解一个正方形的外围里一个小三角形的面积值。这是一个外部方正,内心却勾心斗角的几何题。

写完文字部分后,她还画了一个图。

张阆苑老师的画图技术真是不错,轻轻几笔,便画得方方正正,中规中矩,不差毫厘。就像学校方方正正的校规,又像班上中规中矩的纪律,更像家里不差毫厘的家教……

一见这图,便能让人顿生感悟:凡事外表,都是那么好看啊!

"同学们想想这道题该怎么做?"

教室里异香扑鼻,忽浓忽淡,就像波浪涌动。

这些波浪是张阆苑老师制造的。她绝对称得上是一个推波助浪的高人。随着她在教室里的游动,这些大波小波、浓波淡波,便一浪一浪地荡漾开来。

张阆苑颤动着花枝,用沾着粉笔白灰的手握着教鞭,对黑板上的几何图指指点点:"看清楚了我怎么做的:先作一条垂线,以帮助实现本题要求达到的终级目标。不要忽视这条垂线啊,这好比是方正人生低调的奢华……"

香气总跟春天是亲戚。同学们说,他们喜欢上张阆苑老师的课,也喜欢她在上数学课时的扯东扯西,旁征博引。

虽然张阆苑在课堂上讲得唾沫横飞,吐气若兰,但我的心思却在我爸所发的这条微博上,在思考这条微博的内涵。

看得出来,我爸内心是一个善良的人,如果不善良,他怎么会这么怀旧,怎么会在乎与一头老黄牛的感情呢?

那又或者他已经老了?不是说人上了年纪就喜欢回忆过去的英姿与勇猛吗?

虽然这则微博所包含的情怀,在那么一瞬间撞得我内心有一种疼痛,让我生出淡淡的、绿色的感动,但我却一直觉得,善良未必就好。比如牛,无论它是水牛还是黄牛,只要是耕牛,其实都是很苦的。

耕牛,劳碌一生,吃的是一把草,为别人耕田耙地,年老后却被人吃肉。运气好的,是死后肉被它的主人吃;运气惨的是老到不能耕田耙地时,被主人杀了吃肉,或者卖给牛肉贩子杀了吃肉。我爸曾是一个放牛娃,他一定曾被耕牛这样感伤而死时的一颗颗巨大牛泪,砸得心碎过!

虽然,耕牛就是农事中的一个关键词,农事又是中华民族的一个关键词。但我觉得,有时候,好人的命运,就是一头耕牛的命运!

再有,人类社会的发展,难道不是弱肉强食吗?我们现在吃的粮食,吃的肉,在地球生命起源时,跟我们人类的起源是一样的,都是蛋白质团,然后孢子,然后单细胞生物……万事万物之间都应该有亲缘关系,可是我们依然在吃它们!

原因只有一个,就因为它们弱!而弱者多数善良,比如树们、玉米们、水稻们,你砍它们,吃它们,它们会还击吗?

又如猪、牛、羊、鸡、鸭、兔这些人类爱吃的动物,它们被吃,也因为它们弱,它们被驯养成家禽家畜后,性格温和,逆来顺受,更不曾想过要还击人类,这难道不是善良吗?

善良不善良,性格好与不好,不能看外表。那些长角的动物,看上去气势汹汹,但它们却几乎都是食草动物;那些外表柔弱,看上去温柔乖巧的动物,则几乎都是肉食动物。

不想再琢磨我爸这条微博的事了。我看了一下讲台上正讲得津津有味的张阆苑,心中有些不以为然。继而,悄悄地从书包里摸出一本书看起来。

这本书名叫《麦田里的守望者》,是美国作家杰罗姆·大卫·塞林格唯一的长篇小说。

有的事情很难回忆。我现在正在回想斯特拉德莱塔跟琴约会后回来时候的情景。我是说我怎么也记不起我听到他混账的脚步声从走廊传来时我到底在干什么。我大概还在往窗外眺望,可我发誓说我怎么也记不起来了。原因是,我当时心里烦得要命。我要是为什么事心里真正烦起来,就不再胡闹。我心里一烦,甚至都得上厕所。只是我不肯动窝儿,我烦得甚至都不想动,我不愿随便动窝儿打断自己的烦恼。要是你认识斯特拉德莱塔,你也一准会心烦。我曾跟那杂种一块儿约会过女朋友,我知道我自己说的什么。他这人不知廉耻。他真是这样的人。

嗯,走廊上铺着厚厚的油毡,你听得见他那混账的脚步声正往房里走来。我甚至记不起他进来的时候我到底坐在什么地方——坐在窗边呢,还是坐在我自己的或者他的椅子上。我可以发誓,我再也记不得了。

他进来的时候没事找碴儿，怪外面天气太冷。

接着他说："他妈的这儿的人都到哪儿去了？简直像个混账停尸场。"我甚至都没肯答理他。谁叫他自己他妈的那么傻，都不知道这是星期六晚上，大伙儿不是外出度周末，就是睡觉或回家去了，所以我也不会急于告诉他。他开始脱衣服。关于琴的事他一字没提。连吭都没吭一声。我也和他一样。我只是拿眼望着他。他呢，只是就我借给他穿狗齿花纹上衣的事向我道谢了一声。他把上衣搭在一个衣架上，放进了壁橱。

我看了一眼敬业的张阆苑所作的辅助线，以及猜想了一下她对那道几何题做辅助线的目的，觉得也就那么回事，哪有耀眼的灿烂啊？不就是在方正的外表里做些手脚吗？

除了香气在满教室的汗臭中不屈不挠不知疲倦地钻来钻去，继续荡漾着以外，我发现不少同学都恹恹欲睡。

香风微熏，不困都难。

我没有被张阆苑的讲解所吸引，说实在的，无论她讲得如何激情四溢，口若悬河，像一丝杨柳在讲台上拂来拂去，但这道几何题的情节，也比不过我正在课桌下偷偷地看的这本书更吸引我。

随着情节的发展，我恍惚置身主人公所处的环境，脆弱的内心在着急、挣扎、纠结的同时，眼泪也不知不觉地流了出来。

窗外的清晨一片阳光，教室里依然香气荡漾。同学们有的困倦得不停地对张阆苑的讲解点头称"是"，有的同样在偷偷地看着课桌下的课外书，神游世界。

而我，在这风光旖旎的教室里，在香气环绕的氛围中，脑海中却全然装的是《麦田里的守望者》中的主人公现场，烦乱之痛，撞得我泪雨纷飞。

"袁倩，你在哭啥？"

就在我梨花带泪的时候，讲台上张阆苑激昂的声音突然停了下来，且猛然朝我甩出这么一句话，飞刀般地扎来。

我伤悲的情绪仍在惯性之中，一时没反应过来，突然冒出了书中刚刚读过的一句话。

"你说什么？"张阆苑听得云里雾里："你呓语连连，难道是在梦游？"

张阆苑的反问,如一大块玻璃碎裂的声音,让我不由得激灵了一下。但我很快便反应过来,掩饰说:"哦,我没说什么,我也没哭啥,就是有点感冒,咳嗽、鼻塞、流鼻涕。感冒了,脑袋有时候有点短路。"

"别解释了,我没听见你咳嗽,也不相信你感冒了。其实我明白你语无伦次是咋回事,是心理上感冒了。现在是你一个人感冒了,弄得我们全班人吃药。你看吧,好好的讲课秩序,被你给破坏了。"

张阆苑说着,莲步轻移,驱动又一波香气,朝我的座位袭来:"不用我猜,你一定是在桌下看课外书。"

没几步,香气便停在了我的面前,像云雾一样缭绕。除了香气,还有暖暖的体温。我想把这本《麦田里的守望者》藏起来,已经来不及了。

"果然在看课外书。"随着一阵香气急速地游动,张阆苑从我课桌抽屉里拿出了这本《麦田里的守望者》来,白皙的手指令人毛骨悚然:"你看的什么书呢? 哦,《麦田里的守望者》,这标题取得令人费解啊! 你想守望什么呢?"

糟糕! 课堂上看课外书,被老师发现,这可不是好玩的! 我还记得初一时,我在英语课上看课外书被老师发现了,结果英语老师要求我将书上的内容背出来。

刚看的课外书,怎么能背得下来呢? 何况这本书这么长,怎么背呢? 当背不下来后,老师又让我当着同学的面将书中的情景用动作表演出来。我又不是电影学院表演系的学生,这不明摆着羞辱人么?

张阆苑该不会也如此这般地折磨我吧?

虽然张阆苑的话中带着讥讽的味道,而且我在上数学课时看课外书原本就不对,但她明显不知究里就随意评说,我当然要解释:"我想守望爱! 人家这个标题是有爱的含义的,你不懂。有爱在,即使死去也值;有爱在,更可能会将死而不死;爱,能够救人于水火。"

这个张阆苑老师长相并不恶俗,但我却对她生不出多少好感,因为她看上去外表柔弱,娇花照水,用一个词形容,那便是有点"矫情"。还有,传说她的性格令人捉摸不定,有时温婉可人,有时却像朝天椒,不招惹还好,一招惹便会令她怒如火山,熊熊燃烧。

谁说不是呢? 严厉的老师通常也是令学生反感的。

还有这张阆苑吧,名字取得可真怪。"阆苑",与宫廷的华美有关,古色古香，本是大雅之名。然而这名字却又似庙堂与百姓拉开了距离，划出了鸿沟，油然地让人敬而远之。

甚至，学生还给她取了一个物极必反、大不雅的绰号——"蟑螂"。

也许，这个绰号的得来，也跟她的名字的谐音有关，我刚到这所学校不久，具体情况不清楚。起码，我第一次听说张老师名字叫张阆苑时，便在没听清楚的情况下，将之听成了大俗大大俗的"蟑螂"。

不过，这只"蟑螂"很漂亮，那张白皙的瓜子脸，像是出生时被精心刻画过，很是和谐；眼睛大而明亮，瞄向哪儿，哪儿便水波盈盈；茂盛的头发黑得就像被染过一样；还有那身材，匀称而凹凸有致，就像一个素净而雅致的青花古瓷瓶，流淌着古韵。

这只"蟑螂"也不臭，而是香的。30出头的她一直揪住青春的尾巴不放，不肯让青春走远，因而身上总是洋溢一股年轻不倦的气息。除了青春作伴，她身上还总是喷了一种淡雅却精致的香水，她去哪儿，往往是人还没有走拢，香水却已经到了近前，给人一种梦幻之感。

女过三十五，惨得不忍睹。折腾吧，再不装嫩，也真的就成昨日黄花了。

"你懂爱？你多大点年纪呀，你就懂爱了？"张阆苑的话不仅讥讽，还鄙夷，话语像无形的手，"啪！""啪！"地扇在我脸上："不过也对，不然你怎么看哭了呢？但这是上课呀，该听课时你不听课，就不怕考试的时候因为没有爱，或者有爱也帮不上忙而考得哭吗？"

埋没在山野里的美女，始终是美女；站在讲台上的"蟑螂"依然是"蟑螂"。

"蟑螂"果然令人讨厌。

美好被打断，这绝不是一种自然现象，而是萧冬的前奏。我内心筛糠，但嘴巴上却没好气地说："我听了课的。"

"你听了课的？那你说说看，我是怎么讲的？黑板上那道题怎么做？"

舌剑飞舞，不痛人，却伤人，更有一种咄咄逼人的寒凉。

我时常自比美玉，并因此欣欣然。却没想到，这个美玉的自比却冥冥之中与张阆苑撞上了玄和奥：

一个是阆苑仙葩，

一个是美玉无瑕。

若说没奇缘，

今生偏又遇着他；

若说有奇缘，

如何心事终虚化？

这不，曹雪芹先生不是早就在《红楼梦》中有所记载吗？

这是曹老人家一场酣醉后失手写下的谶语？还是一场哀伤后思念的纪实？

卿卿我我，前世有约，硬是撞鬼哟！

三

静夜思

"汪！汪！"

几乎每天早上上学，从 20 楼下到底楼，当王恩玫打开自己所住楼幢的底层进出大门之时，都有一个声音如同清晨清新潮湿的空气一般扑面而来，跟王恩玫打招呼。

这个声音又像大地深处涌出的清泉，单纯而洁净。

这个刚孤独地穿过漫漫黑夜，热情地与王恩玫打招呼者，便是王恩玫所住楼下冬青丛中那只小可怜京巴"癫巴狗"。

树叶摇动，如细雨淅沥。继而，一团脏棉絮般的身影便从冬青丛中钻了出来，藏在脏絮中的两颗清亮的眼珠子欢快地看着她，充满亲昵。

狗非草木,孰能无情?

由于王恩玫经常把自己吃的面包啥的在早上上学之时,喂给"癫巴狗"吃。有时候,她还会去街上买一根鸭翅、鸡脚,或去肯德基、麦当劳买一只饲料鸡腿让"癫巴狗"打打牙祭。渐渐的,这只在风雨飘摇中慢慢长大的小可怜与王恩玫建立了感情。

同情和爱怜渐长,有几次,王恩玫甚至都想把"癫巴狗"抱回家里养,以珍惜彼此间能呆在一起的一寸一寸零碎的光阴。但盈盈的爱心却遭遇了无情的打击,王恩玫的妈妈眼睛里散射的是冷漠清凉的光,嫌"癫巴狗"身上有一块癫疤,太难看,同时也担心野狗养不家⋯⋯因而坚决不同意。

"亲爱的妈妈,我们家两室两厅,还不能给这只可怜且无依无靠的流浪狗一个栖身的地方吗?再说,这是积德行善啊!"

女儿自有女儿的方法,那发嗲的声音就是无坚不摧屡试不爽的化骨绵掌。

"你别叫得那么亲热,也少跟我绕那些弯弯,我说不行就是不行!除非你把你自己住的房间腾出来让那只流浪狗住,而你去住现在那只流浪狗住的地方。"

其实爱心并不需要真实的空间,只要心灵上能挤出一隅便行了。

化骨绵掌这回遇到了克星。母亲的心灵看来早已被冷漠占满,哪里还能挤得出一点地方来盛放温暖的爱心呢?王恩玫知道,母亲是一个脾气很倔的人,一旦有了决定,就是九头牛也拉不回来,了解母亲性格的她只好作罢。

远离人气的野狗真的养不家吗?开始时,王恩玫也这样认为。

但友情得放慢脚步,才能感受得到。经历了那件把她笑得哭的事之后,王恩玫改变了这种看法。她觉得,唯有真诚,才是建立和维系情感的最佳法宝。

那是一个阳光明媚的星期天,枯燥的学习挤走了王恩玫一个上午的时光。捱到中午,王恩玫挣脱繁重及无趣,下楼给"癫巴狗"喂食。一天不见,"癫巴狗"对王恩玫的期待变成亲昵,且膨胀得像一朵绽放的花。

然而,当王恩玫给"癫巴狗"喂食时,"癫巴狗"竟突然间兽性大发,朝着她呲牙裂嘴地扑来,把她吓得不行。

畜牲就是畜牲,给它吃那些面包、火腿肠、鸭翅、鸡腿这些东西真是白给了。果然是"肉包子打狗,有去无回"!

然而很快,王恩玫便明白了,这并非是"肉包子打狗,有去无回",而是一种忠诚而生动的爱——"癫巴狗"呲牙裂嘴扑的并不是她,而是一只正在她身边飞来飞去的大马蜂。

马蜂也能招惹吗? 当然不能! 无奈"癫巴狗"阅历不深,初生狗犊不怕蜂。

然而,马蜂就是马蜂,要招惹它,绝对是一个不合时宜之举。无论幼稚还是成熟,也无论你是不是初生狗犊。假如你没有金刚不坏的防身胄甲,而仅有一身脏兮兮的狗毛的话,纵然勇敢,也几乎没用。

何况,那一张狗脸是如此赤裸裸!

虽然"癫巴狗"最终将那只马蜂像咬一只苍蝇一般娴熟地咬进了嘴里,满脸写着胜利者的表情,但可爱深处,却瞬间变成了痛苦——几乎就在它咬中马蜂的同时,一腔忠诚,便付出了"噶嘟噶嘟"惨叫的代价。而且,它那被马蜂蜇了的黑色的嘴巴也像撒了发面般地,很快肿了起来,大得如同原来白色的狗头上多了一个黑色的狗头,又像正在啃着一只跟头一样大的黑面包的俄罗斯人。

一张忧伤的狗脸,被渐渐膨胀硕大的狗鼻子狗嘴掩埋,还有哀怨的惨叫在黑暗处升起。看到"癫巴狗"瞬间制造的这个极其夸张的喜剧效果,王恩玫笑得肚子疼。

一片冬青的黄叶,很艺术地飘呀飘,像一只飞翔的蝴蝶,轻轻地落到黑面包上,"癫巴狗"感到了一种温柔的按摩。

见状,笑中有痛的王恩玫,也像那只飞翔的"蝴蝶"一样,忍不住伸出芊芊素手去摸那块"黑面包",想安抚安抚"癫巴狗",就如春天安抚冰冻的大地。然而这只"蝴蝶"无约的造访,显然相比黄叶要笨拙许多,让担心给自己造成第二次伤害的"癫巴狗"躲开了它,并条件反射地打了一个滚。

冷漠不代表无情,逃避只是为了防止另一种伤害。由于那块"黑面包"太大,"癫巴狗"在打滚的过程中,碰到了冬青的树桩,又痛得"噶嘟噶嘟"地惨叫起来。

"癫巴狗"可怜、愚蠢又滑稽的样子,再次让王恩玫笑得前仰后合。

狗通人性。"癫巴狗"感知到了自己打滚的动作让王恩玫开心,萌宠的小宇宙顿时爆发,拿着自己的疼痛换笑,居然又在王恩玫的手没有伸过去触碰它时,打起滚来,而且每打一个滚后,还转过头来,用那一大块"黑面包"后的清澈的狗眼观察王恩玫是否会开心地大笑。尽管它打滚的过程中,依然会因为那块"黑面包"体积太大不好控制而触碰到地上,或者触碰到冬青小树杈而痛得"噶嘟噶嘟"惨叫。

小慈小悲的小可爱呀,看是小殷勤,却有大感动。突然明白"癞巴狗"打滚的原因后,王恩玫脸上的笑顿时凝固了,僵住的笑脸后面是内心遭遇一种情感的猛烈冲撞,和眼帘前潮湿涌动的雾霾。

王恩玫以前从书报上读到过忠犬救主的故事,还以为是童话,通过这件事,她相信狗其实是很忠诚于主人的,有时候还忠诚到了置个狗安危于不顾的程度。

有这么一个既萌又宠的"汪星人"让自己想起来便美美的,王恩玫有时候觉得,哪怕上学时的心情比上坟还沉重,她也能化沉重为轻松,化轻松为力量。

一张白纸,不着点墨,最好绘画。它可以承载晨露晚霞江南烟雨,也可以轻抒天高云淡层林尽染,还可以婉约小桥流水朱颜玉面。

"黑孔雀"胡继勋在王恩玫面前折了"翅膀",但他却并不对王恩玫记仇,仍跟王恩玫该说说,该笑笑,说笑间甚至还有些腼腆。曾经的伤害好似雨打荷花,雪压枝头。那根本不是伤害,而是人生妆点。但王恩玫奇怪的是,这个"黑冬瓜"李檀老师呀,为啥在安排座位时,竟然又将她与"黑孔雀"安排成邻桌?空谷幽兰的她不想与这只倭瓜发生故事,更不想与这只倭瓜发生任何边界之争。

没有脚印的地方,咫尺之外也是风景?有脚印的地方,走一步也叫人生?或许李檀老师这样的安排,是刻意让他们彼此体验不完美的人生?

渐渐地,王恩玫才明白,李檀这样做不是没原因的:把理想悬在空中也许花枝招展,但到头来却可能是一场空想。学习也是这样。得一个人用一根线来拽着这个把理想置身云里雾里的人。即便这根线是无形的,只要这根线有魅力,有影响力。

胡继勋是班长,人很聪明,学习能力很强,经常考班里第一。不仅如此,胡继勋还兴趣广泛，擅长演讲和制作主题班会课件，担任班里的电教委员，工作积极主动。而王恩玫却整天嘻嘻哈哈，把前途，把未来放置九霄云外。王恩玫是一个把理想悬在空中的人，脚踏实地的胡继勋便太适合拽着这根风筝的线了。

当然白云有着白云的安静，大地也有大地的运动。胡继勋其实很有个性，总是桀骜不驯，不时恶作剧。但这世间总是阴阳调和、环环相扣，一物降一物的。也许是刚进校便在王恩玫面前"折翅"，内心深处对浑身长刺的王恩玫存有惧怕；也许因为王恩玫是班花，胡继勋在王恩玫面前总有些羞涩、腼腆，因而只要有王恩玫在，他的怪癖性格便会收敛不少。

刚跨入初中的大门，甚至更准确地说尚未跨进初中的大门，便"犯"了事，这其实不是王恩玫想要的。本质上来说，哪个女孩不性如弱柳？哪个女孩不喜欢鲜花掌声？

"娉娉袅袅十三余，豆蔻梢头二月初"。这个年龄的女孩已经知道美丽与美好了。王恩玫也期盼自己能够"春风十里扬州路，卷上珠帘总不如"。她告诫自己要收敛，要改掉小学时淘气女孩的毛病，将过去小屁孩或者"超级女生"的性格夷为平地，制成照片装进成长历史的相册，而把鲜活的自己蜕变得文静矜持，弱柳扶风，娇花照水人见人爱。

时光的河流能濯洗掉一切。这话没错。但要在短时间内去濯洗什么，却并非易事。

俗话说，江山易改，本性难移。

九月金黄，不知不觉间，收获的季节来了。农人从春天开始，便一直在心间成长的希望，此时有了阳光般灿烂的籽实和欢歌。种瓜得瓜，种豆得豆，各有因缘。

在这个季节里，王恩玫也有收获，不过，她的收获是又"犯"了一件事。这件事倒不是她又一次把哪个同学的"翅膀"给折了，而是把老师的"翅膀"给折了，而且这个老师还是班主任老师——"黑冬瓜"李檀，李檀被她折的还是"隐形的翅膀"。

兴许好老师总是博学的，就像大江大河，兼收并蓄。

那天，英语老师李檀在讲台上讲课，意气风发地东扯南山西扯海，扯到天涯再绕回来，不知怎的被鬼撞了一下腰，很销魂地就扯到了可远观而不可亵玩的高雅的诗歌上来。而且,自恃才高一升的他在扯到诗歌时,还谈了自己独到的观点,说能够传世的诗歌都直白,并举例他一位已经成名了一千多年的本家所写的《静夜思》。

寂寥的诗韵穿过历史的罅隙,从盛唐时代飘落下来,飘进李檀文墨涌动的心里,激情勃发的他便共振地将自己那一升之才亮出了些许,随口吟哦了起来,"床前明月光,疑是地上霜。举头望明月,低头思故乡。"

"才高一升"那是李檀自己定义的。他讲了自己这个定义的由来:"八斗"是南朝诗人谢灵运称颂三国时期魏国诗人曹植时用的比喻。《南史·谢灵运传》载,谢灵运曾在酒后与人道:"天下才共一石,曹子建(曹植)独占八斗,我得一斗,天下共分一斗。"后来人们便把"才高八斗"这个成语比喻文才高超的人。自己有才,却断不敢称"八斗",亦不敢妄称"一斗",能占得上其中"一升"也足矣。此后,同学们便将"才高一升"这个专有的词语用到了李檀的身上。

《静夜思》是唐代诗人李白所作的一首五言绝句小诗。此诗描写了秋日夜晚,诗人于屋内抬头望月所感。诗中运用比喻、衬托等手法,表达客居思乡之情,语言清新朴素而韵味含蓄无穷,历来广为传诵。

李檀吟哦《静夜思》时那陶醉,那升腾而起的诗意,外加一个李"白",一个李"檀",不仅是老李家里的一白一黑,而且简直就像诗魂附体。

"李老师,你说的是错的!"

一个声音突然高亢地响起,如一把利剑,拦腰斩断李檀正唾沫横飞的讲解和摇头晃脑的享受,把那一腔诗韵直刺得支离破碎。

这个不合时宜,更不识好歹的声音是王恩玫发出的。

美好的抒情被打断,更有那一升之才如豌豆般哗啦啦滚落一地,李檀吃了一大惊,"黑冬瓜"的表情在那一瞬间有了动画笑果:"是错的? 你的意思是要咱老李家另一个著名诗人李商隐那种朦胧诗才能流传?"

哈哈,李商隐的朦胧诗? 这哪跟哪呀?

"李老师,想必王霉女的意思,富二代诗人李白《静夜思》的诗句应该是'床前明月光,李白睡得香。明天不考试,梦里回故乡',对吗?"

这时,又一只幽默的"颤翎子"横空出世,抖起了自己的尾毛,突然发力,用赵本山的那种腔调冒出这么一句话来。他的话引起全班哄堂大笑。

因为王恩玫的名字带有一个"玫"字,音同"霉",且性格开朗,好开玩笑,同学们便给她也取了一个诨名叫"霉女"。

管他的,"美女"和"霉女"听上去差不多,只是音调不同,不明究里的人根本不知道其区别,因而王恩玫觉得这个诨名也还受用。

这只"颤翎子"第二,或者"颤翎子"中的二货,名叫梁此峰,就是刚军训时便议论王恩玫,被王恩玫视为"白无常"的那个瘦高个。

梁此峰平时学赵本山、小沈阳、宋小宝、王小利等人的腔调惟妙惟肖。同学们说,东北有赵本山,西南有梁此峰,他们是亲兄弟。不是吗?"赵本山"的意思是"照本山","梁此峰"的意思是"亮此峰",无论你是"照亮此山",还是"照亮此峰",意思差不多。所以梁此峰平时的话总能让同学们倍感欢乐。

有多少次,这位二货"颤翎子"的话都把大家几乎笑趴下了。

有一次班会上,李檀对同学们说:"处在你们这个年龄的人都容易虚荣,爱攀比,你们要攀比就应该攀比学习成绩,而不要炫富,不要攀比什么名牌大牌之类!不要崇尚什么名牌大牌。"

这时,梁此峰突然阴阳怪气地对李檀说道:"李老师,我觉得你说得不对哦!因为你自己就没做好,就喜欢大牌,就崇尚名牌大牌。"

梁此峰的话让全班瞬间安静。

"我说得不对?我自己没做好?我自己崇尚名牌大牌?"李檀大惑不解,脸露愠色。

"那是当然了,我可没冤枉你!"梁此峰不急不慢,全然不在乎李檀的表情和尴尬:"你要求我们不炫富,不要攀比名牌,不要崇尚名牌大牌,为什么你在其他人的卷子上都画耐克的标志'√',在我的卷子上却写特步的标志'×'?你敢说你不是在歧视我?你敢说你没有崇尚大牌?"

梁此峰的话让明白这是网上一个段子的同学们顿时哄堂大笑。

同学们的笑声中,李檀先是一愣,继而很快明白梁此峰在说什么,便也忍不住笑了起来。

但笑过之后,却又故作严肃地说:"你说什么话呢?这是开班会,严肃点。"

又有一次,语文老师宁伟为了激发大家对汉语言的学习兴趣,让同学们举一点关于有趣的汉字的例子。虽然别的同学被弄得抓耳挠腮也没有想出一个好例子来,但梁此峰却主动举手,且张口就来:

　　"我举两个汉字加以说明。一个是'开会'的'会',一个是'吃饭'的'吃'。

　　'开会'的'会'。繁体字'會'由上面一个'人',下面一个'曾'组成,意思是曾经认识的人碰到一起,废话说不完;简体字'会'由上面一个'人',下面一个'云'组成,意思是主席台上讲话的人怎么说,下面听讲话的人也怎么说,'人云亦云'。

　　而'吃饭'的'吃',一点也不高雅,说白了就是'张嘴向人乞讨'。所以,我们不要嘲笑街上的乞丐,其实我们跟他们一样,只是所从事的职业不同。为了生活,我们天天都在干着'张嘴乞讨'的活儿,或者正在学习'张嘴乞讨'的本事。比如今天我们坐在课堂上听语文老师讲课,就是正在学习'张嘴乞讨'的本事。这句话的意思相当于我们是一群小乞丐,而宁老师教我们'张嘴乞讨'的本事,他就是丐帮帮主。"

　　梁此峰的话音未落,同学们便笑开了。不仅同学们笑,宁伟也笑了。因为他要的就是这种效果,要的是语文隐藏的妙趣横生。甚至,他还附和起来:

　　"这样解释也对,不过,我不是丐帮帮主,我只是一个丐班的小班长。不!不!不!不是丐班班长,是丐班的指导员。"

　　"黑孔雀"是班长,他没想到自己躺着也中枪!

　　有宁伟鼓励,梁此峰来了劲,又举了一个例子,说明学习汉字挺有意思的:

　　"汉字其实是很玄妙的。比如有这样一个故事说,宁老师见张三的语文成绩总是考不好,该背的课文背不了,便骂张三说:'你简直是猪!'。张三马上辩解说:'我是猪才怪'。从此同学们便给张三取了一个诨名叫'猪才怪'!张三总是被同学们叫'猪才怪'这个名字,当然很恼火,终于有一天,他忍无可忍地向众人吼道:'我不是猪才怪!'"

　　梁此峰的故事又将同学们笑倒一大片。

　　虽然梁此峰的话常常让人觉得此"峰"能与彼"疯"紧密联系,却因为实在幽默,大家也并不反感他。

　　甚至,同学们平时把梁此峰简称为"疯子",梁此峰也很受用,毕竟"峰子"与"疯子"原本发音就一样。如果硬要鸡蛋里挑骨头说发音有差别的话,那也不过是一个先发音,一个后发音。人有一口,要读出两个词的发音,只能一先一后了。

也许，梁此峰受用"疯子"这个简称，还因为同学们叫他"疯子"，他听成"峰子"。

但是，一个人，你如果叫他诨名，他不仅不怒，反而还很受用，那么久之叫他诨名的人便会觉得索然无味。喜人的是，正在同学们觉得叫梁此峰"疯子"这个名字不够刺激之时，梁此峰举了这么个"猪才怪"的例子，于是同学们从此便叫梁此峰为"猪才怪"了。

这个免费赠送的名字，像孙悟空头上的金箍，牢牢地扣在了梁此峰的头上。而且既然戴上了，他便想取也取不下来。

"'猪才怪'，你别打岔，这不是小品舞台。"王恩玫正色道："李老师真的说错了。"

李檀没有顾得上梁此峰扰乱课堂秩序，而是继续针对王恩玫对他的否定："你的意思口水诗就不是诗，那么'炎黄子孙奔八亿，不蒸馒头争口气。罗布泊中放炮仗，要陪美苏玩博戏'这样的打油诗，为啥还能得第六届鲁迅文学奖呢？"

"我说你错的地方并非是直白诗能不能流传开来，口水诗能不能得鲁迅文学奖的事，而是你所背的《静夜思》是错的。无论是李白，还是李商隐，你们老李家的人写的诗直白也好，朦胧也罢，这都是各自的风格，这不重要，重要的是你在炫耀之时要做到准确啊！"

"错的？不准确？课文上不都是这样讲的吗？"

"课文上讲的也是错的。"

"那你说正确的是什么？"

"正确的是'床前看月光，疑是地上霜。抬头望山月，低头思故乡。'"

"凭啥说你背的这四句就是正确的？"

听了李檀的话之后，王恩玫仿佛打了鸡血，她索性从课桌抽屉里拿出一本不知道啥名字的书来，翻了翻，照着上面某页的一大段文字滔滔不绝地说起来。

她说《静夜思》流传有两种版本，一个版本为："床前明月光，疑是地上霜。举头望明月，低头思故乡。"出自明代版本的《唐诗三百首》，是流传比较广泛的版本。另一版本为宋代版蜀刻本的《李太白文集》："床前看月光，疑是地上霜。举头望山月，低头思故乡。"流传不广。两种版本中，有两个字的出入。

"宋代与明代比，很显然，宋代离唐代更近，所收录的诗句更准确。"王恩玫得意洋洋地说："并且，到目前为止，日本的教材所用的《静夜思》也是引用的是宋代版本的《静夜思》中的诗句……"

王恩玫的话继续因"照本宣科"而口若悬河，但她却没注意到李檀的表情早就越过了唐朝的历史和他本家清新的诗韵，正从"松"朝到了"青"朝——不再轻松，而是铁青着。

李檀打断了王恩玫的继续卖弄：

"王恩玫，你在我面前卖弄什么呢？这是英语课，你读那么多语文知识干啥？"

"我们这不是就事论事吗？你说到这首《静夜思》，我才说的。而且是你问我正确的是什么时我才说的。"

王恩玫很委屈，比委屈更让她心里蓦地一沉的事是，猜到自己可能得罪李檀了，今后也许会遭到李檀的报复打击的。更有可能，一双专为她准备的绣花小鞋即将横空出世！

四

感动编织的哀愁

感动编织的哀愁，让我专注于看课外书。但是做一道题难道需要花很多时间吗？

所谓会者不难，难者不会。这道理不是道理，而是公理！而是真理！

一丝窃喜在我内心弥漫，我原来以为唯一自保的办法便是静观其变，没想到现在有了主动出击的机会，而且这个机会是"蟑螂"给我的。

我无法描摹诡谲多变的事情的结局，但我却能够书写自己的努力。能主动出击，兴许便能力挽狂澜，更能开出一片山花烂漫。

"蟑螂"以为我在她的课上看课外书便是没听课，便不会做黑板上的题。如此看来，风并不大，浪也并不高。好吧，我就说给你听听，让你看看磊磊山石间能否开出一朵绚丽而不屈的小花！看你面对小花大放异彩时还说我会不会做这道题！

当然，即便全世界的风雨都朝我兜头而下，意欲将我浇成落汤鸡，浇成落水狗，此刻，我也只能昂扬地挺立，将风雨当成心灵的沐浴，当成丰盛的心灵的鸡汤。不仅如此，我还要给出一个更好的解题方法。

是骡子是马，我现在就拉出来给你遛遛去！

"你的辅助线解法是画蛇添足，走了弯路，我认为不画辅助线的做法也许还要撇脱些。"

我慢悠悠地站起来，不急不慢地说。像一个经风历雨，一墨大千，心怀万象的夫子。

话不在急，而在于胸有成竹，在于二两拨千金。

我说这话可不是天马行空，而是放出钓饵，而是欲擒故纵地预示波澜壮阔。

"不加辅助线也能解？""蟑螂"这只鱼儿，这只叫"蟑螂"的鱼儿，果然上钩了。

"是的，不加辅助线也能解。几步就能解出来，我甚至瞄一眼便知道答案了。"

我如同挥霍自己的花季一般，狂傲，且一执千金。

"继续！"面对"千金"之惑，"蟑螂"欲罢不能！

好吧，你既然给了我孔雀开屏的机会，那就不客气地绽放一下吧。

"你加辅助线的目的我明白，这其实是多少人解题的一种通行做法，很老套。对此题，我有新解。"

我还想说，有些事如果太用心机，便是走冤枉路。但最终，我没说。

"蟑螂"专注地听着我说话，就像沉寂的大地渴望春雨的甘霖，也逮住机会发问：

"那我们洗耳恭听你的解法！"

那期间，香气重新荡漾，一波一波地游回讲台，且在黑板上那方方正正、中规中矩、不差毫厘的图右侧停了下来。就像宠物一样温顺，又如岁月凝滞成历史一样沉闷。

窗外的阳光透过树荫，斑驳地照在我的脸上，我愈发灿烂，但我却并没有急于抛出自己对此题的解法，而是留有悬念地先一步步地细说了"蟑螂"加了辅助线的解题方案。

"嗯，我的解题思路是你说的这样的。"张闾苑脸上颇为尴尬，但也有婆娑的树影在脸上晃动，让她白皙的皮肤显得红润而凝脂般半透明："那现在你讲讲你的方法？"

"牛女，现在讲讲你的方法吧？"这时，数学科代表朱代豪不怀好意地说："我怎么看到满天都是牛在飞呢？我想看看你是不是真有那么大的肺活量。"

这个朱代豪长得趾高气扬的，平时在同学们面前，也爱以老大自居。虽然他的名字大气，而且能"代表豪气"，但其实同学们给他取了一个并不雅观的诨名："豪猪"。

"对，说一下你有啥好方法！"这时别的同学们纷纷附和说："'豪猪'都竖毛了，你还不快出招？"

"请别带着嘲笑和不信任的语气说话。做数学题不是搞选举，也不是开明星演唱会，吆喝得人气爆棚就能胜利。做数学题要有严密的逻辑思维，只有用理智的态度冷静地思考，才可能得出最佳的解题方法。"

我明显对这帮阴阳怪气跟我说话的人充满反感。虽然我心里比较恼火，但我想响鼓不用重锤，我的话能体现我对此不满就行了，我觉得相对于尖牙利齿地去辩论，还不如尽快说出我的解题方法，用事实去战胜雄辩。因为正确简洁的解题方法可比"豪猪"身上的刺，或者满嘴獠牙更具锋芒，令人敬畏：

"满天飞的是牛算什么呢？也许过不了多大一会儿，你会感到满天飞的是火车，是动车，是火箭！但这真不是肺活量大的效果，而是动力系统强大！"

青春来而不往，即便错了，又如何？不尝试怎么会有喜悦或经验？

当然，在这道数学题面前，我不是初生牛犊，我知道自己胸中长着竹子呢！

于是我竹筒倒豆子般地说出了自己未加任何辅助线，令人匪夷所思，却又让人豁然开朗拍案叫绝的解题方法。

我话音落地，班上出现了近乎一分钟的沉默，之后便又出现了掌声和惊叹：

"哇，这个新来的美女不错哦，才色俱佳啊！"

"这个方法不错，并未用传统的方法来证明面积的大小值如何如何，而是采用的置换法。思维独到，另辟蹊径！"

语气虽有调侃，但亦是由衷的赞美。

起先不服气的数学科代表朱代豪也酸酸地说："这个思路我也探索过，被你抢先回答了出来。不过，我也很高兴，毕竟我们是英雄所见略同。"

"豪猪"主动放倒了他身上的刺，成了顺毛猪儿，并呈上一种似是而非的友善。

当然，这更有可能是他见便宜便捡的自我美誉。

"这个解题方法是不错，这正是我要讲的第二种解题方法！"张阆苑微笑着说，摇曳的阳光打在她脸上，看不出清晰的表情："但是，就算你知道解法了，也不能在上课的时候看课外书啊，何况你说你看课外书看得在那儿哭，能不影响别的同学吗？"

"……"我没有言语，不知道该如何言语。

我看着黑板，继而又把目光抬向黑板左前上方，看到楼板屋角的玻璃前，有一张新织的蛛网在荡漾，一只蜘蛛静静地伏在蛛网的一角，虎视眈眈地看着一只即将触网不知天高地厚的蜜蜂，在网前傻傻地飞来飞去，对牛弹琴地展示飞翔绝技，并一边开心，或者挑战式地"嗡嗡"地唱着歌。

前方阳光明媚，光明普照，杨柳依依，却隔着厚厚的玻璃，那种风景就是海市蜃楼，就是梦幻之景，就是镜像，是你想穿越便能穿越的吗？这种挑战是不是自不量力啊？

常在河边走，哪能不湿脚？果然，这只自不量力的蜜蜂碰到了蛛网。然而就在我以为这只张扬的蜜蜂就将活该地成为那只静候很久的蜘蛛的盘中大餐的时候，它却奋力挣脱了黏黏的蛛网的束缚，将命悬一线变成了化险为夷。

"袁倩同学，按学校规定，课堂上看课外书，得收缴，因而这本书我不还你了，直到你放假的时候再来拿回去。"

一个声音隔山隔水地传来，如秋虫唧唧，我虽置若罔闻，但却法力无边。在张阆苑面前，我就是一只羔羊。收缴就收缴吧，我想，也许这事到此为止了，不就是上课看了一本课外书，同时指出了老师解题方法的拙陋吗？

当然，"女人心，小如针"，苍老的俗话总有几分道理。说实话，我也有些担心张阆苑再给我附加些什么能够整治我的"内容"，毕竟在这个问题上"买一赠一"并非是好事。

"快飞走吧！快飞走吧！你在显摆啥呀？"我看到那只蜜蜂如同中了邪般地从蛛网上挣脱之后，非但没有飞走，还继续在蛛网前飞来飞去，似乎刚才的触网非但没有让它知难而退，相反还激起了它的斗志，要继续挑战，便在心里着急地说："傻蜜蜂呀，你不飞走，一旦触网，就只有死路一条啊！"

越是害怕某事的发生，可某事却越要发生。那只自寻死路倒霉的蜜蜂真的又一下子触到了新织的黏性极强的蛛网之上，又一下子便被黏住了。

这次，心里始终装着窗外光明并勇于挑战命运的蜜蜂，还有那么好的运气吗？

挣扎呀，挣扎，求生的欲望像水波一样荡漾。可是挣扎有啥用啊？就在我心中努力地为这只可怜而不知天高地厚的蜜蜂加油的时候，那只蛰伏已久守株待兔的蜘蛛突然从暗处扑了过来，用更多的蛛丝捆绑起蜜蜂来。

这只蜜蜂只有死路一条了。想到此，我的心犹如被人狠狠地攥了一把。

"本周的周记，你写一下你上数学课看课外书这件事。"

"蟑螂"的声音唤醒了我的揪心。我觉得自己好可笑，这不是泥菩萨过河，自身都难保吗？还揪心这只蜜蜂干吗？

"屋檐"当头，我又必须站在屋檐下，你说我不低头咋行？

我只能以沉默的形式抗议，让蓝天、白云、阳光、轻风、湖光、山色、鲜花、绿草等美好的东西取代心中的无奈。此时无声胜有声。

明月几时有？把酒问青天！

中秋之季我来到这所学校，人家心里充满着团圆的欢乐，我却满腹都是校籍分离的苦楚。深入名校的腹地，我的忧郁暗流涌动。

名校就是名校，跟普通学校比有着很大的不同：虽然下课晚，但我们上课早啊！虽然加课多，但我们却少了许多闲的无聊啊！虽然活动少，但我们作业多啊！虽然作业难，但没完成作业更难啊！上学校，就该选这样的学校！能让自己上更多的学，惹更少的祸！

这真不是我在线装书里寻找愁绪。

好学校还不仅这些优点呢，还玩跨界呢！比如作文吧，除了正常的作文课要写作文之外，语文老师范舟还规定每双周要写周末大作文，班主任张阆苑本来是数学老师，但她却规定要写周记，以掌握学生的思想动态。

这不，我在数学课上偷看课外书，张阆苑便让我写周记反省自己。

在他们看来，写什么，只要写，都是提高。无论语文写作水平，还是思想规范水平。

好在周记并无字数要求，长短咸宜，海阔天空。张阆苑说，只要自己对刚刚过去的一周进行过总结，且有所感悟便行。

其实，威严又管得很宽，像个提前进入更年期的老太婆一样的张阆苑，对我们所写周记的字数没要求也是可以理解的，她就是一个数学老师，她能看得出一篇周记的好坏？正如她所说，她读同学们的周记，只是为了掌握学生的思想动态。

大作文的要求就不一样了，语文老师范舟规定周末大作文所写字数不能少于800字。我的天啊，这才初二呢！

好吧，人家都能写800字，我想我也能写的。

当然，你说我不写满800字能行吗？不能写满800字也得写满800字，且不能在写不够800字时，在空白处写上"800字呀，'800字'，'800字'，'800字'，你看够不够800字，不够我就继续写'800字'"。

在欢乐无比的天涯论坛发帖可以这样写，但要在严肃得空气也能捏出水来的作文本上这样写的话，那可能会"死"得很难看。

把心深潜于沉思的海洋，我就不信捞不着灵感。

不是张阆苑叫我周记写我在她那妙语连珠余音绕梁的课堂上，看那令人悲伤的课外书的事吗？那我何不周记与作文都写同一件事呢？反正周末作文的标题也正好是《老师和我》，我干脆写一篇文章，两边都交差，一鸡二吃，充分展示我对文字的烹调大法。

上周星期五，张阆苑老师给我们上数学课时，我没认真听讲，在下面偷看一本课外书，被她抓了个现行，还狠狠地批评和羞辱了我。

仔细一想，张老师不让我们上课时看课外书，一定是利用我们青春期的逆反心理，欲擒故纵，以使我们加大力度看课外书。

因为看课外书就没认真听讲，没认真听讲就会荒废学业；荒废了学业就考不上高中；没考上高中，自然就没机会读大学；没读过大学，那就肯定找不到好的工作；没有好的工作那就只能当吊丝；如果是吊丝的话就找不到好老公；找不到好老公就得自己买房、买车。

吊丝就是"矮穷拙"。"矮穷拙"就没钱，没钱就买不起房。张老师刚跨出大学校门没几年，正面临买房和高房价的压力，她利用我们的逆反心理叫我们不看课外书，实际上暗促我们看课外书，这样做的目的是在消灭我们这些未来将继续抬高房价的竞争对手。

最起码，最直观，最现实，最眼前的事实是，她也能在我们看课外书使成绩下降后，好跟别的老师一样办课外班挣钱。

我坚决不当吊丝，再也不敢看课外书了，这原来是个陷阱啊！太吓人了……

又仔细一想，张老师或许是真心不希望我们看课外书，真心对我们好呢！

因为看课外书就没认真听讲，没认真听讲就会荒废学业；荒废了学业就考不上高中；没考上高中，自然就没机会读大学；没读过大学，那就肯定找不到好的工作；没有好的工作那就只能当吊丝；如果是吊丝的话就找不到好老公；找不到好老公就得自己买房、买车。

吊丝就是"矮穷拙"。"矮穷拙"就没钱，没钱就买不起房。

而好好学习就能成为"白富美"。成为"白富美"则既能找到一个有钱有本事的好老公，也因为自己本身就是白领金领，也有能力自己买房买车……

不过，有人说，房产就是泡沫，终究会有吹破那一天。一旦房产泡沫破灭，房价必然会大降，车价也会相应地下降。仔细想了想，张老师叫我们不要在上课时间看课外书，也有可能是房产开发商和汽车经销商买通了她，或者她的"干爹""表哥"就是房产开发商或者汽车经销商，她让我们努力学习，将来好成为买房买车的生力军。

我又努力地想了想，为啥上课不看课外书便能成为"白富美"呢？这是因为上课不看课外书便会认真听讲，认真听讲就能考上好大学，考上好大学就会找到好工作。有了好工作就不会被日晒雨淋，不被日晒雨淋皮肤就白；工作好，收入就高，白领金领的钱都多，当然就"富"；天生长得丑也没关系，只要有钱，就可以做美容，做整形，美容、整形后，东施也能变西施，癞蛤蟆也能变青蛙，能不"美"吗？这就是"白富美"的来历吧，也许。

从这层意思看起来，张老师不让我上课看课外书，是真心对我好啊！我上课不看课外书就会认真听老师讲课,听老师认真讲课成绩就好,成绩好的话那些利用周末或假期办课外班的老师就从我这里挣不到钱。

如此看来,无论我从正面和反面来推论,都找不到上课看课外书的理由,这样想后,我再不能在上课时看课外书了。我哪能将好心当成驴肝肺?

踽踽独行于迷宫般的作文格子之间,吃力地寻找稍纵即逝的句子,在阳光和水的凛然呵护下,我觉得自己亭立娉婷。

我努力地写呀写,从阳光灿烂蝉声悠扬的下午,写到彩霞满天落日正圆的傍晚,再写到月上柳梢蚊虫嗡嗡的黄昏,终于写完。

文思贫穷的我原来还担心是否能凑够那要命的 800 字,没想到我一个趔趄栽进愤懑里,竟然文如泉涌,将 300 字一页的苍白的作文纸行云流水地写了近 4 页。

我觉得这篇作文写得不错。虽然我平时看的课外书不少,天光云影时常清澈我,要写个什么东西的话聱牙佶屈也还能凑合,但我还是在灵感飘来荡去之时,几乎用了吃奶的力气。

没有付出哪有收获?正因为使出了几乎吃奶的力气,这篇作文才写得扬葩振藻,软糯香浓,既韧又劲,仿佛舌尖上的美食。

食不甘味地吃过晚饭,心欠着这篇意犹未尽的周记,我放弃了父母恩赐我周末时间可以看半个小时电视的机会,将自己塞进了书本如山知识满溢的卧室。

此时,夜色浸染的飘窗台上,那盆经受了骄阳一整天炙烤的栀子,显得形容枯槁,无精打采。我把自己杯里浓稠却已经冷下来的茶给它喝了一大口,感念它经常把我一颗寒凉的心带回煦暖的春天,用葳蕤的情感妆点我不时的低迷。感念它时常寄托我宠物般的思念与牵挂,以及洁白无瑕古诗词般的婉约。

心桥互联,惺惺相惜。与栀子对酌茉莉香茶,窃窃私语一阵之后,我又继续修改周记,并适当压缩了些许敏感的字词,然后将之抄在周记本上。

抄完周记,夜已深沉。

窗外的天空,纤云缭绕,望月圆满,月华如水浸淫着世界。走到窗前,一阵热风袭来,我看到飘窗台上,一片载满秋天凋零的黄叶,未老先衰,从盆栽弱质的栀子枝丫上掉落，像一片废弃的纸片，无语堪怜。

由于周二就要点评周末大作文，所以周一便得交到老师那里去；而周记则是周五开班会才评，稍晚些交上去都没关系。

周一，我开心地交上了写了近4页的这篇大作文，一并交上去的，还有我潮湿的期冀。

春种梦想，秋收成就。我想，这篇周记的字数，一定会得到语文老师范舟的表扬的。

然而，当天下午放学后，本周值周生、我的邻桌，长得像个贬义词的郝培却拉住我，神秘兮兮地说："你写的那篇作文把我笑死了。不过，你可能也要遭起！"

"为啥要遭起？"

"你的作文写得阴阳怪气的。"

"我又没有写范老师，写的是张老师，而且也是肯定张老师不准我们在课堂上看课外书的作法是正确的。"

"你是真不知道，还是假不知道啊？"

"我知道啥啊？"

"张老师跟范老师是夫妻哦！"

"啊？……"

善意的提醒好似突如其来的暴风雨，郝培的话一下子把我的心情打入了冰窖，原来的眺望也在一瞬间定格成了没有生命的照片。

说真的，我写这篇周记加作文的时候虽也担心激怒张阆苑，但其实并没有觉得有多可怕，而且我将周记中对张老师可能有伤害的敏感字眼，都像秋风扫落叶般地进行了删除。尽管如此，郝培的话还是突然让我变得害怕起来，轻波微漾的内心掀起了恐慌的巨澜。

那天放学后，我如同被抽去灵魂般曼妙地飘着，不知怎的就飘回了家。

鬼魂般出现的妈妈见我魂不守舍的样子，便问我怎么了。我猛一激灵如同梦醒，马上说："在想一道数学题的做法，别打扰我。"

"怕是又在学校惹事了吧？可不能再惹事了啊！"

"没惹事！"我有些不耐烦，内心的躁狂轰然炸响："给你说了我在想如何做一道数学难题，叫你不要打扰我，你还废话？"

"好吧,没惹事便没惹事,你凶什么啊?"

我承认我是一个调皮的女生,做不到像美元那样受到全世界人民的欢迎。但我绝不承认自己是一个没有边界的坏女生,我甚至骄傲,我不是太阳却能够灯火辉煌。我旷达却不失含蓄,感性却不失怡然。因为起码我知道在调皮的同时,该自己做的作业还是要认真完成的。

但是那天晚上我的情感被烦躁灼烧,心绪被烦乱纠缠,作业却做得很马虎,可谓草草完事,然后便洗涮睡了。

早早上床,并非是我的瞌睡来了,而是对往日规律的学习主航道的一种逃避。关了灯,便掐断了父母发现我神色不对而对我的询问之类的打扰。

我的身体躺在床上,心,却在烦躁的世界里,起伏沉浮。

五

祸从天降

"加拿大魁北克有一条南北走向的山谷,这条山谷并没有什么特别之处,唯一引人注目的是,它的西坡长满松、柏、女贞等植物,而东坡却只有雪松。

许多人不知其所以然。直到很多年以后,这个谜团才被解开。

1993年冬天,一对夫妇来魁北克旅游。当他们到达山谷时,天空飘起了大雪,于是他们支起帐篷。望着漫天飞舞的大雪,他们发现,由于特殊的风向,东坡的雪总比西坡的雪大且密。不一会儿,雪松上就积了厚厚一层雪。不过,当雪积到一定程度时,雪松那富有弹性的枝丫就会向下弯曲,直到积雪从枝丫上滑落。就这样反复地积、反复地弯、反复地落,雪松才能完好无损,而其他的树因为没有这个本领,树枝往往就被压断了。

夫妇俩恍然大悟:东坡肯定也长过杂树,只是不会弯曲才被大雪摧毁了。

弯曲,并不代表低头或失败,而是为了更有力地站起来。弯曲,是一种弹性的生存方式,是一种生活的艺术。"

王恩玫在看一本杂志时,忽然看到了这个充满哲理的故事,心里好长时间的压抑顿时缓解了许多,为了警醒自己,她索性将这个故事摘抄在了自己的好词好句摘抄本上。

自从无意间折了"黑冬瓜"李檀那"隐形的翅膀"之后,王恩玫就有一种隐隐的担心,笑容常常被忧愁锁住,担心李檀会在某个她无法预测的时刻挤出档期,突然"接见"她,赠予她除了笑容以外的所有表情,慷慨地给她来一个措手不及的"投桃报李"。

往事已成标本,一切无法改变。虽然暂时还没有拉开描摩无数次却依然模糊不知剧情的悲剧的帷幕,但兴许李檀正在遴选一个对他来说再恰当不过且冠冕堂皇的黄道吉日呢!而且,谁都知道,几乎每个剧情的发展都有一个近似相同的过程,那便是高潮到来之前,会有能量积蓄的相对漫长的过程。

预想到自己与李檀之间可能有鱼肉与刀俎之类惨烈的故事,王恩玫学习英语时特别努力,以应对"不时之需"。同时,她也告诫自己,该弯曲时,一定要学会弯曲。

弯曲没什么不好。弯曲的弓,能射出不回头的箭;弯曲的小溪,能通向浩瀚的深海,弯曲的数字可以绵延至无穷的未来……弯曲,横看像起伏的山峰、涌动的波浪,伟岸且有力量;竖看像蜿蜒的小路、透迤的蛇、升腾的烟、侧面的人脸、隽永的诗意,柔韧而又有个性;倒看像骆驼的背、奶牛的乳头,躬耕的脊梁,貌不起眼,却装了满满的爱……

然而,努力学习是通向成功的哑剧,说出来却可能成悲剧!

也许是王恩玫的肚量很瘦很瘦,瘦到成了小肚鸡肠,接下来的日子不断失去,李檀却并没有对她找过什么鸡蛋里挑骨头之类的岔子

或许渐次晴朗的天色已经突围曾经的阴翳?

或许力量悬殊不屑于安排"接见"她的档期?

或许"走穴"太多而没有"接见"她的档期?

早该结束这种心绪樊笼囚困的日子啊!可这却一直是一个无言的结局。

是一朵花就应该安静地栖息,是一只鹰就应该展翅飞翔。压力之下的英

语课上,王恩玫变得守纪律了,成绩也比以前好了许多。

然而,用功与沉潜,却未必能换来想象中的宁静。有时候,神仙打架,安宁本分的凡人也可能遭遇始料不及的灾祸。

田家中学是省级示范中学,所谓示范中学,便是重点中学的意思。田家中学分初中部和高中部,为了保障升学率,校长对初中部和高中部的教学和管理都抓得很紧。将高中部的教学抓得紧的原因是高中毕业生的考试成绩直接与升学率有关;而对初中部抓得紧的原因是可以直接向高中部输送学习尖子。

也就是说,田家中学的每届初中毕业的莘莘学子中的学习尖子,都会被田家中学的高中部给掐尖,肥水不流外人田。

而对田家中学初中部的学生来说,如果初中毕业能升入本校高中部的话,那就等于一只脚跨进了全国重点大学的校门。田家中学初中部的学生要想升入田家中学高中部,那从初一刚进校就得努力了,日积月累才行。因为要升入本校高中,不是仅凭初中毕业时的成绩就能行的,而是从初中一年级时的第一个期末考试便开始计成绩,这个成绩会占到初中毕业时录取成绩的一定比例。

而且,田家中学还实行班别浮动制,根据每学期考试成绩的好坏,将班上成绩最好的学生和成绩最差的学生重新分班。于是好的学生成绩变得更好,如坐火箭;差的学生成绩变得更差,如坐牛车。

有时候,王恩玫很悲哀,觉得中国的学生就像是摆放在商场里赤裸裸售卖的散装水果,被一拨又一拨的人挑来拣去,好看的,长得规整的,一批一批地被选走,最后剩下没人要的,已经被碰撞得遍体鳞伤,完全不是原来的样子,只能倒进垃圾箱了。

可是,自己都生长在这片果园里了,还有别的选择吗?其实,头脑清醒者也不只王恩玫一人。因而适者生存才是王道!

进入田家中学的第一个期末考试来了,为了取得一个好成绩,攒上一个好品相,同学们迎考的姿态虽形形色色,却都十分投入。

有的人一天到晚嘴里念念有词地背诵默读像个老和尚老尼姑般念着经;有的人像守财奴夏洛克葛朗台阿巴贡泼留希金似的写写算算,唯恐哪个环节被疏漏,在复习之时没被关注到而考场失利;也有的人在考前并未有多努力地复习,而是另辟蹊径地干着谍报员才干的那种出生入死的活儿:将可能考到的内容缩印成鸡毛信,并选考前合适的时机,将之放在课桌的背面、身上、耳朵里,头发中等不易被人发现的地方,以备考试之时救己于水火⋯⋯

见有同学在火烧眉毛之时仍未认真复习,而是在搞小动作出卖厚望,头上顶着一个"奥运火炬头"的"黑冬瓜"李檀对他手下的这帮弟子的作弊行为甚为恼火,忍无可忍地发出严正警告:"你们平时学习不努力,像瘟猪一样有气无力,要考试了就着急琢磨作弊的事了哇?这有啥用?告诉你们吧,监考很严厉的,你们作不了弊的,你们胆敢作弊,就是自寻死路!"

王恩玫对此不以为然。她认为,平常学习时"瘟猪"一下没啥关系,只要考试时不是"瘟猪"就行,中国的教育不就是一考定乾坤吗?关于作弊,王恩玫没觉得有多惊悚,没被抓住算你能干,算你有本事;被抓住了活该你倒霉!这世上啥事不冒险呢?人参鲍鱼好吃,吃多了你不七窍流血才怪,不信你试试!

读小学的时候,王恩玫喜欢抄同学的作业。虽然老师非常反感同学之间这种温暖人心的友谊,但王恩玫却不这样认为。她觉得抄作业其实不叫抄作业,这叫借鉴,叫练习书法,叫节约时间,毕竟时间就是生命。鲁迅先生说,浪费别人的时间就是图财害命,浪费自己的时间不也一样吗?虽然不是图财害命,但却是自杀呀!

而且,抄作业还有相当多的好处:比如说能够锻炼定力、增进友情、减轻老师工作量、锻炼写字速度、加强互帮互助精神、开阔视野、培养对环境的敏感性、更不会由于作业过多,无法完成而紧张过度,导致各种各样心理及生理上的疾病。

平时抄作业,考试时咋办?作弊呀!作弊就是护身符和致胜法宝!

王恩玫对作弊一点也不外行,小学的时候,她这头学习"瘟猪"便经常探索运用一些作弊方法,并因此总结出了一整套几可申请专利的经验。

比如考试前,亲爱的"瘟猪"同志们一定要找个好座位,因为考试时做不来题想用"孟姜女哭长城"那一招来感动监考老师,那是没用的,是癞巴狗想吃天鹅肉,是痴心妄想白日做梦。谁不知道监考老师是冷血动物,是铁石心肠呀?

因而,在这个时候,"瘟猪"们一定要头脑清醒,明白真的是"好悲惨"不如"好手段"。这正如李嘉诚先生的地产投资致富理念"地段!地段!还是地段"一样,要想作弊成功,那便是"手段!手段!还是手段!"。别的"神马",都是浮云,帮不了你的。

当然,要有一个好手段作弊,作弊的地段也十分重要。作弊的最佳"地段"原则上是"金角、银边、草肚皮":先占教室最后一排的两个角落,这是考试的最佳位置。在此位置抄书即使被发现了,监考老师也通常不管。

因为作弊的"瘟猪"在教室角落上,监考老师要想"杀"此影响"班容"的"瘟猪"其实很不方便。他如果要管这档子事的话,在制服此"瘟猪"作弊的过程中,别的"瘟猪"作弊的情况便会在他的视线之外大面积地、如雨后春笋般地冒出来;再者,别的"是瘟猪才怪"们看不到这位于教室角落上的"瘟猪"在抄书,不会造成考场混乱。因而执意要去管这一两头位于教室"天涯海角"的应该被遗忘的"瘟猪",那实际上是多此一举,没事找事,且得不偿失。

更有可能,在监考老师对这样的"瘟猪""多管闲事"的过程中,那些"是瘟猪才怪"们,也有可能受不了"瘟猪"们作弊占大便宜、得大实惠的诱惑,而瞬间妖变成"瘟猪",妖变成"不是瘟猪才怪"。

当然,教室的角落是有限的,不能谁都有此好运成为"角落"山寨的寨主。就算你再可怜,可怜到学习差得病入膏肓,差得就像一个想哭长城的孟姜女,但你也不能让一个教室尽长"角落"吧? 真要那样,那教室还能叫教室? 叫刺猬,叫仙人掌,叫豪猪得了。

不过没关系,若教室最后一排的这两个角落被有经验的"瘟猪"占了,那就赶快挨着墙坐吧,这也是作弊的风水宝地呀! 因为靠墙、靠边,监考老师即使发现了,也同样不便于去警告与管理。

如果连边都没占上,只能坐在中间的位置考试,这说明你这头"瘟猪"不仅很倒霉,而且在备考上已经很落后了。

没找到角落,甚至连教室的边也没沾上,那怪只怪自己这头"瘟猪"没长心吧。更何况,教室一夜之间变成考室,谁坐哪个位置也不是你"瘟猪"们能定的,而多半是"瘟猪"克星监考老师们定的。

而关于"瘟猪"们何时作弊,也大有学问:如果考试开始后就马上动手作弊,那多半会以失败告终,且一败涂地。一般来说,考试的前45分钟管理最严,因为那时监考老师还精力甚好,注意力也比较集中;只有当考试进行到一小时之后,才进入了作弊的黄金期——此时监考老师的体力和注意力都开始减退,巡场已不太勤,即使有人作弊,只要影响不大,他们一般都不会管。

当然，考试前45分钟虽不是作弊的黄金时间，但却并非不重要。因为在此期间，需要完整地浏览一下试卷，看看各题都考了书上那部分内容，并把卷子上会做的做一做。

同时，也要观察监考老师们的监考严格与否，看其是正常人还是神经病。假如遇到有神经病的监考老师，一定不要作弊，否则得不偿失，怎么死的都不知道。因为有神经病的老师只要一看有人作弊就会很兴奋，抓住作弊者更会有无穷的快感，如同打了鸡血。

这种监考老师一般来说都是事业失败的人，平时显不出他的能干来，只有抓学生作弊时才能找到一些自我存在的价值。所以从另外一个角度看，这种人也挺可怜的。当然，"瘟猪"们假如对这样的监考老师有同情心，那就尽量不要作弊，干脆做一个舍己救人的英雄得了。

考试开始一小时后，"瘟猪"们真正作弊的时候便到来了。此时抄书一定要果断、迅速、准确，且不要虚心，哦不！是"心虚"。如果抄书时总是胆颤心惊地看老师注意到你没有，那就完了。因为只要作弊了，100%会被监考老师发现。如果"瘟猪"在看监考老师时恰好监考老师正与之对望，那"瘟猪"就别想再抄了，否则监考老师就会感到自尊受到严重挑衅、严重伤害："好呀，看到我看见你了，你还抄?！"

如果你真是猪，或者"不是猪才怪"，那你可以去挑战一下监考老师们的监考忍耐底线。

相反，如果"瘟猪"们作弊之时不抬头，即使监考老师看见了也会假装不知，或者最多最多给一次只打雷不下雨的警告。

当然，最好的是避免抄书时被监考老师撞见，毕竟被撞见，风险也便高了许多。

如果考试能自备草稿纸的话，"瘟猪"们便可用已经完全没有水的笔在草稿纸上写密电码一样的小抄，这些小抄不要写得太使劲，也不要写得太轻，以免到时候自己都看不到了。这种小抄在一般情况下是看不出来的，需要从一定的角度才能看到写过的字迹；如果不允许自备草稿纸的话，就把答案写在校服或者衣服的内侧……

要成为作弊高人，还很有必要熟读孙子兵法。毕竟作弊与抓作弊者之间，是一场不大不小的战争，如果作弊失败，你那科成绩就面临生死存亡。

声东击西要算作弊的最佳方法了。这一招,便是王恩玫这头"瘟猪"熟读《孙子兵法》研究出来的:班上有两个或三、四个学习"瘟猪",在考试的时候联合起来,协同作战。比如说明明是乙"瘟猪"、丙"瘟猪"们想作弊了,那么与他们位置隔山隔海的甲"瘟猪"便可弄出声响来,或有意将橡皮擦、钢笔、文具盒等类似玩意弄得掉到地上,然后去捡;或者装疯迷窍地向监考老师问题,说哪道题好像出错了,这样势必吸引监考老师的视线。而当甲"瘟猪"虚晃一枪的假动作吸引监考老师的注意力后,乙"瘟猪"、丙"瘟猪"们便可以马上拿出事先准备好的作弊纸条大抄特抄,不抄白不抄。

反之,乙"瘟猪",或者丙"瘟猪"也弄出声响来,做出冒考场之大不帏,大约要作弊的样子来,这样甲"瘟猪"和别的"瘟猪"们也可以趁监考老师的视线被乙"瘟猪",或者丙"瘟猪"弄出的声响吸引之时,大抄特抄。

当然,如果考室里有两个监考老师的话,那就分别用两头"瘟猪"来制造声响,制造焦点,以让别的"瘟猪"趁机作弊。

这种战法,既叫声东击西,又叫车轮大战,直到把监考老师们彻底搞晕为止。因为监考老师又不是超人,更不是超女,不过只有两只眼,两只耳,或者四只眼,四只耳(当然,后者是两位监考老师的眼耳之和),尔尔。

要是女生想作弊的话,还会占不少便宜。比如女生穿裙子进考场,可提前把答案写在大腿上,监考者如果是男老师的话,只能装作视而不见;还有更狠的,有的女生作弊,直接将小抄放进乳罩里,这个,这个,男监考老师更是没辙,不敢直视——你胆敢对"旺仔小馒头"饶有兴趣,紧盯不放,那你不是流氓,便是成长型流氓,便是人品有问题,而不是人民教师。

如果成绩差的"瘟猪"与成绩好的"是瘟猪才怪"能成为朋友,且考试时坐得不远,那作弊就变得简单许多了,起码在如今选择题大行其道的考卷出题之风盛行的情况下,通过语音密电码便能作弊:哎呀(A)呀,这笔(B),写(C)不现啊,真的(D)!

曾经,这招对读小学时的王恩玫便屡试不爽——每当快交卷的时候,她那位学习好的闺蜜,便似乎变成了更年期大妈,嘴里不停地碎碎念,有着发不完的牢骚与感慨:写!写!这笔!真的!哎呀!写不现呀!真的!哎呀!哎呀!这笔……并用屁股在凳子上大动作一下两下,来提示接下来是第几道大题……

王恩玫这套考试作弊理论可谓很全面,很系统,为了炫耀,她甚至还在平时偶尔给一些跟她一样的"瘟猪"同学开"讲座"。

但这次期末考试,王恩玫的想法却变了,她知道自己并不是班上成绩最好的,虽然她也力求上进,但她却不希望考试时作弊。自己上小学时便作弊惯了,那时是自己不努力、不懂事,现在上初中了,还能不改过自新?她觉得既然上初中了,就应该严格要求自己,能考多少分,便是多少分,即使考得差一点也无妨,知道自己哪地方差,才能发力弥补。

人非圣贤,孰能无过?迷途知返,便能立地成佛。

然而,清心寡欲是一颗无味甚至有些苦涩的果子,王恩玫想"金盆洗手",退出作弊江湖,不再当女中豪强。谁知却相见时难别亦难,无端遭遇被摧残。

话说,没有买卖,便没有杀戮。然而又话说,久在江湖飘,哪能不挨刀?

那天是英语考试,王恩玫的座位被安排在左边第三排靠墙边,这本来是挺好作弊的位置,算得上是"金角"之位了,但是她依然没有打算作弊,考好考孬,考出自己的实际能力便好。

光明的门永远开着,此时不进,更待何时?

由于自己平时有所准备,复习得也相应到位,拿到英语试卷后,王恩玫大致翻看了一下,觉得李檀所出的题也并不是很难,不敢说能得150分,但认认真真做,130分还是能够得到的。她想,只要自己考得不是最差,李檀便把自己无法!李檀为她准备已久的那双绣花小鞋便可能送不出去。

谁知,正在循规蹈矩的王恩玫认真地做着英语试卷的时候,她的课桌上却突然飞来了一个小纸团,就像一团白云一般砸在了她的面前,霎那间砸碎了她的梦。

"这是啥呀?"她奇怪地拾起。

窗外阳光灿烂,纵然有白云涌来,想必也不会有暴风骤雨,电闪雷鸣的。

岂知,纵然晴天,也会有惊天霹雳。如有惊天霹雳,岂能安好?

就在王恩玫想打开那个纸团看看里面都有啥之时,随着一阵发胶的浓烈气味迎面扑来,一个声音突然如炸雷般响起:"王恩玫,你在做啥子?"

这是"黑冬瓜"李檀的声音。这个声音把王恩玫吓得一颤,不比晴天霹雳的阵仗小:"我没做啥呀?"

"你没做啥,你桌上是啥子?"

"桌上没啥呀。"

"没啥？那不是有个纸团吗？还说没啥？平白无故怎么会有一个纸团？你递过来给我看看。""黑冬瓜"说着，朝王恩玫"滚"了过来。

"我也觉得奇怪呢，我也不知道怎么就有一个纸团飞到了我的桌上。你想看就看，我又没有作弊，我怕啥？"

王恩玫表情猪相，心里敞亮。没做亏心事，不怕"黑冬瓜"敲门。

说话间，她直了直腰，弄得凳子"嘎吱"一声响。

此时，自觉"严打"颇有斩获的"黑冬瓜"，正欲跨越王恩玫前面那两排桌子构筑的"鸿沟"。不！准确地说应该叫"鸿山"的阻隔，欲"跻身"于王恩玫面前，收缴那个恶贯满盈却神神秘秘的纸团。

王恩玫没有一点害怕的样子，见状，非但没像遇见狮子的羊羔那样逃避，还凛然地把纸团递给了已滚滚而至的"黑冬瓜"：

"你不用跋山涉水地专为这个纸团而来，我递给你就是了。但请你一定要目不转睛地看着这个纸团，免得我又在你眼皮底下玩什么魔术，将之掉包。"

"我真没见过作弊者比监考老师还要理直气壮的事。"李檀边接过纸团，气势汹汹地说。

这个纸团犹如一枚手雷，炸开了他的愤怒。

王恩玫的声音不比李檀的声音低，丝毫没有风雨欲来的惊恐与柔弱："我没作弊，我当然理直气壮！"

"好吧，那就看看这个纸团上都写了什么吧，用事实说话！"

李檀说着打开纸团来。不看这个纸团还好，一看，他那本来黑色的脸更黑了，他没见过如此死不认账的学生："还说没作弊？还这么嘴硬！这不就是今天英语考卷的答案吗？这个答案是谁写给你的，还是你想写给谁的？"

"什么答案？我可没写。"

"这明明就是答案，你还不承认。"

"我就是不知道是啥，我为啥要承认？"

"证据都被我捏在手里了，你还强词夺理？"

即兴发挥的对口相声，没有欢笑的二人转，吵破了考场宁静的氛围，搅乱了师生间和谐的韵律，冲跑了春蚕吃食般素淡质朴的情调。

六

魇梦

　　辗转反侧，如睡针毡，久久难眠，心情和天气是如此不搭调。

　　"女儿都这样了，还怎么去这所学校读书啊？"我爸眼泪婆娑地说："要不我们给她转一所学校吧。"

　　"她现在所读的这所学校是重点中学，她在这所重点中学，教学秩序良好，学风很正，她都混成这样，都这么不受老师和同学们待见，你说她要去比这所学校还差些的普通中学能混好吗？"

　　"这话可说不好！这世间根本就没差生，只有差的老师，和差的父母。"我爸说："我认为每个孩子都是天才，要是换了一所中学所遇到的老师没有重点中学的老师那样只喜欢成绩好、纪律好的同学，只关心成绩好、纪律好的同学,也许她的学习态度会大大改变。"

"话虽是这么说,可谁知道呢?而且不是老师对她不好,而是她老是惹老师生气,让老师尴尬。你说你要是老师,能喜欢这样的学生吗?"

"真正好的老师,是发自内心喜欢学生,且将学生当成自己孩子的。我想我要是一个老师的话,就不会在乎学生给我制造的生气和尴尬。因为如果视学生为自己的孩子的话,那么她即使在我身上拉屎、撒尿,我也能一笑置之。"爸爸话语充满慈爱,淡淡地说:"为人父母者,谁没有经历过孩子在自己腿上、身上拉屎、撒尿的事?可你又见哪个父母真正对自己的孩子生气了?"

"你说的情况当然是事实,可那时不是孩子还小吗?不懂事的孩子无意间在自己腿上拉了屎撒了尿,或者抱着她的时候她在父母的手上、身上拉了屎撒了尿,这哪能生得起气来啊?她是父母的宝呀!"

"学生也是一样!学生要是都懂事了,还用当学生吗?那他们就该直接去当老师得了。"

父亲的话让我听得泪流满面。

"别扯那么远了,说说孩子转学的事吧。"

"给女儿换了学校效果好与不好这个现在虽不好说,但原来那所学校是真的不能再去上学了,如果继续让她去上学的话,我们就无异于将她此生害了。你想想,在社会公道缺失的另类眼光中,我女儿闯了那么大的祸,她还怎么成长?"

"嗯。你说得有道理。"这时母亲忽然开窍,却又几分无奈:"看来是有必要给女儿换学校,不然真的会害了女儿。"

"那你要是同意了,我就给女儿尽快办这事吧,这毕竟刚刚开学,换一所学校也不影响她的学业。"

"唉,女儿怎么这么命苦啊?看到她年龄这么小,却遭遇这么复杂且揪心的事,我的心都碎了,这些事难在女儿身上,愁在母亲心上啊!"

母亲努力压抑,声音带着哭腔。

凄惶、无助,忍辱含悲,仿佛世界末日。

"女儿的命确实够苦的。可是再一想,也谈不上苦与不苦,你说谁的成长是一帆风顺的呢,对吧?别难过了。"

父亲的情绪也很低落,他说话时是那样蹙额疾首,愁锁眉心。

"我现在甚至有些后悔以往对女儿太严厉了。你说现在,她该怎么办呀?"

母亲的话充满自责,更有一种她曾经固守的家教观念崩塌碎裂的痛苦。

"你不要自责了。俗话说,'严是爱,宽是害,不教不管会变坏','养子不教父之过,养女不教母之过',你对她严,是应该的。何况你对她的严在表面,爱在内心。"

父亲努力克制着自己心中的压抑,搜肠刮肚地想着法子安慰母亲。

"那你在其他学校有人脉关系吗?"

悲伤不安的母亲,只能捡起最后一根救命稻草。

"我在文德中学有一个同学是副校长,我找他试试。"

父亲低沉的声音里有一种面对责任时的无路可逃,也有一种别无选择时只能死马当成活马医的无奈。

"文德中学可是重点中学中的重点中学啊!是名校啊!你能把女儿给转进去?而且就算你能转进去,这得花多少钱啊!"

"虽然文德中学是重点中学中的重点中学,是名校,我不一定能将女儿转得进去,但是文德中学不是有那么几所联办学校吗?能转到联办学校也行啊。我估计这个问题不大。再有,关于花钱的问题,我的观点是,该花的时候一定要花,所花的钱与女儿的前途比起来,这算得了什么呢?"

"那好吧!"

凄惶无助的母亲与情绪低落无奈的父亲观点达成了一致。

继而,母亲又愁肠百结地叹气:"唉,要是女儿成功地转到文德中学之后还是那么不懂事,到处惹事该咋办?"

"如果真那样,那她可能就没地方读书了。"爸爸叹了一口气:"不过,不会的,咱们女儿不会那样的……"

"我不会的,妈妈我不会那样!爸爸,我不会的,不会!"我哭着对爸爸妈妈说。

可是怎么也说不出话来,顿觉有一个妖怪一样黑色的巨物压在我身上,且捂着我的嘴,不让我说话。

"不会!不会!我不会!"我继续努力地喊着,并用脚踢妖怪。我挣扎着最终喊出了声音,但却一下子醒了,发现刚才自己是在做梦。

枕头布凉凉的,惊恐浸润,悲伤濡湿。我是真的着急得哭出了泪,估计也喊出了苍凉无助的声音。还好我是关着门睡觉的,我的情感也被关在了卧室之内,爸爸妈妈没有听见。

我害怕这个佝偻着身子、愁成一团且瑟瑟发抖的梦,可是这个梦却如同影子一般老是缠着我,插进我的骨子里,搅动我稚嫩如花的灵魂。我记忆中已经不是第一次做这个鞭笞心房的相似的梦了。

吃过饭后,我又如一具失去魂灵的躯壳,纸片般地飘到了学校,那一天的课上得莫滋莫味,如同嚼蜡。即使是上性格懦弱、纪律相对宽松的地理老师的课,我也对看课外书这种地理课上司空见惯特有的风景了无情趣。

校园依旧单调乏味,依旧丰富多彩。就像一望无际的麦田,表面翠绿整齐划一,但其实每一株麦苗,都不尽相同,抽穗拔节的声音也千差万别,迎风招展时更是舞姿万千。

捱呀捱,捱过了热霾蒸腾的上午,捱过了食不甘味的中午,捱过了令人烦腻的蝉的聒噪,捱过了奄奄一息的燥热难当的情绪,终于捱到了下午第三节课,这是作文课。

语文老师范舟像是刚从线装书中出来,穿一件短袖白色真丝唐装、抱着一摞作文本走进了教室。这摞作文本多像法官对罪犯量刑宣判的卷宗啊。

"起立!"

"老师好!"

"同学们好!"

"坐下!"

心弦紧绷的我机械地进行着上课铃声响起、语文老师范舟走进教室后上课前的千篇一律乏善可陈,令人腻烦,聊胜于无的仪式。

"现在点评上周五布置的周末大作文。上周末的作文题目是《老师和我》,收到的作文让我大开眼界,原来老师在同学们心中的印象是这样的啊!"

范舟的面容似笑非笑,就像这闷热的天气,似晴非晴,见不着雾,也见不着云;又像落着历史灰蒙蒙的积尘,本真淹没。但他如朦胧诗般深邃无边的表情,却让我脆弱的小心脏没有欣赏隽永诗歌意境的心情,而是悬在半空中,上下不是,不着天地,张弛无度。

"千万别点我的名啊,千万! 千万!"我默默地祈祷。紧张的心怦怦地跳着,打着响亮的小鼓,像是要跳出来似的。

这种紧张是熟悉的,却又有着时间赋予的陌生。是一种令人厌弃且挥之不去的富饶。

"下面,我给大家读一篇作文。"范舟说着,从那一大摞作文本中抽出一个作文本,并翻开读了起来:

"上周星期五,张阆苑老师给我们上数学课时,我没认真听讲,在下面偷看一本课外书,被她抓了个现行,还狠狠地批评和羞辱了我。"

我的天啊! 这就是我那自以为行云流水志得意满的作文啊! 看来,我讽刺张阆苑老师的作文真的惹恼了范舟老师,他现在读我这篇作文,一定是要收拾我! 而且会狠狠地!

我只想平静卑微,且循规蹈矩地生活,可命运老与我开玩笑,给我不时来一个春夏秋冬。

范舟开始阅读时,同学们还不以为然,精神不甚集中,但渐渐地,随着范舟阅读的深入,同学中开始传出了笑声,继而专注地听的同学越来越多,笑声也越来越多。这个关注度,几乎赛过教室外火热的天气。

但同学们的笑声越大,我的心跳得越剧烈,汗水也流得越多,头更是埋得越低。

时间一分一秒,过得可真慢,1000 多字的作文怎么读了这么久啊? 真是度日如年啊!

等啊等,终于等到范舟读了那个"完"。

原本多么盼望范舟能早些读完,心想他读完作文我就解脱了。

哪曾想,当范舟读完最后一个字时,我却更加恐慌,顿觉自己变成了一条鱼,正躺在他设置的案板上,绝命地看着他执刀而下,是剁是剐,是切是宰,全无选择。

"这是哪个写的作文哟,怎么写得这么吊儿郎当?"

"就是,这哪是作文嘛? 这明明是在开张老师的批斗会嘛!"

……

就在范舟刚刚读完作文时,范舟尚未发言,先前笑得肚痛的同学却又纷纷鄙夷和评价起来,热度就像教室外面被骄阳炙烤得发烫的地面。

其实,张阆苑老师那天收缴我的那本《麦田里的守望者》时,同学们都是知道的,现在部分同学阴阳怪气地这样说话,很明显是故意的。

"看来,同学们都比较认真地听了我刚才所读的这篇作文。"范舟不露声色,仍然用他那中性的表情书写着古代的朦胧诗:"那么,现在请同学们发表一下对此作文的意见。"

这时有位同学在下面嘀咕:"等我有了钱,就请写作文这位同学住最好的医院,看最好的医生,吃最好的药。"

"卢小莽,你在说啥?"虽然这位叫卢小莽的同学声音并不大,但范舟还是听见了:"对作文有看法,大胆地说!"

这个叫卢小莽的小子说话可真损!就算你看不懂我写了什么,但你也不至于如此转着弯儿骂我啊!

卢小莽长得瘦瘦高高,看上去文文弱弱,似乎风吹便倒的样子,走路也逶迤蜿蜒,如风摆柳,但说话却通常幽默而损人,又像风中的藿麻。因而同学们给他取了一个诨名叫"蟒蛇"。

"卢小莽说,等他有了钱,就请写作文这位同学住最好的医生,吃最好的药。"这时另一位男生重复了一遍卢小莽的话。通过声音辨别,我知道这个男生叫唐盛来。

唐盛来长得白白胖胖的,像一段截头去尾的白萝卜。因为名字与长相都挺滑稽,同学们给他取了一个更滑稽的诨名:"唐僧"。

"唐僧"跟卢小莽关系不错,不算死党,也要算朋友。

不过好在同学们给唐盛来所取的诨名叫"唐僧",要是取名为"法海",唐盛来与卢小莽依然是好朋友的话,那同学们可就有戏看了——这两位只要碰面,不是就爱斗法么?

范舟有些困惑:"唐盛来同学继续解读一下,卢小莽这是啥评论?"

"唐僧"如念经般拿腔拿调地回答说:"卢小莽的意思是,写这篇作文的同学有病,且病得不轻。"

范舟被"唐僧"那种似乎正在"西游"的表情逗得禁不住笑了:"请问圣僧,那你觉得卢小莽说得对吗?写这篇作文的同学有病吗?"

"我没观点，我只传达佛的观点。""唐僧"圆滑地回答道。继而又双手合什幽默地念叨："佛说，菩提本无树，明镜亦非台，本来无一物，何处惹尘埃？"

"唐僧"装模作样的情形，惹得同学们哈哈大笑。

"别说笑话了，我们继续说正事吧。"范舟打断了同学们的笑声，正色道："还有哪位同学对我刚才读的这篇作文发表意见？"

电视科教频道里说，通常情况下，猫科动物在吃猎物之前，都会戏耍一下猎物。范舟向同学们征询对我作文的意见和看法，便是在戏耍我。就像面对一条挣扎、或者无力挣扎的鱼，手中的利刀挥来舞去，久举不下。难道这样做后烹调出来的鱼肉味道要更美些？

范舟啊，你这只该死的猫！哦不，该死的虎！也不对。

范舟呀范舟，你是舟，我是水，我柔弱无骨，你却凌驾于我的头上，但你可知，水可泛舟，也可覆舟啊！快别这样笑里藏刀了！

暴风雨啊，求求你来得再猛烈些吧！不要光打雷不下雨啊，快纠结死了。用生命祭奠奔放，大不了十八年后，我又是一条花木兰！作文"×"了，也就本子那么大一个疤！

"我来吧。"这时，又一个男生自告奋勇地站了起来。

范舟见状，首肯地说："嗯，徐先凯，你说吧，你是语文科代表，发表的意见也许更有见地。"

切！语文科代表就有见地？这是什么理论？难不成不是语文科代表的人发言，就是"两个黄鹂鸣翠柳，一行白鹭上青天"这样隔行如隔山？

徐先凯，这个平时被同学们称为"许仙"的人，似乎逮住这个发言的机会甚是自豪，竟像个领导似的清了清嗓子，且慢悠悠地翻开一个本子，读了起来：

"今天上街捡了一捆芹菜。仔细一想，有芹菜就要买肉，买了肉就要有厨房，厨房有了那就必须要个媳妇来做菜，有个媳妇就肯定有丈母娘。你要想娶她姑娘，她就必须要开条件了，要房，要钱，要车。仔细想了一下，这是个陷阱，我赶紧把芹菜扔了，这，太吓人了……"

就在徐先凯读完后，有同学不解地问："徐先凯这是整的啥啊？"

这时"蟒蛇"卢小莽半开玩笑半认真在说:"我原来以为我班同学中只有一个人病得很重,现在看来我误判了啊!"

徐先凯的话让我大汗淋漓,面红耳赤。我为什么会如此呢?

唉,也许你懂的……

徐先凯的话让范舟听得云里雾里:"对呀,徐先凯,我叫你发表意见,你这个意见有点深奥哦!"

这时,"唐僧"又插话道:"范老师,徐先凯的话是有点深奥,可能这是他与卢小莽在说蛇语吧,徐先凯不是被大家叫成'许仙'吗?而卢小莽的诨名又叫'蟒蛇',他俩千年等了那么一回,当然能够听得懂彼此的话了。"

"哈哈哈哈!"

"唐僧"的话顿时让教室成了小品晚会现场。

"别那么神秘好吗?这谁不知道啊?徐先凯的意见一点也不深奥,只不过有些隐喻。"这时"豪猪"朱代豪说:"徐先凯刚才读的是一个网上的段子,我猜他的意思可能是说,袁倩所写的作文是仿写的这个段子吧。我觉得也是仿写!"

"仿写?难怪不得这篇作文写法路子是这么狂野,就像一团火焰在愤怒!"

唉,写一篇作文本想芬芳一下,没想到却成了中间开花,两头遭殃,看来我死到临头了。

"这可能是抄袭哦!"这时,徐先凯轻描淡写地纠正说。

该死!"许仙"居然说这是抄袭!我想象得出,范舟对我如果以抄袭论处的话,我一定会比死都还难看的。

"谁说是抄袭?这两篇文章一长一短,内容又不一样,我抄谁的了?"为了打消范舟可能认定我是抄袭的嫌疑,我生气地反驳"许仙"道。

"我是袁倩的'粉丝',是'茨粉',我觉得袁倩写得好,是原创,且很独特,什么仿写、抄袭呀?你们别吃不着葡萄说葡萄酸。"这时洪仁涛接上了我的话,力挺我:"写得好就是写得好,别鸡蛋里挑骨头。"

"豪猪"笑着说:"我可没说袁倩这篇作文是抄袭,我只是猜测徐先凯刚才读那一段文字的意思是仿写而已。不过,我也觉得就是仿写!"

"许仙"则避实就虚:"一会茨粉一会葡萄的,都长这么胖了,还尽想些吃的事。涛娃子,这是说作文呢!"

"是啊,'许仙',你能写出这样有思想有文采的大作文来吗? 不能吧? 你只能在烟雨泥泞的西湖边上凄楚地高唱'千年等一回,啊,我无悔呀啊',对吧! 或者,你在自己脑子里装着一坛子一坛子的醋,却嫉妒别人一筐子又一筐子的酸葡萄?"

洪仁涛话音刚落,同学们又笑成一片。这个平时看上去闷闷的葫芦,其实肚子里也装得有幽默呀!

洪仁涛的话让我心里暖暖的。嗯,看来有世交是发小与无世交也非发小还是有很大区别的啊! 涛娃子好样的! 我记下你这份人情了,下次我只要再发现我在吃零食时你涎水横流像只小馋猫的样子,我一定赏你一些下脚料碎屑啥的。

"那就是剽窃。"这时徐先凯紧追不舍。

"徐先凯,你血口喷人,不是抄袭就是剽窃? 我抄袭什么了? 剽窃什么了?"

"按你的说法,既不是抄袭又不是剽窃,那你这么紧张干啥?"

"不要乱说,这不是抄袭!"没想到这时范舟打断了同学们的七嘴八舌。

"如果说仿写的话,初看貌似有那么一点点,但仔细甄辨之后呢,却又发现别之天壤。

不过仿写无伤大雅的,是初学者的必由之路。不是中国就曾暗地里涌起过马尔克斯的乌托邦与中国作家的仿写运动嘛,而且还是名作家所为呢。比如《百年孤独》的开卷句式,便在许多中国作家的笔下出现过……

还有留下无数绚丽华章的著名的宋词,相同的词牌名下,写着不同的内容,但字数却相等,这不是仿写是啥呢? 而且我曾经出过的语文试卷,便有仿写的题。

当然,对现代形式多样的自由文学来说,最好不要仿写。

然而,抄袭与剽窃就万万不可了。但袁倩同学的这篇周记不是抄袭,也不是剽窃,甚至连离仿写都隔山隔水隔得很远,扯不上关系……总体来说,应该表扬袁倩!"

是啊,范老师,身为学生,我是需要你指点,但不需要你对我指指点点。你这次算说了一句人话,哦不! 说了一句比较客观的话。我是一个记恩的人,我一定会不忘给你捧场,找机会认认真真听你讲几节语文课的!

正在这时,轻快的下课铃声响了。不然的话,依我的火爆脾气,我可能与"许仙"再次争论,甚至吵起来呢。你说这"许仙"啊,还真是,跟"蛇"亲密接触久了,身上真带上了半人半鬼的妖气。

然而,始料不及的是,范舟在宣布了下课,且同学们说过"老师,再见"之后,他却突然像想起什么来似地,走到我面前对我说:"哦,对了,明天,明天张阆苑老师可能要找你,她说她找你有事。"

听了范舟的这句话,我吓得冷汗直冒:张阆苑果然不会放过我!

五雷轰顶啊!我心灵恐慌得大有即将遭遇世界末日之势!

七

幻像

考场的争执如火如荼,爆豆子般噼噼叭叭。

疾恶如仇与不白之冤在展开激战。

"能小声一点儿吗？影响我们考试了。"

这时,"黑孔雀"胡继勋突然说。

他想删去教室里出现的这种哪里有压迫,哪里就有反抗且久决不下血雨横飞的拉锯战,想删除呕哑嘈喳难为听的令人烦躁的聒噪。

胡继勋的话引起了考场一阵轻微的骚动,如同一把泥沙撒在满池田田的莲叶之上,惊起不少静伏着的青蛙,"呱呱"地附和。这些蛙们惊人一致地拒绝李檀与王恩玫的对口相声表演和纷飞的战火。

"对呀,你看你们这对口相声整得,只见口水喷溅而不见包袱抖动,还是暂停下来吧!"

这么重要的场合,岂能少得了"猪才怪"的打趣?"这是考场,不是地震现场,不需要两只喷雾器喷洒消毒液的。或者,你们把音量调低那么一小点儿如何?"

"猪才怪"的话引得同学们哄堂大笑。

其实,王恩玫明白,附和者中,有些人是唯恐考场不乱,不然不好趁浑水摸鱼。因而那一声声起哄及骚动,甚至欢笑,实际上极有可能是对王恩玫充满感激的声援。

由于胡继勋坐在王恩玫的前面,王恩玫看不到胡继勋说这话时的嘴脸,但从其语气来看,能感知到胡继勋的话中包含有厌恶的成份。

当然,"猪才怪"的打趣,那是没有褒贬成份的。这个爱说笑话的家伙,逮住阳光就要灿烂那么一下,闻见春风,更要绽放。

胡继勋的话虽没有准确的针对对象,但明眼人谁都能明白,这话是针对王恩玫说的。李檀是班主任,善于挣表现的胡继勋怎么可能以这么不客气的语气对李檀说话呢?

"王恩玫,你看看你吧,你一个人作弊,影响所有同学的考试。"李檀责备王恩玫之后,又提高了声音对教室里的同学说:"同学们,专心考试,不要被王恩玫作弊的事况影响了正常考试。"

教室里复又安静了下来,如同春蚕吃桑叶,"沙沙"声都是笔在考试卷子上书写触碰而发出的声音。王恩玫也想继续成为这样的一条虫子,努力地制造"沙沙"声,努力地让自己长得肥胖一些,以期破茧成蝶。

就算不能成蝶,也至少要成为一只蛾子。毕竟蛾子也是长翅膀的,远远看上去,还是有一种胖天使的味道。

唉,真是天降横祸呀!这纸团是哪儿飞来的?是谁扔来的?这是要干啥呀?你说你扔个馅饼多好呀,即使砸在我头上,我也不在乎。可是你扔个纸团干嘛呢?

王恩玫纵使想克制自己,可被人冤枉,沉默就是默认啊!因而她还在坚持自己没作弊:"李老师,你怎么冤枉好人,我就是没作弊。我没作弊,打死我,我也不承认作弊!"

李檀的权威受到挑战,气得那一根"黑冬瓜"不停地摆动,发胶味儿乱舞,"火炬头"就快真的燃烧了:"你要再狡辩,我就取消你今天这场英语考试的资格。"

王恩玫的坚持显然没用,她知道自己越辩解,越会起反作用。正所谓越描越黑。她更怕被取缔考试资格。因为如果被取缔此场考试资格的话,那她今后初中毕业时的直升便会受到难以弥补的影响。

唉,不能同不辨是非且蛮不讲理的人争辩啊,否则,别人会搞不清到底谁是蛮不讲理的人的。而且,更不能与位高权重的人争辩啊,因为势利的舆论是倾向于位高权重者那一方的。

王恩玫没争辩,但李檀却并没有消停他心中的气愤,那根"黑冬瓜"晃动出了狼牙棒的气势:"考试作弊本来就已经是很严重的事了,你却还在事实面前强词夺理,我通知你家长在下午放学后来学校协助教育你一下。"

唉,我真的想做一个好学生,真的没想过要作弊,可是怎么就这么难呢?竟然优雅转身,变成了华丽撞墙。

李檀"强权"在握,王恩玫自感"秀才遇到兵,有理说不清",她觉得世界上最遥远的距离不是生与死,而是想变好的学生,遇到最不靠谱、最不讲理的老师。

面对袭人却杀伤力非常强大的发胶味儿,王恩玫只得自认倒霉,一任不争气的泪水如开闸的湖水般奔流,心里更是憋屈得就像一只被吹胀却又被强行挤压的气球。

哪里有压迫,哪里就有反抗。好吧,你压迫吧,我扛!

别无他法,憋屈的王恩玫只能在心里想象故事,以求安慰:

有一个胖子,从高高的楼上跳下,结果变成了什么?死胖子!

有一根冬瓜,从高高的藤上掉下,结果变成了什么?烂冬瓜!

李檀,你这个死胖子!破冬瓜!烂冬瓜!

骂归骂,但王恩玫却很快便收拢了自己因气愤而分散的情绪,抹了几把眼泪后,专心致志地做起卷子来。她告诫自己,越是被冤枉,越是要考出好成绩,尤其是把英语考出好成绩,不然自己可能比窦娥还惨,冤都没处申!

上午考英语,下午考物理。由于英语考试出了这么一个插曲,冤屈犁铧般在心上翻耕,痛楚如泉水般汩汩涌动,王恩玫下午的物理考试也发挥得不好。考试时,她甚至好几次神游到那个该死的纸团制造的该死的作弊的事件上来,像小灵通漫游未来一样地设想这个纸团将给他带来的未来世界和未来命运。

不过,这个未来并不遥远,不能用光年来计算,也不能用万年来计算,不能用千年、百年、十年来计算,甚至不能用年来计算,不能用月和日来计算,只需用时来计算便可以了。

未来就是当日下午。一万年太远,只争朝夕!

而且,当务之急不是猜测未来将会发生什么,而是要找到作弊的罪魁祸首。

那么,这个从天而降的该死的纸团到底是谁写的呢?是谁这么坏,给自己制造了这样一个乱子?是有意的,还是无意的?如果是有意的,他(或者她)为什么要这样做?

一个一个坐在王恩玫前排考试的人在她脑海中出现,经过筛选,她最后想到了"黑孔雀",想到了"菜油瓶"。

"菜油瓶"本名蔡友平,跟胡继勋是铁哥们,但这对铁哥们却有一个很大的差别,那便是胡继勋成绩好,而蔡友平成绩却很差,尤其是英语。

虽然蔡友平的成绩不好,整天无精打采像个从来没睡够觉的人,但他却与班上成绩好的同学一样,有着相同的梦想,那便是能够在毕业时,幸运且悲壮地升入田家中学高中部。

那天,王恩玫坐在教室左手边第三排靠墙第一个位置,而蔡友平坐在教室左手边第四排靠墙的第一个位置,胡继勋则坐在教室左手边第二排靠墙的第二个位置。王恩玫想,一定是胡继勋帮蔡友平传答案,结果纸团掉在了自己的桌上。

想到可能是胡继勋,王恩玫的感觉非常不好。因为如果作弊者真是"黑孔雀"的话,那他就太令人恶心了,他作了弊竟然还在自己与"黑冬瓜"争执的时候,假模假样地说"能小声一点儿吗?影响我们考试了。"这不是贼喊捉贼吗?

这小子的行为处处充满暗礁险滩,谁不设防,谁便会被撞得落花流水,死无葬身之地。

冤屈如剑,插在心里,拔出来不好,不拔出来也不好。

本来这事不复杂,核对笔迹便能知道这个纸团是谁写的,知道是谁写的后便能追查出这个纸团将要传递给谁。但这事说不复杂也有些复杂,原因是要比对汉字笔迹不难,这可是英语笔迹啊!

考完物理后,心情沉甸甸的王恩玫找到像是正被汗水冲洗的煤炭般的胡继勋,开门见山:"'黑孔雀',上午考英语有人作弊的事,我本来想自己替你扛下来的,但现在扛不住了。"

王恩玫的话虽沉重得如坠千钧,但胡继勋却仿佛看到一片带着季节的金黄,蹁跹而下的银杏叶,在绘制一种另类的风景。

"我说'霉女'啊,你说这话怎么这么销魂呢? 好感动啊,你替我扛下来? 你的意思这个纸团是我写的? 你这么抬举我?"

胡继勋这种装出的委屈让王恩玫很恼火。已经火烧眉毛了,你怎能还这样风轻云淡?

"不是你写的是谁写的? 当这个纸团落到我桌上时,我便知道了。这张纸团是你写好打算扔给坐在我后面的你的死党'菜油瓶'的,谁知却扔到了我的桌子上。"

王恩玫对胡继勋说,当李檀硬要将那个作弊纸团栽桩在她头上,当时她很想供出是胡继勋写的这个纸团,但她想到自己曾经跟胡继勋开玩笑把胡继勋的手摔骨折过,便欲替胡继勋背一次黑锅。王恩玫预想,李檀无非便是警告她一下而已。哪知,李檀就跟疯了似的,不仅大有严刑逼供似的硬逼着她承认自己作弊的事,在未能得逞之后,又让她请家长,还说要处分她,她想来想去,觉得自己实在扛不下去了。

王恩玫楚楚可怜的解释对胡继勋来说,依然是若有若无,如听评书:"那我不承认这个纸团是我写的呢?"

胡继勋吊儿郎当不以为意的话,把王恩玫心中的救命稻草铰得粉碎,气得她语气咄咄:"你要不承认这事的话,那我就只有要求李老师进行笔迹比对了。你以为你贼喊捉贼,我就不知道是你了? 告诉你吧,我不下地狱,谁爱下谁下!"

啼血而善意的呼唤,没有打动石化的良知,"黑孔雀"的无赖,如利剑扎得王恩玫痉挛。

纵然玉碎宫倾,胡继勋却始终心硬如铁,我自巍然不动:"你要求核对笔迹我也不怕。这不是英语字迹吗？反正我们大家写的英语字迹都差不多。找不到确凿证据，李老师也收拾不了我。还有可能，李老师根本就不在班上搞笔迹核对。"

王恩玫倒抽一口凉气。"黑孔雀"啊！你得瑟得不行，不就是成绩好吗？可成绩好心就可以这么坏，这么被老师纵容，这么不问良知，不知天高地厚吗？你就不怕苍天有眼？

"既然这样，那就鱼死网破吧！我从未想过哪天能够从奴隶到将军，因而也不在乎谁今天从将军到奴隶！"王恩玫咬牙切齿，毅然决死一战："如果李老师不进行笔迹核对的话，那我就只有求助于校长了，反正我是扛不住这么重的事，因为李老师说还可能对我进行处分。我一直不相信，成绩与良知是成反比的，现在开始信了。"

见王恩玫很生气，而且有一种不撞南墙不回头的气势，胡继勋似乎变得有些软了起来，但所说的话却依然在打太极："你扛不住，我也扛不住啊！不过，我为啥要去扛住呢？"

无耻啊！简直无耻得层峦叠嶂，无耻得山重水复啊！

"你自己做的事你自己不扛，凭什么让我来扛，让我来给你背这个黑锅？"

这个胡继勋真是死孔雀不怕开水烫啊！

胡继勋就是不接招："你有啥证据表明这个纸团就是我写的呢？"

可是现在找胡继勋商量是为解决问题的，不是为吵架的。想到胡继勋置生死于度外那个超脱的样子，王恩玫忽然有些动摇了自己的判断：这个"弊"真是胡继勋"作"的吗？

不敢肯定！

既然不能肯定是"黑孔雀"在"作案"，同时自己又没有屈打成招的特权，这样步步紧逼有啥用呢？因而王恩玫转换了方式，决定用自己的独门绝招化骨绵掌，来治治这只"孔雀"，达到以柔克刚的效果。毕竟此时与"黑孔雀"短兵相接未必是最佳办法。有时候，做一只秤砣便行了，讲求技巧，只需二两便可拨动千斤。

于是，王恩玫在怒责胡继勋之后，又顿了顿，忽地花开艳丽，巧笑倩兮，温柔如水：

"你成绩比我好，多次都考班上第一名，即使在年级的排名也名列前茅，田家中学高中部不会轻易舍得失去你这样一个学习尖子的,因而你作弊兴许会被原谅。何况这不是你为自己作弊,而是发挥团结友爱的精神,帮同学作弊。"

"'霉女'啊,不要迷恋哥,哥只是个传说。这个纸团你当然不能承认是你自己写的,更不能举报说是我写的。"胡继勋也嬉皮笑脸起来,满脸的黑都被牙齿的白所遮盖:"因为我根本就没写这个纸团。我怕的是,你乱举报,会影响我评'三好学生'。"

"黑孔雀"说话的气势似乎胸有成竹,心盛万象,能扶大厦之将倾。

仰之弥高,俯之弥深,王恩玫觉得"黑孔雀"真是十分高深啊!面对口中的话越来越不靠谱,就像在编科幻小说的"黑孔雀",王恩玫心里很恼火:"你说得轻松,我不承认是我写的,我也不能举报说这个纸团是你写的,而且你还强调这个纸团不是你写的?那你说会是谁写的?你以为李老师这么好忽悠?"

"你就照我说的办吧。"胡继勋仍不以为然,像一个导演自以为是,全然不在乎王恩玫的水深火热:"你可以强调说你绝没有写过这张纸条,但你在强调自己无辜之时,也切记一定不要牵出我来。俗话说,'坦白从宽,牢底坐穿',不承认便没事。你或者可以说,是李老师自己看花了眼。"

王恩玫又气又恨,却又发不出脾气,打不出喷嚏:"我明明看到李老师打开这个纸团时,上面有黑黑的字,如果我现在否认,那不是睁着眼睛说瞎话吗?"

胡继勋不承认自己作弊,而且说话如此疯魔,即使自己师刀令牌都甩完,口吐白沫地念叨"急急如律令"又有何用?凡事讲证据啊!

"难道没有可能是你看花了眼,或者李老师也看花了眼?原本那个纸团便是一个空白的纸团?"胡继勋若无其事地说:"反正你不承认是你自己作弊,也别提到我的名字,退一万步来说,李老师要核对笔迹,那是他的事。我们既然没写,没作弊,我们又害怕什么呢?相信我吧,没事的!"

"是的啊,我太相信你了,相信得我都到了怀疑自己的程度。"

王恩玫本来还想说什么,但想到跟"黑孔雀"绕来绕去地说一堆废话,也绕不出个什么金话筒奖来,便突然感觉再说什么已是多余。

王恩玫相信自己的直觉,几乎可以肯定这个纸团就是胡继勋所写,可是既然胡继勋都不怕核对笔迹,自己又怕啥呢?

无奈地等待或剁或剐吧,该来的又怎么躲得过呢?

不一会,伴随着一阵发胶味扑面而来,李檀果然来到了王恩玫面前,把她叫到了自己办公室,隆重地接见起她来了。

在李檀的办公室里,王恩玫的母亲已经诚惶诚恐地坐在那里了。当母亲看到王恩玫跟着李檀前来时,她马上起身,像当年民国朝臣面见蒋介石到来那样恭敬地起身俯首以迎接,在脸上写满卑微的同时,却用很毒很恨的眼光看着王恩玫,那眼光大有恨铁不成钢、"你把我的脸给丢尽了"的含义。

母亲见了李檀便马上站起,而李檀到了办公室又马上坐下,这倒让王恩玫心里有些想发笑,这不是幼儿园时玩的那个"冬瓜蹲,冬瓜蹲,冬瓜蹲完西瓜蹲;西瓜蹲,西瓜蹲,西瓜蹲完南瓜蹲;南瓜蹲,南瓜蹲,南瓜蹲完茄子蹲"的游戏吗?

"家长,今天我把你找来是关于王恩玫在英语考试时作弊的事。""黑冬瓜"李檀"蹲"座位上之后,对仍然不敢踏实落座半躬着腰的王恩玫的母亲说:"她自己英语不是很好,却还很要不完的样子,给别的同学传抄答案,这件事影响很坏……"

王恩玫不等李檀说完,便辩解起来:"你冤枉我,我没给谁传抄答案。"

"你没给谁传抄答案吗?铁证如山,你还狡辩?"

"我就是没给谁传抄答案,你不信拿出来对笔迹。"

意识到无法自保时,王恩玫不再想当女中豪杰,保护"黑孔雀"了:"而且还有可能是你眼睛看花了,也许那张纸团上啥也没有。"

被逼得走投无路的王恩玫甚至把胡继勋教给她的那套无赖的话也说出来了:"反正我就是没给谁抄答案,也没作弊,也不怕你核对笔迹。不仅如此,我还建议你搞笔迹校对,我身正不怕影子斜。"

王恩玫强调那张纸团上什么也没有的目的,也是为了激怒李檀,因为纸团上的字是不可能平白无故消失的。如果字迹依旧,李檀势必会大为光火,从而可能搞笔迹核对。

这席话看上去既有些无赖,但实际上也是大实话。王恩玫心里十分明白,自己就是没作弊,怕什么呢?无论怎样,事情总会水落石出的。

窦娥真会对自己灵魂附体?她就不信了!

李檀被王恩玫的宁死不屈气坏了："好，我就把证据给你妈看看吧，看你还怎么嘴硬。"李檀一边说着，一边用钥匙打开抽屉，拿出上午他从王恩玫的考试桌上收缴的那个纸团。

"王恩玫，你如果作弊了，你就应该反省自己的错误，而不应该蛮不讲理死搅蛮缠。如果你死搅蛮缠，你小心我揍死你！"这时王恩玫的母亲说话了，语气气势汹汹："当然，李老师，王恩玫说核对笔迹这个办法也不错，如果她真的没有作弊，也不会冤枉她！"

太阳佩戴在天上，是那么不协调，那么燥热，就像王恩玫的心情："谁蛮不讲理？谁胡搅蛮缠了？我不是叫李老师核对笔迹吗？你是我妈，你怎么可以在不明究里的情况下，不明辨是非便给自己女儿乱扣帽子？有你这样当妈的吗？"

在自己受伤之时，没有说安抚一下自己滴血的心灵，却反而火上浇油，气愤的王恩玫便借力打力，揪住母亲的话不放："你要说我蛮不讲理胡搅蛮缠，我看你说的这话才有这个味道。而且，就算你说对了，我蛮不讲理胡搅蛮缠，那这个性格特点也不是从天而降的，而是遗传自你身上的吧？"

王恩玫的话像一根绳索，勒得母亲脸上红一阵白一阵、喘不过气来："你这死女子，现在怎么变得这么尖牙利齿？老子真想揍你了！"

其实王恩玫知道母亲当时的心理：母亲也拿不准她是否真的作弊了，而且心里想的，就算是真的作弊了，也不希望学校给她处罚，处分，记过，这毕竟影响到直升高中的事。因而，母亲当着李檀的面严厉责备她，不过是演戏，演给一个观众看的，这唯一的一个观众便是李檀。母亲越严厉，李檀心中的气便消得越快，这样的话，她受的处罚也便最轻。猜到母亲内心的想法，王恩玫也才敢配合母亲唱戏，讥讽母亲，与母亲针锋相对地吵。即使母亲说要揍她，那也不过是一句话而已，是不会真下手的。

李檀也不傻，王恩玫母亲的话当然也让他听出了话中有话，他便颇为不高兴地说："我怎么可能冤枉好人呢？至于是不是你女儿作弊了，是不是我看花了眼，是不是我冤枉她了，要不要比对笔迹，我们现在先不说这些，打开纸团后便一目了然，到时事实胜于雄辩。"

李檀说着小心翼翼地打开起那个纸团来。但随着他打开的过程，展现在他面前的那张纸却越来越让他失望：那张渐渐打开的纸上啥也没有，没一个词，一个字，一个标点……

除了揉皱的皱痕，一无所有，空空荡荡。

这怎么可能呢？上午收缴这个纸团后，便锁进了自己的办公桌抽屉里，而这个办公桌抽屉只有自己才有钥匙，不可能存在狸猫换太子的情况。而自己上午是亲眼看见上面有考卷答案的，现在那些答案去哪了？难道真是自己眼花了？

李檀顿时傻眼了……

八

翠绿色的恐怖

人生不可能一帆风顺，有鲜花，有掌声，也少不了坎坷、苍凉和风急浪促。多少人说，读一所好的学校，是人生成功的一半。好学校似一艘坚实的船，将我们从幼年载向成年。

文德中学虽然声名在外，但新到这所重点中学，说实在的，我很不习惯。

严格地说，我所就读的这所文德中学不能叫文德中学，而是文德中学第二。原因是这所学校是文德中学的新校区，而非人文鼎盛、人才辈出，钟灵毓秀、环境逼仄、其貌不扬的文德中学老校区。

这所在文德辈中排行老二的新中学挺大的，我说的是面积。不像排行第一的那所文德中学那般小家子气。而且文德中学之二高楼林立，教学设施先进，教室众多，寝室众多，仅学生食堂就三个，操场三个，游泳池两个，自动取款机三个，以及厕所无数、二货无数、瓜娃子无数、神经病老师无数……

然而，这所挺大的校园因为刚修不久，却入目皆是水泥钢筋的死板、苍凉、僵硬，和彩旗招展、俗不可耐的商业气息，少了一所好中学应有的雅儒入骨又令人肃然起敬的人文气息。

为了使这所新建的文德中学更漂亮一些，与国营文德中学老校区的肉食者们携手联办文德中学第二的那些商界大贾们，也竭尽所能地为其美容，化妆。毕竟校为悦己者容，文德中学新校区仅仅挂文德中学老校区学风校风的羊头，卖金钱堆砌、铜臭泛滥的狗肉还远远不够，还得有一副好面孔才能吸引更多背着钞票而来、梦想通过此绚丽的彩虹桥的翻越进入象牙塔的莘莘学子。

然而，那些商界大贾们并不是好的美容师，他们指派园丁们掘池叠石，建廊架桥，堆山筑阁，安台作榭，同时配景借景，莳花种木，以期积翠成香，甚至还给一些新造之景取了一些"玉玲珑"、"荷花曲院"、"孤山一脉"、"映月三潭"等雅致却矫情的名字，但给人的感觉却并非别具一格，而是东施效颦，贻笑大方。

别说我不热爱自己的学校，热爱也得讲原则，对吧？你说你看到这些不知道从哪片农村被盗挖而来，移栽至此的高大却苟延残喘的树木，看到这些高大的树木全都挂着谨防被风吹倒的拐杖，枝叶寥落，就像残兵败将颓丧不堪的它们构筑的景致，你的感受如何？我想除非你粗鄙得已与感情绝缘，或者早已跳出三界之外，否则你不会对踩着西山薄暮，走向呻吟余晖的环境无动于衷。

而我的青春却还没冒芽呢。天天看到这些带伤的，背井离乡的，挂着拐杖，缠着绷带，打着营养液吊瓶的大树，我心里的感觉就很糟糕，姑且不说这种葳蕤摧折矫情妆点的破败之景与本来青春勃发的校园是多么的不协调，仅就破坏环境、与世界大唱田园牧歌的时尚背道而驰这一点，便令人十分反感。

而且，好好的农村环境被破坏，这不是又一种巧取豪夺、剜肉补疮吗？

这真是一所很二的学校！

不过，这所学校商业气息是浓郁了一点儿，但校风和学风还是挺正的，至少继承了或者遗传了它哥（或它爹，或它爷爷）——正版文德中学百分之八十的校风和学风吧。

关于遗传与继承学风校风这一点，我对之亦没有多大的好印象：你说一所学校如同工厂流水线一样，培养的都是一模一样的四眼牛蛙，而不是培养万紫千红的祖国花朵，这样的学校有意思吗？既如此，何不更名为文德牛蛙养殖场？这不更贴切些吗？

至少，这样的学校对于我这样时时想盛开的学生来说，并不适合。

羞答答的玫瑰静悄悄地开，慢慢地绽放那是别人的情怀。

我不是圣人，自知之明还是有的。

俗话说，物以类聚，人以群分。怎么着我都觉得自己与这个校园的氛围有些格格不入。

甚至，看到那帮天天像呆子一样走路也在思考问题，且嘴里神经病似地"呱呱呱"念念有词地背诵着英语单词，或者古诗古文的牛蛙们，我心里充满了鄙视。你说，他们跟念经的唐僧有何异？又或者，他们何尝不是只会读书的木偶，会动的行尸走肉，或者全无感情的阿尔法狗？

"倩儿，你可要努力学习了啊！再不能调皮捣蛋了！你说你成绩不好，算是智商有问题，但是你表现也不好，不守纪律，操行不好，这是什么问题呢？难道在学校表现好一点有这么难吗？这只能说明你就是一个淘气学生！说明你很差！但你差吗？你能不能表现出自己不差的样子来啊？"

我曾经在学校犯了纪律后，我妈总爱这样痛心疾首地说，她的话总能百分之百地打乱我悠然的心境。

这不，今天她又习惯性地采摘一些根本算不上什么的山花儿们来妆点自己的论据，说某某人的孩子多么听话，多么懂事，多么成绩好，并对我如此这般地训导起来。她训导我时祥林嫂说阿毛故事般的喋喋不休津津有味，给我的感觉却像看见倒在街上发羊癫疯口吐白沫般的重症患者，正使劲抽风。

在我妈眼中，我似乎已经不可救药。我真有这么差吗？我不觉得，假如我是一朵奇葩（我是说假如），但也是花呀！我想怎么着也比菊花强吧？"奇"，不是"物以稀为贵"吗？这可是文学大师鲁迅说的话呢。

"我读书的时候，也还是有些调皮，可是你去问我的老师吧，我的成绩可是没有挪下的。你为什么不能遗传一些我身上的基因呢？"

我非常反感我妈总是这样训导我。我是我，她是她，年龄不同，年代不同,为什么她要强迫我与她拥有同一样的少年？她这么强势,这么牛逼,怎么不去跟武则天比？跟撒切尔夫人比？跟我比算个什么劲啊？

已经不止一次了。当我妈在对我进行苦口婆心地说教之时,从我的面部表情看到我无动于衷不以为然的内心时,她还会给我下最后通牒:"反正我给你说吧,如果你在我们费尽千辛万苦才让你转到的这所名牌中学里,依然是不努力学习的话,那我们只好让你停学。你觉得读书辛苦,不好好珍惜这么幸福的学生生涯,那你跟我去街头摆地摊吧!"

此时,正窝在沙发上看报的爸爸也抬起了头,半开玩笑半认真地说:"你妈说得对! 倩儿,你要真的再不珍惜幸福的校园生活,可能只有跟你妈去摆地摊了啊!"

我爸左眼角鱼尾纹里有一颗绿豆大的红色的痣,他微笑着说话时,那颗红痣像一只红色蜘蛛般地在鱼尾纹织成的网上爬动。

"什么摆地摊不摆地摊的？你说她就说她,扯上我干啥？摆地摊怎么了？摆地摊比你收入还高呢! 没我摆地摊,就你在城管局鬼混那两钱怎够这家里的开销？"

看看吧,我妈就经常这样蛮不讲理。我爸本来是顺着她的话在说,可她倒好,突然就来了个令追随者猝不及防的漩涡。妈呀,怎么你说自己摆地摊就可以,我爸顺着你说说你摆地摊就不行呀？你不就是个摆地摊的吗？你能不这么泼吗？你说你嫌我在学校调皮捣蛋,这些不良基因会不会遗传自你身上呢？

我爸虽然在我面前脾气暴躁,但在我妈面前却不敢撒野,像个光润的保龄球,任由拿捏、摔打。他见我妈生气了,便连忙满脸堆笑地说:"好好,莫生气,莫生气。我只是举例而已,这不是在给你当啦啦队,顺着你说帮你扎起吗？"

我妈依然柳眉倒竖,如一个尖嘴的茶壶,被烧到了100度,呼呼冒气:"举例？有你这么举例的吗？一根竹杆打翻一船人。你举例怎么不举你自己？城管就是过街老鼠,人人喊打,你的工作很高尚吗？"

这世界真是一物降一物啊,我爸怎么就不生气呢？他笑眯眯地看着我妈,还跟我妈开起了玩笑:"不高尚,不高尚。又很高,又很上,那是电线杆子。我这种矮穷挫只配当秤砣,当力压千斤的秤砣。"

女人就是不能宠，一宠就坏了："你这不还是表扬你自己吗？我高尚，既很高又很上，我是电线杆子，你是秤砣，你不还是压着我的吗？"

你看我妈是不是蛮不讲理的？

真烦！真没劲！他们俩之间无论说任何事，都会抬杠，即便在批评我之时也是如此。我懒得理他们。

我继续说我的学校生活吧，让这朵很二的奇葩一瓣一瓣地开放给你看。

平心而论，我真是不太喜欢学校课堂上填鸭式的学习方式，和老师们自以为是人生导师般没有自知之明的师尊之感。但我从来没有觉得学生生涯不好，我喜欢上学，喜欢跟那一簇簇大小不同，颜色各异的花儿草儿挤来挤去。你说我现在正值花季，能去干非花季的事吗？再有，谁规定的花园里的花儿就应该同一时间开放，且大小、颜色都必须一致？

"一枝独放不是春，百花齐放春满园。"

这句话可不是我说的。我不是人民币，做不到人人都喜欢！为了取悦别人而狂殴自己不仅不是我的风格，而且实在可悲！

唉，有时候，我觉得自己要是一只虫子该多好啊？比如说是一只蚕，被人呵护备至，宠爱有加；又比如是只蝈蝈，被人整天搂在怀里，关怀备至。

再不济，就算当一只猪儿虫也不赖啊，吸天地之灵气，食翠绿之精华。

我觉得，当一只虫子，生活那是多么自由自在，多么五光十色多姿多彩啊！不仅如此，自己还可以经历化蛹成蝶的绚丽，经历一飞冲天的快感。

最起码，也能从一只丑陋的虫子变成一只长翅膀的天使。

对于靠蠕动身体前行的虫子，很多女生只是看一眼，心里就会发毛，就会起鸡皮疙瘩。开始时我也是这样的。

读小学时，学校号召同学们养蚕，以观察昆虫的成长和变态过程。

在城里养蚕，这可不是一个好主意——去哪儿找蚕吃的桑叶呢？城里只有房子和街道，又没有农田，没谁栽种桑树。蚕儿又不吃面包，喝牛奶，你说这咋整？

但形式主义就是这么害人。我所在的林双小学属于区所在的重点小学，经常性地搞一些这类伤天害理既损人又不利己的事，以使学校领导在教育局挣分。

小说二年级时的一次班会，班主任文老师拿来一张颜色麻黄，又如牛皮纸般厚的很怪异的纸,这张纸上密布着成千上万如芝麻豆般大小的圆形黑点。

"同学们,你们见过丝绸吗?"文老师面对同学们看着那张怪异纸张的好奇,并没有及时解密,而是抛出了另一个问题:"如果有同学见过,说说丝绸是什么东西吧?"

"文老师,我见过丝绸,丝绸就是软软的丝巾。"

"文老师,我也见过丝绸,丝绸就是漂亮的小褂。"

"文老师,我也见过丝绸,丝绸就是我妈妈的旗袍。"

……

"好,看来同学们中见过丝绸的人还很多。可是你们知道丝绸是怎么来的吗?"

"丝绸是商场里买的。"

"丝绸是用布做的。"

"丝绸是用缝纫机生产的。"

"同学们的回答很有趣,但是都不正确。其实丝绸是用一种叫蚕子的虫子吐出的丝织造而成的。"文老师笑眯眯地说,言语中散发出春天的美好:"我们今天的班会就要与这种叫蚕子的虫子联系在一起。"

说着,文老师举起了那张布满芝麻般大小黑点的纸说:"这些黑点就是蚕子妈妈生的蛋,会孵化出无数蚕宝宝来,蚕宝宝从小黑点变成小蚕子,再变成能吐丝的全身透亮如果冻的大蚕子,最后变成蛹,并化蛹成蝶……这个过程就像神话一般充满传奇。有同学愿意养蚕吗?养蚕的好处很多,既可以培养爱心,又可以观察昆虫神奇的成长和变态过程。"

当听说自己也可以养蚕,以观察蚕子化虫成蛹,化蛹成蝶的变态过程时,同学们跃跃欲试,兴奋得很变态,纷纷表现要好好养养蚕宝宝。

然而我却不合时宜地抛出了一个问题给老师:"文老师,你叫我们养蚕,可是我们去哪儿给蚕宝宝找吃的啊?"

这时有同学抢着回答说:"这还不简单啊?把我们每天吃的蛋糕、水果给蚕宝宝分一点儿不就行了吗?"

"对呀,我最爱喝酸奶了,我愿意将我每天喝的酸奶分半瓶给蚕宝宝喝。"

"同学们真有爱心,不过,蚕宝宝不吃蛋糕,也不喝酸奶。"

"蚕宝宝只吃桑叶。"面对一帮"宝器"的无知,我抢着回答说:"我在乡下见过蚕宝宝的,但是城里没有桑叶呀? 怎么养蚕宝宝呢?"

"买桑叶呗!"文老师表扬了我之后说:"农贸市场有桑叶卖的。"

"农贸市场上有桑叶卖吗? 城里人又不养蚕,干吗有桑叶卖呢?"

"每年这个时候农贸市场都有桑叶卖的,因为卖桑叶的人知道学校要号召学生养蚕,培养爱心和观察力,而养蚕需要桑叶,所以就有头脑灵光的农民摘了桑叶进城里卖。"文老师说:"就算农贸市场没有桑叶卖,也可以从网上买到鲜桑叶的。现在网上商店的功能非常强大,几乎啥都能买到。"

"能买到毒品吗? 能买到成绩吗?"

"你这个孩子可真扯。"

但是回到家后,我爸听说老师让养蚕,且目的一是培养爱心,二是观察昆虫的成长及变态过程,于是对我说:"养蚕的确存在不好买桑叶的问题,与其这样,不如喂猪儿虫吧。养猪儿虫容易多了。"

"养猪儿虫?"我妈听后吃了一惊:"猪儿虫肥嘟嘟的,好吓人哦! 而且猪儿虫是害虫!"

"这有啥好吓人的? 蚕宝宝不也是肥嘟嘟的吗? 现在猪儿虫被煎炸之后都成为城市酒桌上的美食了呢,而且价格还不菲。要知道这可是纯天然的有机绿色高蛋白无污染的食物啊!"我爸咂着嘴唇说,那样子我猜他一定吃过这种虫子美食:"至于猪儿虫是不是害虫这个倒不重要,养它们的目的不就是观察昆虫吗?"

"就算你说得对,那你刚才说养猪儿虫比养蚕容易,为啥?"

"养蚕得买桑叶,而桑叶不好买,更不好找。"我爸说:"但猪儿虫就不一样了,喂给它们苕叶吃便行了。"

"苕叶不是也不好找吗?"

"苕叶不难解决。我们可以在我家的花盆里种上几窝红苕,就会有源源不断的新鲜苕叶,有了苕叶,猪儿虫便有了粮食。但假如养蚕的话则没那么容易,试想,我们家里花盆怎么栽得下一株桑树?"

我妈想想我爸说得有道理,如果养猪儿虫的话,不仅达到了养虫的目的,而且还能节约钱,真是不错。于是便跟我爸一道说服我改变养蚕为养猪儿虫。

"同学们都养的是蚕，我却自己一个人养猪儿虫，这咋行呢？我不同意！"

想到自己体现科学精神和奉献纯真爱心的方式过于孤独，我忧伤得差点落泪。

"有啥不行的？同学们都养的是蚕，你一个人却养的是猪儿虫，这恰恰说明你的与众不同。一个人与众不同就是特色呀！谁不想自己与别人比有特色呢？那些名人、伟人们不都是与众不同的人吗？"

说不过父母，又别无他法，我只好被迫养起猪儿虫来。说实在的，刚开始时，看到猪儿虫还挺害怕的，但渐渐地，对它的怕感便没有了，看到它们身上的绿色，我还仿佛看到了春天的盎然。不仅如此，我还将它们当成了宠物，热了，给它们调低温度；干了，给它们增加湿度，可谓呵护备至。

当然，也确如我爸所言，由于猪儿虫的食物比较杂，尤其喜欢吃苕叶，我们家仅用了两个花盆栽上红苕，便拥有了苗壮成长的红苕藤和鲜嫩翠绿的苕叶。食粮充足，猪儿虫们自然养尊处优，不仅吃得肥头大耳，全无天敌之虞，对于养它们的我们一家来说，也是十分的省时省事省心省钱。

还有，如果我嫌将它们放在透明塑料宠物盒中养它们打扫它们的便便很麻烦的话，还可以将它们直接捉到红苕叶上，像放牛放羊一样敞养。

在家里敞养几只猪儿虫，那无异与大自然无缝对接，真是别有一番情趣。

而养蚕则不能敞养。除非你家客厅大得可以栽下一棵大桑树。

非但如此，那些养蚕的同学也真是被给所养之蚕找桑叶之事折腾得够呛，不仅花了不少钱，一家子的闲暇时光还都被这档子事消磨得无影无踪：淘宝上的确能买到桑叶，但花钱不说，所买的桑叶还不新鲜；要新鲜桑叶，那就得开车出城，前往郊区，甚至是乡下采摘或者购买才行……因而，养蚕真是一个费时费力费钱的事。

关于养猪儿虫的事还是长话短说吧，更多妙趣横生的故事此时我让它们飘过。总之，自此后，我便对猪儿虫没了怕感。事实上，在独生子女的我童年的成长时光里，猪儿虫们甚至有一段时间成了我的小伙伴。

我感谢我曾经养过的那些猪儿虫们！即使它们是害虫！

关于此，你别贬低我。好虫又怎么啦？害虫又怎么啦？你说这世界上有绝对的好虫与害虫之分吗？关于好虫与害虫，这不还是自私的人类站在自己利益的角度给贴上的标签吗？利我者好，弊我者坏，这跟顺我者昌，逆我者亡有何异？这个好虫与害虫称号的颁发，有谁咨询过这些虫子们自己呢？可知它们是否愿意被如此这般被冠名？

其实好虫不幸啊！比如说蚕吧，当他们吐丝成蛹后，接下来享受的不是破茧成蝶，而是遭受水与火、蒸与煮的人劫，死得很惨很难看。

而害虫则万幸。比如猪儿虫吧，能在广阔的原野里，享天地灵气，鲜美餐食，纯净晨露，明媚阳光，然后经化蛹之蜕变，历羽化之美丽。

我要再强调一下，你可能不相信。但事实上，这帮翠绿色的蠢货们还曾是我的保护神。至少，在我小丫头片子孤独的青葱时光里，有小男孩要想欺负我时，只要我从书包里掏出装有猪儿虫的塑料盒子来，将小手伸进塑料盒子直接逮出猪儿虫，然后像当年红极一时的电影《闪闪的红星》中的潘冬子向敌人的方向举着红缨枪的样子，将之举到那帮熊孩子们面前，便能吓得那帮熊孩子鸡飞狗跳如鸟兽散。

小学时光如流水般缓缓地流走了，本以为我与猪儿虫的故事也如长大后的猪儿虫化蛹成蛾然后扑腾着远去，就此打结。却没想到，此时此刻，猪儿虫在我心中留下的玩伴情结，保护神情结却顿然鲜活起来。

张阆苑呀张阆苑，我不就是在课堂上看了一会儿课外书吗？不就是在课堂上指出了你的解题方法拙朴繁复了些吗？这有啥大不了的呢？你怎么就可以这么小肚鸡肠地要收拾我，让我写什么周记呢？以至于被同学们起哄、嘲笑。一个人能在倏忽间就被惹恼，这是什么样胸怀的人啊？

你做得了初一，我为啥不能做十五？你让我出丑了，我也要让你出出丑。

第二章

茁壮成长的迷惘

九

心空蔚蓝

王恩玫最终被李檀尴尬且无奈地"无罪释放"。

欲加之罪虽不愁有词,但也得讲证据,尤其是有家长在现场。没有证据而治罪,到哪也说不过。

走出李檀压抑的办公室,王恩玫长舒了一口气,一直逆流奋进捍卫清白的她,心情突然变得轻舟顺帆,她竟有种想哭的味道。

不过,她觉得自己再想哭,也想微笑着对李檀说:"去死吧!你这根令人讨厌的黑冬瓜!"

结束这短暂的磨难苦旅,沉重喘息的城市已华灯初上,大街上,喧嚣与卑微的空气在流淌。初冬微澜,寒凉紧逼,让王恩玫的脸感觉冷冷的,如贴上了一张硕大的冷屁股,冷得她的心直打哆嗦。

在离校门不远处,一排变着花样挣钱的低矮的家校通刷卡机漠然地伫立着,就像美国百姓纳税养着的政府官员一样无情:学生进校门时,得刷一次卡,出校门时又得刷一次卡。如果不刷卡,就得扣操行分。

就在王恩玫刚刚刷完卡的时候,一套白色校服在迷蒙的夜色和昏黄的灯光中飘了过来,鬼影幢幢,看上去很吓人。

但王恩玫不害怕,她知道这是怎么回事:这不是一套白色校服飘向了她,而是"黑孔雀"胡继勋飘向了她。又黑又胖的胡继勋,在夜幕下几乎隐形。

近了,那套移动的白色校服里渐渐出现了人脸的描边轮廓。再近些时,王恩玫看到那跟夜色一样黑的人脸上挂着笑。那笑容虽不恐怖,但王恩玫却颇为反感、厌烦。

"王恩玫,怎么样？我说没事你还不相信呢！"

看到女儿与同学说话,王恩玫的母亲刻意与他们拉开了距离,女儿的作弊事件,即便最后被还了清白,但同学之间谈这事,作为大人,是不好去偷听什么的。毕竟谁都有面子。

"你怎么知道没事？"

"那张纸团是一张白纸,能有啥事？"

妖孽呀！这不是一只"黑孔雀",而是一只黑孔雀精啊！

"可是,我明明在考试时看到李老师展开那个纸团上面写有字的啊,难道我看错了？"

"不仅你看错了,李老师也看错了。"胡继勋说:"我们根本就没有作弊,何来作弊的证据,对不对？"

"行吧,你别紧张。我根本就没在李老师面前提你。"

"我紧张啥呀？你知道的,今天该我打扫教室卫生,我才打扫完。你以为我紧张,在等你的消息？"

"不紧张最好,最好不要装。不过今天这事真的像撞了鬼一样。你说我和李老师明明看到那张纸团上写了字的,怎么李老师拿出来时又变成一张揉皱了的白纸呢？"

"别想那么多,快回家吧。"

"哦,对了,建议你晚上别在我面前出现,你刚才的出现就让我眼前一黑,我正奇怪呢,怎么就有一排牙齿在不时出现?原来是你来了。黑夜是你的母亲,你在黑夜里出现,就跟被黑夜溶化了一样,在衣服里隐形,怪吓人的。你这个掉进煤炭灰里就找不着的家伙,你说你长得黑倒也没什么,长得黑却出来吓人,那就是你的不对了。你可知,撞见你真像撞见鬼一样恐怖啊!"

"哈哈,你的话太神奇了,要是我真能隐形,那就好咯!"

这件事真的很奇,明明是眼前刚刚发生的事,却斑驳得令人恍惚。

李檀的表情,被令人惊诧诡谲的恍若做梦的无情事实啮咬,尴尬、凝重,而又凉气笼罩。

不仅李檀觉得是一件咄咄怪事,王恩玫本人也觉得不可理喻。在与母亲一道回家的路上,她默默无语,脑海里一直在琢磨这事,如咀嚼一个美味却又如同鲜血的槟榔。

因为英语考试的时候,王恩玫是亲眼看到李檀从她考试桌上缴获那个作弊的纸团,且打开来看时,上面是写满了英语字词的,可为啥李檀将之复又捏成团,且锁进自己抽屉后再次打开来时,却变成了一张被揉皱了的洁白无瑕的纸了呢?

凉凉的冷风,漉漉的潮湿,幢幢的黛黑,以及怎么也找不到头来的梦境般的思绪,让王恩玫的头有些发痛。

唉,想不明白就不想吧,或许真是大家都看花了眼呢!

回到家,虽然王恩玫心情依然泥泞,但坎坎坷坷、横生枝节的考试总算结束了,按惯例,每当期末考试结束,她都可以看看电视。

坐在客厅的沙发上,她打开了电视,面对琳琅满目的频道,选来选去之后,她将视线固定在了中央电视台综艺频道,该频道正在播放一档《我要上春晚》的节目。

电视里,一组又一组来自国内外的专业或非专业的选手,在卖力地表演节目,尽情地施展才艺。有的人歌唱水平赛过不少所谓的明星;有的相声小品笑得人肚痛;有的空中飞人杂技,甚至到了玩命的程度……然而他们能否晋级参加"我要上春晚"的年终总决选,却并非由自己的卖力程度尽情程度和才艺高低所决定,而是由三位装腔作势刻意卖弄自己的过气演员所组成的评委的喜好所决定。

虽然这档节目有些内容还是有些看头,但王恩玫心里的感觉却特别不好。

虽然自己作弊这个冤案最终水落石出,但冬日的天空却并没有为王恩玫抬高几许。

接下来的寒假,如同寒风萧瑟的季节,王恩玫的感觉是嗖嗖的冷和郁郁的欢。

她过得并不快乐。一是因为被冤枉终究不是一件令人愉快的事,虽然最后澄清了。二是王恩玫的奶奶的身体健康大不如前。还有就是母亲严厉的管束,和管束下做不完的作业。

关于奶奶。王恩玫一想到奶奶每况愈下的健康状况就心酸。这个阅尽了人世沧桑的老人,如今的生命似乎如一列喘息的列车,在她年轻的生命如动车欢腾的时代,奶奶正驶向一个沉寂的站台,那里没有阳光,没有明媚,没有一望无际的生机。只有暗淡的灯光,摇曳的烛影;只有破旧、沉默,和无边的黑暗……或者什么也没有。

王恩玫自己心中所期盼的快乐与现实之间有着很深的罅隙。多少时候,她觉得空虚、愁寂就像致密无隙的空气一样包围着她,怎么也摆脱不了。

春节来了。目光所及,漫天吉庆,四处飘荡着肆意的热闹。

春节是亲情的凝聚,是友情的感恩,是乡情的奢侈,是欢乐的绽放,是一年期冀的萌芽……但王恩玫觉得放假相对于上学,自己不过是将课堂换成家里,换了另一个地方做作业而已。即便春节,也是如此乏味,如此离不开食之无味,弃之可惜的鸡肋般的学业。

置身张灯结彩,四处飘红的环境里,其实欢乐都是表面的,都是别人的,自己内心深处却很是迷惘与孤寂。

外面的世界很远。外面的世界也很近。人们用自私无礼的心灵,捧着四季厚重的期冀,却肆无忌惮毫无悲怜,谁也不会,甚至压根没想过自己的愿望是否会构成对他人的伤害。鞭炮声声,总如机关枪疯狂扫射此起彼伏;花炮轰轰,更似火箭弹惊天动地,撕心裂肺。

忍辱含悲啊!王恩玫注意到了,在人们欢庆的那些天里,"癞巴狗"总被吓得魂飞魄散。污浊侵蚀清澈,内心注满凄惶。只在乎自我欢乐的人们,谁在乎过"癞巴狗"这样正处成长季的小可怜内心的无助与悲寂?

冰雨如刀,坚硬锋利,扎得"癫巴狗"瑟瑟发抖。被这一冷酷事实戳得心痛的王恩玫,再次向母亲提出把"癫巴狗"抱回家饲养的请求,但是她这个请求却再次被比冰雨还冷的母亲的话语无情地拒绝。

在深不见底的绝望中,王恩玫只好找了一个纸箱,找了两件自己的旧衣服,用剪刀细细地剪成碎布,在底楼楼沿紧挨那丛冬青处,给"癫巴狗"做了一个暖暖的窝。

想到可怜的"癫巴狗"有了一个暖暖的"家",那天晚上,王恩玫的梦都是暖暖的。

为了看看"癫巴狗"是否享受了一个充满爱的舒适而温暖的夜晚,第二天,尚值晓风残月夜色阑珊,王恩玫便跑下楼去看自己的杰作,以及"癫巴狗"对她的杰作的满意程度。

然而,下到底楼,走近"癫巴狗"的地盘,进入她视线的,却无处可寻在她梦中都出现过的暖暖的狗窝,而是依然如昨的空空荡荡,和寒风中翻卷的枯叶。

"不就是个狗窝吗? 谁这么没爱心啊?"

正在王恩玫小声嘀咕的时候,一个清洁工人穿过晨雾走了过来,笑着对她说:"那狗窝是我扔了的,物管规定有垃圾就得打扫,不然我们就会被罚款,被辞工。"

清洁工的话虽是实话,且有一种无奈的温暖,但却让王恩玫心中如同雪崩,欲哭无泪。

自己本来就是因为无奈而给"癫巴狗"制作了一个温暖的狗窝,但是现在自己却又被清洁工人的无奈击败。一种同情,就这样被苦寒掩埋。

唉……可怜的"癫巴狗"呀,你还是跟我学吧。自我陶醉即是欢乐,自我满足即是幸福,春节所在,不欢乐不行,如果找不到欢乐的因子,那就用放大镜看收获与欢娱,用凹透镜看连逆与凉薄吧。

这样的日子百无聊赖,王恩玫甚至希望能够早点开学。

可喜的是,没有谁能够阻挡如期到来的春天的脚步,天气正在一天天转暖。

一朵报春笑着走来了,千万朵报春笑着走来了。看着竞艳的美丽,王恩玫也对自己说,新学期,一定要有新气象,不说成为一个受老师欢迎的好学生,但起码不成为一个令人讨厌的坏学生。而且在家里也要当个好女儿,听爸爸妈妈的话,像花儿一样受人欢迎。

开学了。又开始了睡得比狗晚,起得比鸡早的日子。

虽然胸怀春天般的热情,但学校的气氛并没有随着同学们又长大了一岁而变得懂事起来,其实跟上一个学期一样,时时充满着欢乐,时时充满着嬉戏,也充满着学生的顽皮和老师面对顽皮时的呵斥。

王恩玫虽然在刚跨进初中时,便因开玩笑而把胡继勋的手臂给摔断了,但是相比于班上这类顽皮学生的人才济济,和所添下的层出不穷的乱子,她的调皮其实算不了什么,不过是一朵开得最早的花儿而已。

在迷人眼的"乱花""乱草"丛中,诨名叫"菜油瓶"的蔡友平可能就要算这样的一个出类拔萃者。他成绩不好,学习不努力,心里却鬼板眼多,时常弄些鬼点子来整人,所整的人男女生不论,美丑通吃。

有一次,蔡友平直接捉了一只有小手指粗的绿色的猪儿虫扔在王恩玫的课桌上。这只肥硕的猪儿虫像一截翠玉,好看是好看,但被扔在课桌上时,还扭了扭身子,却又令人毛骨悚然。却不曾想到,王恩玫虽先是吓了一跳,但很快便镇定下来,并用手去戳了戳那条猪儿虫,像是研究又像是挑衅。继而,她又用手掐了掐这只恐怖的猪儿虫的尾部,甚至掐下一坨肉来。就在同学们不知她所为时,她索性将那条看上去恐怖的猪儿虫丢进嘴里大嚼起来。

咀嚼声变成雷鸣。惊悚啊,简直! 无数双眼睛聚光灯似地打在王恩玫的身上,这是中国好身影啊,瞬间爆红!

一般女孩子是怕肉肉虫的,何况是这么粗一只野性难驯原生态的肉肉虫。王恩玫这一举动,引得众女生尖叫,也惊得众男生大张着嘴不能合拢:这个美女难道是鸡变的,这么爱吃虫子? 而且是这么大一条绿色的虫子? 还嚼得有滋有味满脸开心!

"日出嵩山坳,晨钟惊飞鸟,林间小溪水潺潺,坡上青青草",同学们的一惊一乍对王恩玫来说,是如此的风轻云淡啊!

当然,男生女生中也有两人如高士般洞明世事,不惊不叫,反而还哈哈笑。这一男一女便是蔡友平和王恩玫自己。只有他俩才明白这一只恐怖的硕大猪儿虫是怎么回事。如果王恩玫不是头一天晚上买过这种用如同果冻般的软糖制作的仿真虫,她也铁定会吓得尖叫的。

来而不往非礼也。蔡友平想吓自己，让自己出丑，我为啥不也让他出出丑呢？王恩玫决定整整蔡友平，以博同学们一笑。

那天下午自习课，严肃和活泼齐乐融融地欢聚在教室里。上课的铃声即将响起，除了蔡友平外，同学们都到齐了。这时，王恩玫的同桌、蔡友平的死党胡继勋自言自语道："'菜油瓶'要遭迟到了，还有两三分钟就要打上课铃，同学们都到齐了，只差他一个人了。"

胡继勋虽然也是一个顽皮大王，但成绩好的他却把学习时间和玩耍时间分得很清楚，因而蔡友平上课迟到让他有所感慨。

嗨，这上课铃声呀，像连接沉闷与舒缓的大桥。

胡继勋的话像一部精彩小说的引子，让王恩玫怦然心动。尽管胡继勋是自言自语，但她还是接上了岔："你咋知道'菜油瓶'要迟到？"难道是盼了很久的喜剧大餐即将到来？

很多人的欢乐通常喜欢建立在别人的痛苦之上，即便是朋友。胡继勋幽默地回答："'菜油瓶'拉肚子打标枪，正一泄千里呢。这种事开幕容易闭幕难，大水冲了龙王庙，他不被自己制造的洪流冲跑就幸运啦。"

有这等快意之事？王恩玫寡淡平静的心马上翻卷起欣喜的潮汐："那我整整这小子！"

王恩玫说着，便快速从座位上站起，来到教室门口，设置起了机关：她把教室门与门框的夹角开到成20°角，然后在门板的最上缘放一个装了小半撮灰尘的撮箕。如果蔡友平推门而进的话，撮箕和撮箕里的灰便会砸到他的头上和身上。

见王恩玫所设的机关后，同学们一下子便明白了，都啧啧赞叹，并静等一场好戏上演。

这时，"猪才怪"梁此峰也猜出了王恩玫的用意，喜欢开玩笑的他如打了鸡血，觉得王恩玫弄的机关简直不过瘾，又将自己手中喝得还剩一小半瓶的可乐也拧下盖子放在了门的上缘，然后坐回位置，静等"桃花开"。

"猪才怪"上场，同学们更添喜乐，就如见到卓别林一样，一举手一蹙额，都是开怀。

上课铃声在同学们掐指细算的一分一秒后，终于敲响了，好戏即将上演，想必蔡友平这个冒失鬼听到上课铃响后，便会风风火火地冲向教室，那个装有地灰和渣滓的撮箕,以及那小半瓶可乐一定会砸到他的头上,身上,创造一个爆笑的瞬间,给平淡枯燥的校园生活增添一丝活跃和欢乐。

就在大家屏声静气读秒似地等待好戏上演的时候,门终于被推开了,撮箕里的灰尘以及那小半瓶可乐也恰如其分地砸到了推门者的头上和身上。棕红且黏稠的可乐液体加地灰的混和物浇在那人头上,准确地应验了那个旷古烁今且美妙无比的成语——"狗血喷头"。

不过,这精彩的一幕却并未赢来同学们的掌声和喝彩声,甚至哄堂而笑也只是一瞬间爆发又一瞬间被强压住隐形。因为这小半撮地灰以及那小半瓶可乐所砸中的人并非蔡友平,而是班主任李檀!

乖乖,泥灰俱下,还有可乐调色,李檀顿时成了落汤鸡,而且是彩色的。这只彩色的落汤鸡如同刚刚出卤锅的鸡一样。当然,艺术一点的说法是,这是毕加索的 3D 版油画。

这个祸惹得不小,就快天崩地裂了!

"谁干的?"李檀的声音不大却异常严厉。脸色也由黑变红又由红变紫,瞬间完成了一番变色龙肤色的变化。

全班同学先是鸦雀无声,继而全都用手指向了王恩玫,和梁此峰。

"到底是王恩玫,还是梁此峰?"

"是他们两人。"

"你俩为啥要整我?让我这样出丑?我踩你俩尾巴了?"

"不是想整你,是想跟蔡友平开个玩笑。这不是自习课吗?老师一般不会来的。"

听说是想整蔡友平后,李檀的紫脸渐渐褪去了红,渐渐复归黑的原色。看得出来,他心中的气消了许多。也许,李檀意欲如秦始皇那般收复六国的战争会变成一个人的战争。

为了让李檀的愤怒从心里消减,并最终铩羽而归,胡继勋在这关键时刻当了一回灭火器,在汉民族和匈奴之间筑了一道城墙:"蔡友平曾经也用这个方法整过梁此峰,但最后灰尘掉在了王恩玫的身上。王恩玫也算是以其人之道还治其人之身,开一个善意的玩笑。"

胡继勋算是说了一句公道话,王恩玫心里泛起一丝温暖。因为胡继勋的话还是有份量的,毕竟他成绩好,且是李檀的爱徒。

"好吧,这事我不跟你们计较了,不过,这个玩笑开得有点大了。"

李檀的愤怒,最终成了岁月里的一段打不出喷嚏的记忆。

胡继勋真是善良的消除队员?真是雷锋一样的楷模?其实不然,胡继勋也挺顽皮,他的好成绩并非循规蹈矩而来,而是刻苦使然。但由于身为班长的他偶尔在同学们面前假正经,且有一种自以为是,王恩玫虽与他邻桌,而且她、梁此峰与胡继勋三人还被班上同学冠名为"活宝三杰",但她其实内心却并不怎么愿意答理胡继勋。再加上刚进初中时,胡继勋便贬损她是癞巴狗,厌嫌她脸上的青春痘,这让她很是记恨。

曾经,王恩玫所开的一个抽凳子的小小玩笑,却把胡继勋这只黑孔雀折了翅,弄得胜败双方都很没尊严,像一部糟糕的喜剧电影,喜剧最后变成了悲剧,索然无趣,被人诟病至今。

虽然,胡继勋的心胸并非瘦得像一支洞箫,或一只吸管,但通常情况下,王恩玫依然不喜欢与胡继勋开玩笑,她觉得胡继勋除了成绩好以外,平时的反应偶尔还有些迟钝,有些呆,是"活宝三杰"中最傻的一个,她怕开玩笑再次伤了他。不怕狼一样的对手,就怕狼有着猪一样的幽默细胞,她不愿意累死在与胡继勋开玩笑的途中。

这世间,有时候聪明与愚蠢是连体姐妹。王恩玫时常感到困惑,你说胡继勋是笨呢,可是他的成绩却比很多人好;你要说他很聪明呢,却时常在同学们与他开玩笑时反应不过来,显得有几分弱智。

按理说,在这个弱肉强食的社会,弱智是要付出代价的。可这代价偏偏不是胡继勋付出,而是王恩玫的父母付出,"折翅事件"赔了胡继勋几千块钱医药费那事,一直被王恩玫的父母当成鞭子,时时抽打她那孱弱的小心脏。

惹不起你,那我敬而远之吧!何况,跟呆瓜开玩笑还挺无趣的。最起码不仅找不到笑点,还可能被旁人视为欺负弱者。

但是这次,胡继勋在李檀面前替自己解了围,解除了被请家长的危机,王恩玫心里对胡继勋充满了感激,也一定程度缩短了先前敬而远之的距离。她甚至有与胡继勋开玩笑的冲动。

开个什么玩笑好呢?这个玩笑要既不伤大雅,又不伤身体。王恩玫琢磨了一阵,突然有了主意:想到蔡友平那次放一只猪儿虫到自己课桌上吓自己的事,王恩玫也想以此方法吓一吓胡继勋。因为她知道胡继勋胆子很小,比一个女孩子还怕肉肉虫。

王恩玫的心情很轻盈,她用来吓胡继勋的不是果冻软糖做的猪儿虫,而是一只真的猪儿虫。鲜活的生命最精彩,她期待这份精彩上演。

那是一个漾溢着闲适的周末,天空如水洗过,蔚蓝洁净,朵朵白云似童年吹过的那种泡泡,沾在蓝天之上,充满童稚和寓言的气息。一望无际的成都平原,镶嵌在蓝天之下,美不胜收。间或连绵的田野里,能看到一二处残破的栅栏,或低矮的农舍,却丝毫不影响这样的风景整体的青春。

王恩玫跟着父母去郊游,静寂而自由的美,让她觉得成都的郊外多像一个如花处子,文静、雅稚,却又不失纯朴、不染喧嚣。

游走在视野的辽阔世界,由远及近。站在一泓澄澈的水沟旁,脚边有一畴农田绿油油地在阳光下美得正翠绿。

大口呼吸着清新的空气,如一只出笼的小鸟般欢跃的王恩玫,猛然间看到翠绿田田的红苕叶子上,有好几条肥硕的猪儿虫。

哈哈,这些笨拙呆滞只知道吃的家伙,多像"菜油瓶"拿来吓自己的那一只可以食用的染色的软糖虫子啊。她脑中忽然想起什么,便用手中的广口饮料瓶装了三只猪儿虫进去,同时还采了一些苕叶放进瓶里,以免猪儿虫饿死了。

周一一大早,王恩玫便从那个广口饮料瓶里倒出一只猪儿虫来,装进另一只空的饮料瓶里,然后怀揣着一颗激动且期盼的心,在饱醮金粉的旭日的照耀下,细声轻唱地踩着欢歌的节奏,来到了琅琅书声如潮水般涌动的学校。

十

美味的尖叫

"见过螳螂的人，都会十分清楚地发现，它的纤细的腰部非常的长。不光是很长，还特别的有力呢。与它的长腰相比，螳螂的大腿要更长一些。而且，它的大腿下面还生长着两排十分锋利的像锯齿一样的东西。在这两排尖利的锯齿的后面，还生长着一些大齿，一共有三个。总之，螳螂的大腿简直就是两排刀口的锯齿。当螳螂想要把腿折叠起来的时候，它就可以把两条腿分别收放在这两排锯齿的中间，这样是很安全的，不至于自己伤到自己……"

这是法国著名昆虫学家、动物行为学家、文学家、昆虫科学家法布尔在他的著作《昆虫记》里的一段文字。

《昆虫记》誉满全球，在法国自然科学史与文学史上都有它的地位，被誉为"昆虫的史诗"。法布尔被法国与国际学术界誉为"动物心理学的创始人"。

看过《昆虫记》的读者,无不对昆虫世界大感兴趣。这也至少是我喜欢猪儿虫的又一个重要原因之一。

城市喧嚣弥漫,浮尘飞扬。听不见花开的声音,看不见翠绿在葳蕤。

可猪儿虫有猪儿虫的世界,它们不仅是隐士,而且有洁癖。它们不喜欢华丽霓虹般的梦呓,不喜欢重金属的狂躁和抑扬顿挫;不喜欢有污染的化学物质妆点过的光鲜;只喜欢淡雅的轻风和明澈的原野;以及明明白白鲜亮绽放的阳光和清亮透彻的雨。

那么,在高楼林立、车水马龙、浊气四溢的城里,去哪儿寻找逸仙般的猪儿虫呢?我打开脑海里的搜索引擎,冥思苦想起来。

阳光打在一丛丛积满尘灰的绿上,我的思绪在游走。游走在繁华而又荒凉的世界里,游走在宁静而又单纯的童稚中。

那是一条河,宁静、清澈、平缓,潺潺地自远方而来,又默默地流向未知的远方;那是一扇门,沉默而固执,有着淡淡的哀愁和惶恐,光芒内外,漠漠总半掩。

可是童年的猪儿虫却在无法重新进入的旧日的时光里呀!回忆是美好的,回忆也是疼痛的,回忆也是想得起,摸不着的。

我想起来了,上学路上蜀都花园南大门挨着牛市口新时代电影城处,有一个尚待开发的市政小公园,原始、野趣、荒凉、自由、和谐在这里交织,杂树丛生,杂草丛生,凌乱却又自然,绿意格外盎然、生趣格外原始。不知名的鸟儿,不知名的虫豸,不知名的树木,不知名的花草,在这里低吟浅唱,百转千回。

在晨露晶莹的绿叶上,我曾偶尔看到那里的洋槐树上有一些猪儿虫,在静享晨晖的惬意和与都市繁忙隔之时空的闲适。我想,假如我从它们中逮两只,放进我的透明塑料文具盒里,让它们悠闲地散步,兴许别有一番情致。

这翠绿的猪儿虫倒也乖巧,不仅如一块翠玉令人心动,还似与我前世有缘,我捉它们时,它们竟然不挣扎,静静地,就像士兵接受检阅。当我将它们放进我的淡雅蓝色的塑料文具盒里时,它们也很快适应了新的环境,不急不躁,偶尔才动一动,胜似闲庭信步。

这个上午阳光静好,热而不闷。往日索然寡味千篇一律沉闷的课堂,因为有了猪儿虫的默默相伴,而变得远离寂寥,充满往事的欢娱。

上午第三节课上数学,香风习习里,张阆苑留了十五分钟自习,我有一道题不会做,便请教张阆苑,于是她仙女飘飘般,驾着轻云和馥郁香气来到我的课桌前给我讲题。

今天的张阆苑散发的是幽暗的青草香,既有一种大自然的味道,又有一种淡淡的药香。

药香带着解惑的欢欣来到了我的身边,然而不幸的事就在这时发生了——也许绿野的气息激发了一种单纯的向往和原始的冲动,正在张阆苑给我讲课的过程中,她突然在平淡无奇中看见了什么不平淡的东西,惊诧莫名,尖叫起来。那个震撼人心呀?哎!哟!喂!

啧啧!那是中了"500万"彩票的尖叫?NO!那是半夜看到孔老夫子站在她床前朝她这位得意门生笑?也NO!

张阆苑毫无预告的尖叫声吓了全班同学一大跳,同样也把我吓了一大跳。但很快,我就明白了,一定是她看到我摆放在课桌上的透明塑料文具盒内的那一足有我小手指般粗的绿莹莹,正在蠕动,且蠕动起来劲头十足,形似正在做广播体操的猪儿虫。

策马奔腾无尽苍穹,卷落一路风雨,腾起彩虹。

现在是踏破男权我自张扬的女汉子流行的时代,离母系社会就差那么一点历史书所记载的短短的时间距离,你说一只柔弱无骨丰满润莹的猪儿虫就把你吓成这样,至于吗?

我不是雄姿英发男性荷尔蒙决堤的女汉子,但我心里却对张阆苑充满了鄙夷。你是女人,我也是女人,我都不怕猪儿虫,你怕个什么虫呢?再有,你是我的老师,是比我大许多岁的女人啊!我一个小丫头片子都不怕,你那么夸张,那么怂干嘛呢?

书上说,幸灾乐祸的人特没素质,但我此时却特享受这种没素质,特享受这种没素质带给我的心情大好。我内心不怀好意地笑着对张阆苑说:"张老师,不怕,它不就是一只虫子吗?有啥好怕的?它没骨头,没刺,没毒牙,你怕啥呀?"

吓得青筋暴露面红耳赤,满身鸡皮疙瘩层层叠叠堆起的张阆苑,也许并没有听见我在说什么,更没注意到我阴暗的内心。因为她的注意力全都在那只肥硕的猪儿虫身上,犹如观看一部没有尿点的电影大片,她张大的瞳孔充分暴露了她内心的恐惧,那一双眼睛中部褐色的圆环中间那个黑色的圆形隧道,直通她的内心深处。让我丝毫看不出她眼中有法布尔《昆虫记》中的丰盈的和谐与流淌的美感。

随着张阒苑突如其来的尖叫声传播开去,班上的同学先是被吓了一个大跳。继而,一种好奇像烟雾般弥漫开来,包括那些正在课桌下偷偷摸摸搞小动作,兴致盎然自恋地研究龙脚凤爪秃树枝丫的此长彼短者;正趴在桌上涎水横流呼噜微澜呓语连连,刚中了彩票正将上台领奖的梦见周公者;挂着装模作样努力学习的羊头,实际人在教室心在天上正腾云驾雾神游四海者;以及明修栈道暗度陈仓正偷窥黄金屋颜如玉,两耳不闻窗外事一心只读"剩闲书"者……其注意力全都如遭遇吸星大法,被猛然吸引到了我与张阒苑这边来。

几乎与此同时,更有许多同学纷纷站了起来,像一群伸着长颈的受惊的鹅瞭望西洋镜那般面朝我们,将头拨弄得晃来晃去,以探究竟。

此番节奏,大有重磅级造粪机遇见美食而口水滴嗒的疯狂。

看到有这么多瞬间产生的"粉丝",以及爆发式增长的关注度,我越来越来劲了。脸上也渐渐燥热起来。随着燥热的产生,我相信我的脸上颜色也涨红了,如抹胭脂。当然这种涨红不像张阒苑那种因为害怕而涨红的,而是因为兴奋,因为刺激。为了赢得更多的"点赞",我索性来了一个更刺激的动作:

"张老师,你看,我不仅不怕,我还敢亲它。"我说着,用中指诗意般地触碰了一下那条猪儿虫背部的皮肤,然后迅速离开,闪电般地朝自己的嘴里送去,舔了舔,有滋有味的样子:"这种舌尖上的品尝感觉不错,清凉清凉的,一种大自然最纯正的味道!"

我的举动顿时让全班同学哗然,"惊起一滩鸥鹭",那是必然。更有甚者,有些脆弱的同学还因此打起了干呕。

乖乖,你们这些生长在苗圃中的花儿草儿是不是太娇气了一点啊?不就是一只虫子吗?不就是我"幽"了一下"默",让沉闷的空气"活"一下"跃"吗?

见同学们如此既剧又烈的反应,我开心极了。这是要花多少钱广告费才能达到的效果啊?管他展示正面还是反面,在这个是与非都被芜杂搅和的年代,只要有关注就是胜利。

不是吗？是金子总会发光的，但前提是没有埋在厚厚的泥土里。这个道理太简单不过了！郭明义和郭美美，两人都是老郭家的人，但却一个在北走正面，大力彰显正能量，一个在南走反面，穷极显摆负能量。你说说看，这南辕北辙者谁的影响更大？谁的出场费更高？

当然，我快捷准确的动作，隐藏着参悟不透的玄妙，那凌厉晃眼的一闪之间送进樱桃小口的嘴里的是食指，而非先前摸猪儿虫时所用的中指。倘若心无灵犀，你怎么能猜得到我这个善意搞笑的恶作剧的玄机？

"'幽魂'，你这整的哈（啥）玩意儿？"这时"蟒蛇"装疯迷窍地故意学着东北腔问我。

"蟒蛇"出洞，妖孽横行，那么大念阿弥陀佛的"唐僧"岂能不在现场："'蟒蛇'，这是怎么的这是？这么简单你还看不明白啊？'幽魂'这是玩的《虫虫特工队》呀！"

"唐僧"此时念的"经"，也是东北腔。

我叫袁倩，悔不该取这么个名字。因为有一个"倩"字，人还长得可以，于是我刚到班上不久，便被同学们由本名改叫成了"美女"，继而又被叫成了"倩女"。

"倩"是美的意思，同时"倩女"这个词里嵌了我名字中的一个"倩"字，倒也恰当。可万没想到，最后，这帮兔崽子借鉴鬼片《倩女幽魂》的名字，而给我取了一个我怎么扳也扳不脱的诨名"幽魂"。

叫我"幽魂"，还不如叫我"白骨精"更受用。"幽魂"和"白骨精"是姐妹，至少都是一个家族的，叫我"白骨精"，我好歹也是一个成长型的"白领"、"骨干"、"精英"啊！

张阆苑老师惊天地泣鬼神般地恐怖着猪儿虫，魂飞魄舞，颤栗如旧。就算"蟒蛇"与"唐僧"如何插科打诨，弄得妖蛾子乱飞，也没有引起同学们对他俩这即兴"小品"的过多关注。因为大家的焦点都在张阆苑身上。

我依然内心窃喜，面若桃花：谁规定的只能老师收拾学生，学生不能捉弄老师？我就要破破这个例！

然而，窃喜归窃喜，窃喜却捅破了无法容忍的马蜂窝。马蜂骤起，疼痛索命，才知道伤心总是难免的，我不该鼠目寸光地对这一时之快一往情深。

很快，我便意识到也许闯大祸了：我突然间发见，我先前放进透明塑料文具盒里的两只猪儿虫现在只剩下一只了。

那么,另一只猪儿虫去哪儿了呢?

我暗暗地寻找,费了好一会功夫,终于发现了那只猪儿虫诡异的踪迹:此时它正攀龙附凤地攀附在张阆苑的衬衣领子处,且不紧不慢、悠哉游哉地朝着张阆苑雪白的脖子爬去。

"宠辱不惊,闲看庭前花开花落;去留无意,漫观天外云卷云舒"。这只虫子如得道高虫,对于人类的惊诧、着急、激动、聒噪,全都视而不见,充耳不闻。

可是,我的天啊!这怎么得了?这种无遮无掩闲适得旁若无人的姿态,对我来说可不是一种境界,而是一种紧急,是在以无意之举,占领咽喉要冲呀!

这下该我着急了!要命的着急!

四周静寂,天地间仿佛只有我与这只猪儿虫了。猪儿虫啊,你不是在张阆苑老师的衣服上漫步,而是在我的心尖尖上漫步啊!

我想伸手去捉,但却又怕张阆苑以为我要对她做什么,使用暗器,因而放弃了这个打算。也许,当时恶作剧的心还未被绳之以法,还未关进樊笼,还盼望着什么发生。

剧情,伴随着这只猪儿虫悠然前进的步伐在进一步推进,更加刺激的一幕即将上演。

刚才是广告时间。此时,高潮近在眼前,精彩即将呈现。

"张老师,你的颈……颈子……"

这时天性敏感的"豪猪"也发现了什么,突然惊抓抓地嚎叫了起来。

紧跟着数学科代表"豪猪"本能地"嚎叫"的,还有善通灵异的语文科代表"许仙":"对,颈子!张老师你的颈子,颈子……"

这时,那只从我的塑料文具盒中"越狱"而出的猪儿虫,正兴高采烈、不屈不挠地向张阆苑露出白皙皮肤的颈子奋勇前进,仿佛前方是它能够化蛹成蝶的涅槃天堂。

那天张阆苑所穿的衣服是一件大绿色的衬衣,而且衬衣是扎染的那种绿色,有深有浅,就像丰沛雨水养育出的茂盛的植被。要不是细心观察,是不容易发现上面有一只眷恋自然的猪儿虫的。因为猪儿虫的绿色跟衣服的绿色一样,爬在衣服上几乎隐形。

"什么?"

张阆苑听到"豪猪"和"许仙"两个"爱徒"表达十分不明晰的提醒,脑海中一团浆糊。

事实上,当时她仍在先前的惊恐中魂魄皆散地颤抖。

"张老师,虫子! 猪儿虫!"

"你颈子上有一只很大的猪儿虫,好吓人啊!"

张阆苑猛地醒悟了过来,便伸出纤纤素手,柔美地去摸。

惊悸,触手可及。

高潮,一触即发。

此时,那只肥硕的猪儿虫已经接触到了张阆苑如凝脂般的颈部皮肤。冰凉,且层次分明的刺激,让张阆苑条件反射地明白了她那一"猪"一"仙"两个"爱徒"提醒她的话。这一摸不打紧,当她意识到自己摸到什么的时候,顿时惊得跳了起来。

糟糕的是,她这么惊悚地一摸,非但没有将那只肥硕的猪儿虫抓下来,相反,猪儿虫还如坐过山车一般掉进了她的上衣里,将它掉进了一个轮回的悲情之中。

最糟糕的是,张阆苑这件漂亮的扎染绿色上衣是扎进裤带里的,光看她的上半身,那真像一颗苗条的白菜。这句话的意思是说,那只肥硕的猪儿虫如钻进一颗外表被绿色包裹的大白菜里那样,掉进了张阆苑的衣服里,并与她的肌肤零距离亲密接触,且掉不出来了——除非她当众将上衣的下摆从皮带扎着的裤子里扯出来。

如我预想的那样,张阆苑的反应更大,形同魂飞魄散;惊叫声更响,恰如惊天动地。不仅如此,她还慌乱且胡乱地将衬衣的下摆从裤带扎着的裤子里扯出来,如唐代飞天之女衣袂飘飘,且一边扯一边跳,一边跳一边抖。那个失态呀,完全没有顾及自己乃一体态丰盈身姿妙曼的女子,以及被人敬仰的师德尊严!

甚至,还因此而走光了,那个凌乱光影味道悠长!

甚至,慌乱中还将那只自以为逃出牢笼的蠢货猪儿虫的身体给捏爆了,让无辜的它开始了不该开始的轮回!

甚至,被捏爆了的猪儿虫身体里的黏糊糊、凉冰冰的绿色体液,还直接粘在了她洁白如雪的肚子上。

这是怎样的一幕大戏啊！就在张阆苑一边扯衣服一边跳，一边抖，一边尖叫的同时，还吓得哭了起来，眼泪像奔涌的长江般哗哗地流。

一个美女老师当着自己的学生哭，而且是被一只柔弱无骨与世无争的虫子吓哭的，而且是被自己的女学生收拾得哭的……这个，应该说还是挺怂的吧？反正之前，我还未曾遇到过这样的老师。

见老师被惊吓得哭了，兴许也是第一次见老师哭的"豪猪"朱代豪顿时怒发冲冠，为张阆苑雪中送炭似地大声地谴责我："袁情，你简直太过分了！哪有你这样对待老师的学生啊？她可是咱们的班主任啊！"

这时"许仙"徐先凯也随声附和："就是，简直太过分了！我们这是名牌学校，几时出现过你这种不尊重老师的学生啊？"

见这两个疯狂挣表现的人，我心中也不再有先前的歌声嘹亮喜乐升平，取而代之的是熊熊燃烧的火气："我请问你们这两位预备'三好学生'，你们这话是怎么说的？我对张老师怎么了？你什么时候见我将猪儿虫放她身上了？"

这个时候挣表现，可比做十件好事给老师留下的印象还好啊！这两个谄媚钻营的家伙！我鄙视你们！

"豪猪"不依不饶，嘴巴开出雌黄的花："你这样说来，好像还没责任了。试问，你如果不把猪儿虫捉到教室里来，那可恶的猪儿虫会把我们张老师吓成那样吗？"

我反唇相讥，才不管他满嘴跑火车："朱代豪，你这样说话就不对了啊！你的意思是街上不能有银行存在，不然让人想入非非银行得负责任？你的意思是你大白天走在大街上把人们吓住了，你得承担责任？你这是什么逻辑啊？"

"豪猪"听了我的话之后，颇为不解，似懂非懂，因而求证于我："你这句是啥意思？"

"'豪猪'，'幽魂'这话不复杂呀，她说你是鬼呀，你大白天出来吓人。"这时"唐僧"唐盛来急忙解读说："不过，'幽魂'这逻辑不知道'幽魂'自己晕不，反正我晕！"

"唐僧"的话把同学们逗乐了，但"豪猪"却被气得脸色铁青。

迎着"豪猪"猪肝气到脸上的颜色,我不冷不热地说:"我没说'豪猪',哦不,朱代豪是鬼,我想,我的意思是,他也就最多算一个和珅玩穿越,来到我们教室。"

"哦……那我现在明白了,'幽魂'意思是,'豪猪'这个'鬼'的前面还应该加一个'丑'字。""唐僧"恍然大悟状,并唱了起来:"我种下一颗种子,终于长出了果实,今天是个伟大日子……"

同学们再次哄堂大笑。

"怎么有这么多同学不辨是非在这瞎起哄呢?"这时"许仙"一幅正人君子地说:"袁倩同学,你是一个重点中学的学生、名牌中学的学生,却玩这种虫子,真是匪夷所思。"

"我说'许仙'同志呀,人家袁倩玩虫子是人家的爱好,对吧?这就跟你玩白蛇是你的爱好一样,你不管好自己,却管人家,管得也太宽了吧?能省省不?"这时洪仁涛也声援起了我:"唉,女生怕虫子很正常嘛!张老师也是女生嘛,我说那位天蓬元帅和这位许世林,你们别那么夸张好不好呢?"

同学们又一阵大笑。

没想到,此时"唐僧"也念起了"阿弥陀佛":"不管咋说,'幽魂'这话还是有道理的,她又没直接将虫子捉到张老师身上,我们不该责备她。"

"张老师别怕!"这时"蟒蛇"卢小莽安慰张阆苑说:"改天我去捉几只猪儿虫扔到袁倩头上身上去,替你报这一虫之仇!不对,是两虫之仇!"

两人责备,三人安慰,我那紧张的心情好了许多。

然而谁知,乱成一锅粥的课堂,以及惊叫连连的异声,很快引起了正在巡视校园的朱朝志校长的注意,他健步走了过来,弄明白是怎么回事后,朱校长的脸顿时变得乌云密布,他声音低沉却力重千钧地对我说:"你!到我办公室来一下!马上!"

我真想对朱校长热情地说:"我忙得很,现在没有档期!请先跟我经纪人谈出场费,并另约时间。"

但我敢吗?在这位威严的"朱……校长"面前,先前欢乐的我实际上已经吓成一团扶不上墙的烂泥了。

真实的情况是,我当时没尿裤子已经算是在同学们面前赢了很大的一个面子了。

朱校长很生气，后果很严重！

高潮终于在期盼中来了！

可是我没想到高潮的主角竟然由编剧变成了主演，这完全超出了我之前的剧情设计。

乖乖！这下天被捅破了！接下来该哭的人是我了。

哭吧哭吧不是罪，哭过了你还是那么不对，但无论怎么我都有权利疲惫……

十一

百年孤独

思想的蓓蕾怀着欢欣的梦想，鼓凸的花季在阳光下生长。

街景如旧。如一幅定格却又霉变的照片。

高高低低千人一面的楼房各就其位，密密匝匝互不相让忧愁地排挤着；车流人流浮躁地朝着各自的目的地自私冷漠旁若无人地流动着；街树街草被从事城市环境绿化的工人们人为地修剪得假眉假眼，就如整过容的女子表面风光却心底里颤颤兢兢地生活着……只有不懂事的麻雀、画眉，散乱地、三五成群地在喘息的树杈里穿进穿出，叽叽喳喳地欢唱着自己的幼稚和不谙世事。

"太阳当空照，花儿对我笑，小鸟说早早早，你为什么背上小书包？我去上学校，天天不迟到，爱学习，爱劳动，长大要为人民立功劳！"

王恩玫如一只麻雀、一只画眉，欢唱着一日之际在于晨的梦想。

到学校后，仍念经般轻轻哼唱着这首如花朵欢快的歌曲，一边静候着喜剧主角或者恐怖片男一号胡继勋的"光临"。当然，有时候她也把歌词唱串了，唱成了：

"太阳当空照，花儿对我笑，小鸟说早早早，你为什么背着炸药包？我去炸学校，校长不知道，一拉线我就跑，轰地一声学校不见了！老师炸飞了，同学满街跑，我回头，哈哈笑，从今以后不用上学了！"

"'黑孔雀'还没来呀？他怎么还没来呢？"王恩玫在心里对自己说，有些失落，有些焦急，有些期待。她盼着"黑孔雀"能够早些到校，这样那一幕预期很久的惊悚剧才好上演。

胡继勋一般都是第一个到校的，成绩好的同学上学大多积极，也爱挣表现。李檀总爱拿胡继勋举例说，"早起的鸟儿有虫吃"！胡继勋同学习惯早早到校，他成绩好是因为爱学习。所谓爱是最大的兴趣，兴趣是最好的老师。

李檀这话让人听上去觉得很绕，且感觉他意犹未尽。如果加上一句"老师是最大的爱"，变成"爱是最大的兴趣；兴趣是最好的老师；老师是最大的爱"，也许就没那么绕，没那么令人费解了。

其实，同学们的兴奋点并不在李檀的绕口令上。每当李檀总是如此这般祥林嫂似的不厌其烦地重复夸赞胡继勋"早起的鸟儿有虫吃"时，同学们中不少人却都意犹未尽不以为然地在底下暗自喜感地嘀咕："早起的虫儿被鸟吃！"

不过，今天这只"黑孔雀"鸟儿怎么就没早起呢？难道又与"猪才怪"搭档成"黑白无常"组合，去免费给上学路上哪位女生的长相优劣体貌特征当没有出场费的免费"评委"去了？这太有违他一贯表现出来的"鸟"性了呀——给路上的女生当"评委"可以，但"黑孔雀"却舍不得影响自己上学。

盼来盼去，"黑孔雀"终于姗姗地扑腾着来了。他那肥而大的脑袋，就像一只刚出笼的荞麦面馒头，不仅正腾腾地冒着热气，还挂着晶莹的水珠。

就在胡继勋忙乱地放下书包坐在座位上后，王恩玫连忙偷偷掏出那只快要被憋死了的猪儿虫，一下子放在胡继勋的桌子上，同时嘴里发出声音："哈，猪儿虫啊，吓死你！"

没想到，胡继勋也同当初蔡友平吓王恩玫一样，一点也不害怕，抓起那只就快要死了的，不怎么动的猪儿虫来，口里念念有词："哎呀！我好怕哟！太恐怖了，这么大一只猪儿虫啊！"

话说完就直接丢进自己如荞麦馒头在蒸的过程中裂爆出口子般的嘴里大嚼起来。

我的天啊！我只是想用真的猪儿虫吓吓胡继勋，他怎么将之当成软糖猪儿虫大吃起来了呢？胡继勋的举动直接把王恩玫吓懵了：这个既聪明而又呆傻的家伙，做事怎么这么猛啊？难道他真是一只孔雀？有食虫子的爱好？

不过那一刻，王恩玫心里也涌起了一丝丝快感。不是有人说吗？女生发动直觉的时候想象力仅次于梵高；女生失恋的时候文笔仅次于莫言；女生发火的时候战斗力仅次于奥特曼！

那么女生想恶作剧的时候情况又怎么样了呢？那智商呀，仅次于爱因斯坦！

啧啧，"黑孔雀"呀，你不知道我是这种生物？

你敢惹这种生物？

谁让你惹了这种生物？

那只可怜的猪儿虫一定以为被王恩玫从瓶子里逮出来时是逃出了樊笼，哪曾想它可人的翠色和一腔绿色的期冀，却成了"黑孔雀"有滋有味的饕餮之食。

不过这一幕的发生，果然应验了李檀老师的那句很经典的话："早起的鸟儿有虫吃"！

也果然应验了同学们篡改后很流行的那句话："早起的虫儿被鸟吃"！

只见那只猪儿虫到了胡继勋的嘴里，被他上下牙齿的啮合和暴力的撞挤之后，"噗"的一声响，虫体便爆炸了，瞬间变成了一团带着皮儿的绿汁，让"黑孔雀"的一张黑色鸟嘴变成了一张绿孔雀的嘴。

这一声"噗"的闷响，也马上让胡继勋感觉到了不对，因为软糖嚼起来是不会响的，这让他很是讶异；紧接着，他敏锐的味蕾也告诉他自己正像一位出道多年的出色演员一样，在扮演着一只硕大且笨拙的鸟儿，十分敬业十分投入地咀嚼着一只如假包换不折不扣的虫子，而且这份敬业也许还吸引着电影奥斯卡金像奖的视线，正敬佩地向他招着手。

"哇!"同学们惊呆了。吃苕叶长大的猪儿虫虽然没有毒,也不可能致人命。但那绿色虫子的体液可以说要令人多恶心便能令人多恶心。

"哇!"胡继勋连忙吐出那只被他嚼烂了的虫子。

"哇!"同学们纷纷掩鼻。

"哇!"胡继勋接着吐出了他早晨吃的已经开始消化的稀饭馒头……

"哇!"有不少口味很轻的同学也开始打起了干呕。

就在大家"哇!""哇!""哇!""哇!"如满田青蛙蛙声一片,争先恐后地叫着"稻花香里说丰年"的意境的时候,班主任李檀携着一袭发胶的气浪走进了教室。乱哄哄的教室就如社林边的茅店,令李檀先是大为恼火,但当路转溪桥之时,他很快明白了是怎么一回事,黑色的脸色气得黑上加青的同时,别枝惊鹊的他也连连"哇!"了起来,不肯落伍的他成了群蛙中的一只大青蛙。

"快送校医室!"

王恩玫没想到,原本小小的一个绿色玩笑,却在全班同学如同一田青蛙般地"哇!"过之后,瞬间变成了轰动校园的大事情。

因为胡继勋不仅在校医处接受了医治,还被转到了市人民医院接受了医治。

最有戏剧性的是,在接下来的一周时间里,这只"黑孔雀"竟然看到绿色的东西就要恶心,就要呕吐,尤其是绿色的食物。

其实,胡继勋一周没怎么进食在王恩玫的眼中倒没什么,这至少可以让这只"黑孔雀"减减肥,从一只荞麦馒头减成荞麦油条,也许还受看些。但愿胡继勋也是这样想的。

当然,胡继勋是不是这样想的,王恩玫不知道,但胡继勋的父母却不这么想。这两只老孔雀哭哭啼啼地找校长,找老师,要求严重凶手,这可害苦了王恩玫,这事不仅弄得她在班上写检讨,请家长,还弄到了学校大会上去检讨……

一个同学眼中女神般的好女孩,怎么就这样变成了女神经呢?

不少师生对此很是困惑,也充满了对另类的王恩玫的鄙弃:这么喜欢虫子,这么喜欢拿虫子喂人,不去动物园鸟类馆当饲养员,真是浪费人才!

又一个秋天到了,已满一岁的"癞巴狗"又长大了许多,长成了一只半大的狗了。

尽管它依然脏兮兮的,肩胛处依然有一块跟着长大的癞疤,身上总有一股又臭又潮的味道,但这丝毫不影响它的成长。

在日趋冷漠的秋天里,"癞巴狗"学会了春天般的适应。

渐次枯黄的季节里,柳莺、斑鸠为寻找温暖,陆续搬家去了他乡,"癞巴狗"跟王恩玫的感情越来越深,彼此都有着牵挂,"癞巴狗"亲昵着王恩玫,王恩玫心疼着"癞巴狗"……

日头缓缓地从东方的天边升起,将黛黑的大地渐染金黄,城市的路灯在这种金黄中变得迷离而晦暗,直到褪化成一个点,直至消失。墨绿色的行道树,叶片上圆润的露珠在晨晖中闪着金光,格外眩目。

这是又一个阳光明媚的星期一。

走在上学的路上,想到自己一直埋藏在心中的一个心愿很快便将变成现实,王恩玫的心情非常愉快。用晨光熹微中欢快蹦跳婉转鸣唱清脆晨曲的小鸟来形容她,丝毫不为过。

但是,想到正在遭受痛苦的那条叫"癞巴狗"的可怜的京巴,她的心又快乐不起来。

走进教室,琅琅书声如阳光般升腾,如花海般芬芳。

来到座位前,把书包放在课桌的抽屉里,然后坐下,又从书包里拿出《语文》课本,拿出头一天晚上所做的语文、数学、英语等家庭作业本交到讲台上。

一切都按部就班,一切都司空见惯。

读背《语文》课文时,她特地从书包里拿出《英语》课本来,生动且多情地看了看夹藏在里面的粉红色的宝贝,少女之心漾起春天般的喜悦。

虽然王恩玫神神秘秘如三月装着心事,但邻桌胡继勋却只轻描淡写地扫了她一眼,便复归"两耳不闻窗外事,一心只读圣贤书"的境界,并未对她的神秘之举表现出有多大兴趣。

上午第一节课是枯燥索然的《数学》。在上课之时,王恩玫奇怪地发现自己的课桌座位下方有两张对折着的百元面额的人民币。她略微有些吃惊,然后弯腰捡了起来,将之放进了《英语》书里。

那节《数学》课的内容并不复杂,王恩玫在数学老师讲课的过程中,不时听讲,不时神游,不时翱翔,不时迷糊,不时在课桌抽屉里做做指尖操,不时在心里暗自歌唱,不时在脑中妙笔生花美好的事物……一节课转眼便过去了。

第二节课是体育课。体育课是同学们最爱上的课,因为没有压力,不必殚精竭虑用脑子,还寓教于乐,最适宜头脑不简单四肢不发达的人,提升自己头脑简单,四肢发达的境界。

王恩玫也不例外,她也喜欢体育课,并尤其爱打能发泄情绪的排球。然而,在她刚打了几下排球后,却感觉自己肚子有些隐隐作痛,便想请假回教室。

女孩子嘛,每月总会有那么几天会肚子痛的。虽然不能打排球了,有些许遗憾,但能回教室也好,她书包里有一本刚刚买的诺贝尔文学奖获得者加西亚·马尔克斯的《百年孤独》的书,据《纽约时报》说,"这是《创世纪》之后,首部值得全人类阅读的文学巨著",此书并不好读,但王恩玫喜欢挑战,她才看一部分,现在正好可以看。

"'霉女',你干嘛呢?打个排球也无精打采的?"跟王恩玫在一方的蔡友平见王恩玫跑又跑不起来,跳又跳不起来的样子,不由得责怪她说:"'霉女',我说你这体育也太差了吧?"

"对呀,你看人家蔡公子拖着个菜油瓶都跑得比你快呢,'霉女',你这体育是数学老师教的。"胡继勋也开玩笑说。

"'黑孔雀',你这样管不住自己的嘴巴,是不是又想吃猪儿虫了呀?"王恩玫听后,一边将手上的排球扔向胡继勋,一边还击他:"还有你就算不怕再次吃猪儿虫,你不怕我们的数学老师拔掉你尾巴上的孔雀毛,整死你?"

"哈哈,对!对!她这体育是数学老师教的。""菜油瓶"蔡友平顿悟,并哈哈大笑。

这时"猪才怪"梁此峰也接上了岔:"'黑孔雀',你简直在胡扯啊!你孔雀屁股上长满了闪亮的眼睛,开屏的时候炫耀成那样,你怎么就看不清楚呢?王霉女的体育是数学老师教的吗?明明是生物老师教的呀!"

胡继勋和蔡友平都有些不解:

"为啥?"

"为啥'霉女'的体育是生物老师教的?"

"哈!哈!哈!哈!两头猪,生物老师教什么?教生理卫生呀!"

"果然,你不是猪!你也不是'猪才怪',这么聪明!哈!哈!哈!哈!"

　　"活宝三杰"相聚,果然笑料不断啊。不过,这次是"活宝三杰"的"内战"。

　　"我呸! 狗嘴里吐不出象牙!"虽然"猪才怪"说中了王恩玫手脚无力的原因,但王恩玫却不承认,羞红了脸去给体育老师请假去了。

　　秋天的到来本是鲜亮和饱满的。但这个秋天对于王恩玫来说似乎来得过于严肃与庄重。

　　这个秋天,她预感可能会生一场病,身心可能遭遇秋风扫落叶的悲凉。

　　当然,这也许是另一种意义上的生命仪式。

　　回到教室,望望窗外,秋天苍穹下的视线前方,窄小又遥远,被一幢幢高楼剪切成了不同形状的空白,寡淡而又索然,就像自己迷糊的成长季,就像将一棵春天的芬芳的花放进秋天里,令人有一种碎碎的心痛,和一种被阻挡和谨小慎微的烦乱。

　　看着《百年孤独》中的故事,王恩玫的眼泪落了下来。触景生情,她想到了自己。

十二

喜出望外

骄阳似火,把大地烤得像个火炉,一个个还没来得及撒孜然的鲜肉流着汗,流着油,流着"热死我了"的埋怨。即使到了傍晚,依然没见一点儿凉爽之气。

唉,忧心如焚啊!这天地间又像一个大蒸笼,活脱脱要把人蒸熟了去。

嗯,不对,主要是蒸熟了我去。

下午放学后,我到了张阆苑的办公室,她如约在那等着我这块"鱼肉"送菜上门,颤抖着缓缓滚去。远远地看上去,她的办公桌真的好像一块铁木案板。

需要说明的是,你没有看错:是下午放学后去的她办公室,而不是上午。

两只猪儿虫在我的"授意"下惹是生非的时间,本来是上午;朱校长压抑着如山怒火,把我带到校长办公室要修理我也是上午。

但是,就在我到校长办公室没多久,张阆苑却脚跟脚地赶了来,她看也没看我一眼,只是对朱校长说:"上午还有一节课,先让她去上课,要收拾她等到下午放学后吧。"

高人! 我遇到高人了! 你说你要宰我,直接进行就是了,干嘛要等到下午放学后? 你这不是玩我吗? 不是让我生不如死吗?

我选择多种方式安抚自己,可是各种安抚都像涂改一道分数已定的考试题,无非是在做一种受累且自我折磨的无用功。

不过,这事要摊谁身上,我估计都轻松不起来。即便我经常性地遭受人类灵魂工程师们赐予我的一些风吹浪打,摧眉折腰,可能心理素质要好些,修炼得已快达到死猪不怕开水烫的境界,脸皮的坚韧功夫已化境至比城墙转拐拐还厚的巅峰状态,轻易的责罚不能撼动于我。

死有何惧? 各种快乐死,安逸死,幸福死,享受死……我都能海纳百川有容乃大,做到来者不拒,凛然地——笑纳。

可是,我不怕死,却怕的是生不如死! 我不怕手起刀落,却害怕手起刀不落。

手起刀落后,手里没刀了,我还怕啥呢? 可是手起刀不落,直接朝我砍,我能不怕吗?

除了害怕手起刀不落外,我也害怕手起刀又落:你说要是第一次手起刀落没落在地上,却落在我身上,手起刀又落,也落在我身上,那我不是很惨?

冰冷锋利的大刀在臆想里挥舞自如,我渐渐失去坚硬的风骨。想到下午放学后要去张阆苑办公室,接受她阴风煞煞雌威的凌辱,以及剁、砍、切、削、劈的宰割,我不能不紧张。

最紧张的是,我怕张阆苑请家长。

这家长名义上是我的,但"橘生淮南则为橘,生于淮北则为枳,叶徒相似,其实味不同。"只要他们一踏进校园,却能在一瞬间成为张阆苑的帮凶,关键的时候我亲爱的家长更可能在我两根稚嫩的肋条之间插上一刀,他们可真是我们最亲密的敌人。

一只得道成精的"蟑螂"已令我溃不成军了，她要再多一二个一直潜伏在我身边的她的帮凶，我还不被剁成肉丸子，烹了？炸了？

再有，父母是我心中的大神，别人谁我都敢得罪，我岂敢得罪父母？纵然他们一直是敌方力量安插在我心脏里的尖刀，不时对我捅一下铰一下，可是拿人手短，吃人嘴软，你想想看，我要得罪了他们，我何去何从呀？那不是比死还难看？

最后，老师请家长这事呢，你知道的，通常都是请神容易，送神难啊！

请神的人是老师，是家长眼中的玉皇大帝、王母娘娘。他们一个电话一个口信，甚至仅是哼唧一声，也能让家长如打鸡血激情绽放，诚惶诚恐屁颠屁颠地赶往学校向"组织"汇报。

可是，送神者是被请家长的学生呀，我们身为家长的儿女，不！身为家长的玩具、奴隶加私人产品，要使他们这两尊高大上的主人在被老师召见之后的心态，重新回到被召见之前的平静状态，你说这容易吗？

撼山易，撼主人难啦！

经历过的人都知道，凡是像我这样的小屁孩因为淘气，家长被荣幸地享受光临学校面见老师的待遇后，回家来无不像是吃了老鼠药，灌了迷魂汤，晕头转向失去理智。继而，接下来的几天里，原本齐乐融融的家里定会变得鸡犬不宁，如丧考妣。

hello！看我！

你在害怕什么？

是我错，

没能够啊把自己变得成熟。

伤口那么多，

已经不怕再痛。

没地方可以再受伤了，

没什么转身以后，

我会练成护体神功！

看见蟑螂，

我不怕不怕啦!

我神经比较大,

不怕不怕不怕啦!

胆怯只会让自己更憔悴,

麻痹也是勇敢表现!

从校长办公室出来后,我的心情特受折磨,虽然我一个下午都在心里默唱着那首另一个郭美美唱的《不怕不怕啦》,其实不怕你笑,我一想到"蟑螂",想到"蟑螂"在等着我这件事,以及不知道"蟑螂"该如何收拾我,我的心里就真的很怕很怕啦!

关于这件事,你也别嘲笑我,怎么就害怕成这样。我要说,估计换了是你,也不会比我好到哪去的。活到现在,我作弄他人之事甚多,可以说淘气后能游刃有余地做到兵来将挡水来土掩,应对报复或处罚的心理承受能力还是比较强大的,很难很难怵那么一下。但此时,此刻,面对此事,自己能拿得起放得下的,真的只有筷子了。

"爹呀娘呀,你们千万别出现呀! 我求你们了!"我是一只镌刻于彩瓷碗里的鱼,远离鲜活的修辞手法,死,且定了!

整个下午,我也不知自己心里有多少次双手开成莲花,再变成心形,最后安静成蓓蕾,如佛门信徒般在青灯残烛中虔诚地合什祈祷着。

但我也如是我闻地彻悟,这样的祈祷其实是没用的。按以往的经验,学生惹出这么大的祸,老师没有不请家长的。

"你别紧张,没事的!"洪仁涛见我魂不守舍的样子,安慰我说:"又不是你将猪儿虫放在张老师身上的,你怕啥呢?"

我能想得到,一般情况下,洪仁涛是不会眼睁睁地看着我去送死的,这让我挺感动。对于我们这种从小一起长大的哥们,顶多顶多,关键的时候,他会闭上眼睛看着我去送死。

"竹杖芒鞋轻胜马,谁怕? 一蓑烟雨任平生。"

跨进张阆苑的办公室,空调的凉风犹如冬天的霜刀劈在我身上,让我顿时打了一个彻骨的冷颤。唉,"千年寒冰"就在那坐着,我纵然身上带着盛夏的火热又如何?

我远远地就看到,上午被我的"保护神们"——那两只可爱的猪儿虫们吓哭过,虽过了一下午,张阆苑的眼睛依然有些泛红,眼白里布着淡淡的血丝。

不过,张阆苑的这种面部情况,却让我心里有着些许快慰。

"坐吧!"见我来了后,"蟑螂"面露微笑地站起来,给我挪了一根凳子过来。

嘿?难道还给我准备了虎头铡侍候?或这凳子是那个砧板,那个叫"俎"的东西?

笑面虎可能说的就是这样的:明明就要消灭你了,消化你了,把你制造成肥料了,可她却还面若桃花,看上去美艳和蔼。

我颤颤兢兢地坐下后,"蟑螂"又说:"今天上午我有些失态,居然被一只虫子吓哭了,让你见笑了啊!"

"蟑螂"这话的含义让我琢磨不透。琢磨不透我就一语不发。一语不发我就以静制动。

"以静制动"?我刚这样想,便觉得自己挺好笑的。我能以什么"静"制什么"动"呢?自己就是一块鱼肉,"动"不能,"静"也不能。

因为怎么"动"在"蟑螂"眼中也不过是一块"跳荡"的鱼肉。更可能这种"动"就是一种毫无效果且令人可笑的,类似于动物、虫虫们的死亡挣扎。

事实上,我只能选择"以静制动",甚至只能选择"静",而不能"动",更不能"制动"。

"静",此时便是"死摆起了"的意思。不是不少动物都有装死而逃生的本事吗?我要想逃过此劫,或者想要遭受的处罚轻一些,我最好的选择就是"装死"!"装死"当然就得"静"才行啊!

我怀揣着一颗惴惴之心,走来张阆苑的办公室的途中,一路上就告诫自己说,就算她怎么对我咆哮,我也要克制,也要忍着,要克制和忍耐得像覆盖厚厚冰层的黄河。理由是我得在文德中学呆下去呀,不然我没地方去事小,气死父母事大呀!

"你写的周记和作文,我都看了。"读秒的尴尬度日如年,好在艰难的等待后开始了正题:"语言虽然另类,但却是真情实感,且很有特色,很有个性。"

我能猜到,开场白之后,接下来应该骂人、砍人了!

"我很欣赏你的直言!这非常难得!现在的学生,所写的作文、周记假话、套话太多了,这是一种很不好的风气。"

我求求你了,别绕来绕去了,有啥话就直说吧! 你这样欲擒故纵,会把我的小心脏给搞爆裂的。

"有一句话说,'教育就是用一年时间教会小孩怎么说话和走路,再用十八年时间教会他闭嘴和坐好。'所以,我不介意你怎么评说老师,也不在意你对老师的教育方法和管束有什么样的不满。前提是,只要你说得有道理。"

当"蟑螂"说到这里时,我才似乎感觉到了某种气息。也有可能这是一种错觉!

"说实在的,我看了你的周记与作文后,开始的感觉还真是不好的。但这世上哪有只准老师挑学生的毛病,不允许学生挑老师毛病的道理? 更何况这就不是挑毛病,而是用一种欲盖弥彰的方法来旁敲侧击地声讨老师。"

"是欲擒故纵……"我终于说出了走进"蟑螂"办公室后的第一句话。

我这句话话中有话。我是想告诉张阆苑,我明白她现在说这么多废话,绕这么多弯弯,是为稍后"痛殴"我作铺垫。不是舞台上包公在斩陈世美之前,也要又走又摇地唱那么一阵子吗? "开封府有人将你告,先打官司后上朝。慢说你是驸马到,就是那凤子龙孙我也不饶! 头上打下乌纱帽,身上再脱你的蟒龙袍……"

我真的不聪明,但是我也不傻,"蟑螂"啊,"蟑螂",你唱的这一出我懂得起的!

"呵呵,我明白你在说什么。但是,我今天请你到我办公室来,真没别的意思。""蟑螂"笑了:"包括我刚刚说的一些话,都是由衷的,而非欲擒故纵。"

"张老师……"我突然有些感动,有些愧疚,话语也有些嗫嚅:"你的意思是你不计较我所写的周记与作文的事?"

"不计较,这有啥好计较的? 作文就应该有真情实感,而真情实感来源于生活体验。我喜欢有感情融会其中的文章,不喜欢空洞无物的文章。"

"还有,我爸爸,妈妈呢? 他们在哪……"

"你问我,你爸爸妈妈在哪?"

"是啊,他们在哪? 是还没到你的办公室吗?"

"他们为什么要到我的办公室呢?"

"你没请家长,把他们请到学校来协助你教育我?"

"我为什么要请你的家长？为什么要他们来学校协助我教育你？协助我教育你什么？"

"可是我犯了那么大的错啊……"

"犯了什么错？我怎么没见着？快老实交待吧。""蟑螂"又笑了："你可记住了，我党的政策是'坦白从宽，抗拒从严'。"

"那个猪儿虫……"

"哦，你说那事啊？这算啥事？要说犯错，也是我犯错啊，我太失态了，太不成熟了，影响了课堂秩序。"

张阆苑的话让我突然惊得说不出话来……

"那……您今天找我来您的办公室是……"

"哦，别紧张，当然有事，但却不是刚才所说的那两件事。"

除了这事，还有啥事呢？我一时犯了迷糊。

"你记得那次上数学课的事吗？就是我说作辅助线求解那个不规则四边形的面积，而你说不用作辅助线就能解出答案，且作辅助线是多此一举的那节数学课？"

我更加迷糊了。"蟑螂"不计较我在周记与作文中隐晦地嘲讽她这件事，不计较我故意捉了两只猪儿虫让她出丑，且吓得她大惊失色还哭了起来这件事，却计较已经远去如烟的我说她解题方法差劲这件事。这到底是为什么？

唉，女人的心思最难猜，猜来猜去也都猜不明白。不知道她为什么掉眼泪，也不知道她为什么笑开怀……

"哪节数学课？我完全没印象。"我虽然回忆了一阵后，心里明白她在说什么，但却装起了傻。

"就是周记里你写着的那节看课外书的数学课。"

"你是说，通过一个边长为2的正方形的对角线的交点，向其相邻的两条边作两条线，且这两条线相互垂直，然后求其与那个正方形相邻两条边相交所形成的不规则四边形的面积那道题？"

"对对，就是那道题！"

"唉，对不起，我不该说你的解题方法不是最好的。"想到"蟑螂"不计较令我心力交瘁的周记、日记和猪儿虫的事，却提及解题之事，我还是先道歉为强吧："我更对不起你的是，我不该在你上课时不专心听你讲课，而去看课外书，这是对你的极大的不尊重。"

"我想说的是,你在课堂上看课外书,当然不对! 不过,对不起的人不是我,而是你。但是,你说我的解题方法不是最好的这件事,我觉得你说得很对,应该鼓励!"

"应该鼓励……"

"对,应该鼓励! 我今天就是为这事把你请到我办公室来的。""蟑螂"笑着说:"通过这件事,我发现你在数学方面挺有天赋,好好培养应该很了不起!"

"老师……我……"

虽然张阆苑这样说,但是我真的有些犯糊涂,不知道她葫芦里卖的是什么药。

"我说的是真的! 身为老师,能发现自己所教学生中,有像你这样对自己所教课程存在天赋,这是一件很开心的事情。"

张阆苑说着拉开抽屉,从里面拿出一本书页已经变黄、书边已经变毛的有些破旧的书来,这本书名叫《趣味数学》。看得出来,这是一本积满了岁月故事的厚重的书。

"我想把这本书送给你。别看它有些旧,这可是好东西!"

张阆苑一边用手十分珍惜地摩挲着书的封面,一边说:"这本书,是当年四川省南充县大通初中一个名叫杨兴和的老师送给他一位最喜欢数学的学生的,后来他的这位学生成为数学老师后,又送给了我。现在,我也成了一位数学老师,我要将之送给对数学有天赋的你。"

原来,这是一个传家宝啊! 至少也是一个年轻的承载着爱心的文物。这么厚重的物件,是不是应该拿到央视的《鉴宝》栏目,或者《传家宝》栏目进行鉴定呢?

但是我没有这样感叹,也"幽"不起这个"默"来。相反,听了张阆苑的这一席话,我却突然有种想哭的感觉,虽然我竭力地控制自己的情绪,但眼泪还是不争气地滑在了脸上。

这是怎样的一个老师啊? 她怎么可能是"蟑螂"呢? 她是太难找的好老师了!

"张老师……你……"局促的我不知道该说什么,我本来想说"老师,你真好",但我忍了忍,还是没有说出来。

"数学其实是一门非常有趣的学科。"张阆苑似乎根本不在意我是否感动得脸上已经有了眼泪:"比如,我给你出一道题吧,你看怎么解:一群鸡和兔子在地里觅食,鸡和兔子的数量共计 15 只,鸡和兔子共有 40 只脚。请问这群鸡和兔子中分别有几只鸡几只兔子?"

当张阆苑说完此题后我就在想,这道题用二元一次方程解答那就非常容易。然而,既然是趣味数学,当然不能这样解了。那该用什么方法解呢?

见我绕腾了很久也没有思考出什么来,于是张阆苑说出了答案:假设鸡跟兔都特训练有素,吹一声哨,它们抬起一只脚,那么站立起的脚就只剩 40－15＝25 只脚了;再吹一声,它们又抬起一只脚,那么站立起的脚还剩 25－15＝10 只;但吹两次口哨后,这时鸡都一屁股坐地上了,而兔子却还有两只脚立着。所以,兔子的只数便是 10÷2＝5 只。知道了兔子的只数,那么鸡的只数便也知道了,有 15－5＝10 只。

张阆苑话还没说完,我就忍不住笑了起来:"这个方法真是奇巧啊!简直就像小品一样,笑声中就算出了答案。"笑得眼睫毛上都带着小水珠。

"我只是举了这么一个例子。"张阆苑同样也笑着说:"《趣味数学》这本书中,像这样的例子还有很多,相信你会喜欢的!"

"老师,猪儿虫的事你真不计较了?"

"这有啥好计较的,你比我年纪小这么多,你却不害怕猪儿虫,我不仅不能计较,还应该向你学习才对。"张阆苑的表情写着不好意思,那神情像个小姑娘:"不过,我真的有些奇怪,你怎么就不怕猪儿虫呢?"

"因为我小时候养过猪儿虫。"

"养过?养猪儿虫?它可是害虫呢!为什么要养猪儿虫?"

面对张阆苑的这一大串问题,我只好讲了我小时候为什么养猪儿虫的故事。

没想到张阆苑听完我的讲述后,竟然吃惊得张大了嘴巴。继而又感慨地说:"太不简单了!这个经历太不简单了!你的生活阅历不走寻常路,今后一定会大有出息的!通常情况下,人们都会认为,一个学生养蚕就是爱心泛滥,而假如养猪儿虫的话,则是不可理喻。但我不这样认为。"

"张老师,你过奖了,我其实就是一个普通的,而且有些淘气的孩子。"

"我还有一个想法,就是想请你当我们班数学科的副科代表,你觉得怎么样?"张阆苑十分认真地说:"本来想请你当数学科代表的,但现在不是有数学科代表了吗? 无缘无故将朱代豪的数学科代表撤了也不好,也比较伤他的自尊。因而你就先当个数学科的副科代表吧,假如你今后次次数学测试都能拿第一,那么数学科代表就非你莫属了。"

说完这一席话,张阆苑又若有所思地补充道:"不过,朱代豪的数学成绩也很好,要超过他比较难。但事物是发展变化的,我看好你,看好你的数学天赋,相信后劲很足的你有能力超过朱代豪! 而且,就算你一时超不过,那至少也能与他齐头并进。"

我数学成绩并不好,张阆苑却不仅充分肯定我有提高数学成绩的后劲,而且还让我当数学科代表,尽管是个副的,但我依然感动,甚至感动得不知说什么才好。

就在我琢磨该如何表达自己的内心感受之时,张阆苑又突然拉开了她的办公桌抽屉,从抽屉里拿出那本先前她从数学课上收缴的我那本《麦田里的守望者》来,对我说,那天在数学课上,我偷看这本《麦田里的守望者》,居然看得眼泪花都出来了,她当时觉得很奇怪。后来,收缴我这本书后,她因好奇书里都写了什么,结果一看也爱不释卷,看的过程中也如我那样哭了。

"当我看完这本书后,我才忽然明白,虽然你平时也挺调皮,但却是一个好孩子,就跟书中的主人公霍尔顿一样。"

张阆苑对我的表扬,让我挺不好意思。一个学生在课堂上看课外书,这本身就是不对的,但她倒好,却从其中看出这个不守纪律的学生身上的优点来了。

"我现在把这本书还给你。"

"啊? 还给我啊? 不是说要等到放寒假时才还给我吗?"

"按理说是要等到放寒假时再还给你。"张阆苑话锋一转:"不过,这是本好书,如果等到放寒假的时候再将书还给你的话,岂不耽误了你尽早品读一本好书的时间? 我相信你今后课堂上不会再看课外书的。而且即使要看,估计数学课上也会看类似于我刚才送给你的那本《趣味数学》之类的书了。"

"老师,你真是太好了,我保证今后不再在课堂上看杂书了。"

"虽然在课堂上看课外书不好,但我们却要尽量多读书,古人说'行万里路，读万卷书'嘛！书无杂与不杂，书写的都是知识。当然，我们读书就要读好书，法国伟大的哲学家、数学家笛卡尔说'读一本好书，就是和许多高尚的人谈话'。"张阆苑纠正了我的说法："你想不到的是，我不仅要将这本书还给你，而且我还会在班会上向同学们推荐阅读这本书。因为好书是能陶冶人的情操的。"

张阆苑末了又说，我既然喜欢看课外书，今后如果读到了好的课外书，还希望我向她推荐，让她也受些熏陶，同时也尽可能地向班上其他同学推荐，做到奇文共赏。

十三

滑落的惊喜

王恩玫的母亲是一个下岗工人,平时靠摆摊赚钱。

"下岗",总是茫然与绝望相依相伴,艰难与挣扎如影随行。曾经"敲钟吃饭,盖章拿钱"的幸福,因为"下岗"而变成了回忆,变成了渐次模糊的美好。

王恩玫看到,因为"下岗",母亲阳光的天空从此黯淡,脾气也在这种突然而至的折磨中茁壮起来,远远大于她的求生本事。

改变的,还不仅只这些,还有很多:往日整洁的家,自此变得零乱;往日如水平静的日子,也由此出现了破碎和忧伤的细纹。

多少时候,放学回家后,王恩玫看到暮色沉沉的黄昏,没有开灯的母亲独自伫立客厅的窗前,看着高楼的森林里游刃有余地飞来飞去的鸽子,母亲总是揪心地痛苦着,脸上写满凋落、衰颓的神情。

甜馨的岁月,锦瑟依依,却被"下岗"这个看上去毫无感情色彩的温柔的锯齿割裂得失魂落魄。被清冷的月光,或被阑珊灯光剪下的身影,是那么清凉、孤单。

车水马龙,那都是别人的美好啊!如今自己的希望只是挂在凌厉玻璃幕墙上的碧绿,锦衣冠盖的梦想,跌落尘嚣,却无壤无根,那么轻飘,那么可笑,又是那么可悲。

炫彩迷幻的霓景,照出的,总是母亲满眼的泪,和自己内心碎玻璃般划伤的心。

夜色苍老,喧嚣风碎。心痛母亲的王恩玫还因此写了一篇名叫《我是妈妈的守护神》的作文:

在我的心里,我的妈妈总是关心我、疼爱我、鼓励我,她是我的守护神。但是,最近经历的一件件事情告诉我,我也是妈妈的守护神。

我出生在一个奇怪的家庭里,爸爸总是有做不完的工作,妈妈也是忙忙碌碌。我呢,调皮、捣蛋,总是不停地犯各种各样的错误,虽然常常受到许许多多的批评,但我知道,妈妈是爱我的,妈妈是会永远守护我的。

2008 年 12 月份,一个突如其来的电话把灾难带到了我的家庭——妈妈下岗了。平时忙碌的妈妈一下子倒在了床上,难过得吃不下饭,睡不着觉,眼睛里不停地往下流淌着泪水,半夜里我常常听见妈妈低低的哭泣声。

眼前的一切让我不知所措,看着悲伤痛苦的妈妈,我的心痛如刀绞,我告诉自己,我不能让妈妈就这样倒下去!于是,放学后一回到家里,我给妈妈倒水喝;吃饭时,我想出各种办法让妈妈多吃一点;做作业时,我尽量认真,不让妈妈操心……

慢慢地,我发现妈妈的眼泪没有以前那么多了,有时,妈妈还紧紧地抱着我,虽然妈妈没说什么,但我知道,妈妈一定感受到了我对她的关心,对她的爱。

一个星期天的上午,妈妈陪我去上钢琴课,一路上妈妈沉默不语。看着消瘦的妈妈,我的心很痛。我拉着妈妈的手对她说:"妈妈,我知道你的心。"

妈妈抬眼有些疑惑地望着我,我接着说:"在无边无际黑漆漆的冬夜里,有一间四面透风的小屋,妈妈的心就住在里面,感到好冷、好黑。"

妈妈听了我的话后,泪水一下子就涌了出来,她轻轻地摸着我的头说:"宝贝,你就是一盏向妈妈走来的灯!"

妈妈苍白的脸上有了一点笑容。上完课在回家的路上,我对妈妈说:"妈妈,老师说,要赶走心里的黑暗,让心底洒满阳光。"

妈妈终于露出了笑容,她的手紧紧地拉着我的手,柔声对我说:"宝贝,你已经是妈妈心里暖暖的阳光了。"

就这样,那段日子里,我特别关心妈妈,我常常用自己知道的名言来鼓励妈妈,妈妈的心情也慢慢地好了一些。

我一天天长大了,在妈妈倒下时,我就应该站起来,因为我是妈妈的孩子。我学着去关心妈妈,鼓励妈妈,我也能做妈妈的守护神。我希望自己能永远守护妈妈,给妈妈关心、温暖、快乐!

俗话说,"儿不嫌母丑,狗不嫌家贫"。虽然母亲对自己平时很凶,脾气也不好,但是王恩玫对母亲还是感情很深的。

她感谢母亲给了她生命,让她感受到这个社会的美好。

人生秋色将近,随之而来的是人间团圆、尽享天伦。王恩玫对自己说,自己一定要用爱做母亲的拐杖,扶起被工作抛弃在人生半路上的母亲,笑着走向未来。

腐木含彩,枯草藏烟。她哪能忘恩母亲一茬茬陪她成长的青葱。

下岗有什么好了不起的,有什么好可怜的呢?那条叫"癫巴狗"的京巴不是挺可怜的吗?可是它也一样活得有滋有味。

说到狗,王恩玫的心情又沉郁起来。那只被她取名为"癫巴狗"的京巴,由于她经年累月的呵护,不仅把她当成了自己的亲人,还对每一个它认识或不认识的人都充满好感。

但是有时候好感,未必能够取得等价的回报的……

看课外书总是不知道时间的,尤其是读好书。

"读一本好书,就是和许多高尚的人谈话"。

很快,这节体育课便过完了。同学们热汗淋淋地走进教室。顿时,偌大的教室便成了一个巨大的泡菜坛子,潮湿而酸腐,穿着各种颜色衣服的"泡菜"们在发着酵,散发着汗酸,和若隐若现的狐臭味儿。

纵使"泡菜"的味儿再大,也没有引起王恩玫太多的注意,此时,她的眼睛仍看着《百年孤独》中的内容。

不知不觉间,防空警报般的上课铃声响了,王恩玫才恋恋不舍地合上了《百年孤独》,暂时与其中的主人公告别。

想到上午第三节课是《英语》课,担心在上课翻《英语》书时把书中的宝贝弄掉,王恩玫特地把夹藏在《英语》课本里的那两件宝贝转移进了《百年孤独》一书里。

伴随着上课的铃声,班主任李檀拿着《英语》课本和教案进了教室。他的头发依然一成不乱,依然定了型,像一座富士山那样耸起。当然,伴随着他走进教室,一股浓烈的发胶味也即刻钻进了每个同学的鼻尖。

教室里安静下来后,如炸弹爆炸前的沉寂。

李檀走上讲台后,晃了晃"黑冬瓜"脑袋,浓烈的发胶味儿随之荡漾:"上课之前,请打算参加成都市青少年科技作品制作大赛的胡继勋、李耀强、吴开国、杜宏海等几位同学把报名费交上来。"

这几个被点名的同学带着付出的期待,陆续离开座位去讲台上交钱,但胡继勋却翻来覆去翻找着自己身上衣服和裤子的口袋,以及书包,如同寻找失落的时光,迟迟没有上台。

承诺在消失,希望在远离。而且胡继勋可谓是最接近目标的希望。见状,李檀很奇怪:"胡继勋,只差你没有交钱了,你咋还不上台来交钱?"

李檀的话犹如发射了一枚人工降雨弹,让胡继勋头上汗如雨下:"我正在找钱呢,我早上出家门时,钱明明是放在书包里的,可是现在我却怎么找也没找见啊。"

哦,希望还在,只是通向领奖台的由金钱搭建的这个彩虹桥梁暂时断了,这倒无关紧要:"是不是弄掉了? 不着急,慢慢找。或者我先上课,你一边听课一边回忆一下掉哪儿了。"

当学生呢,最佳的状态便是两耳不闻窗外事,一心只读"剩闲书"。就在胡继勋找钱的时候,王恩玫又在课桌下偷偷地看起《百年孤独》来,一边看一边艰难的咀嚼这部世界名著的营养。未曾想,胡继勋却突然看到有两张对折着的百元面额的人民币从《百年孤独》里滑落出来,掉在了地上。

王恩玫也注意到了这一点,她连忙弯腰去捡这两张滑落的惊喜。

胡继勋见状,惊喜却顿然升腾:"这两百元钱是我的,对不对?"

胡继勋这样问自己,给王恩玫的感觉如同一只孔雀在扑腾着试图越过无形的栅栏。疆土各归其主,你觊觎什么:"不是,是我自己的。"

觊觎的理由很充分:"我的那两百元钱就是这样对折着的啊!"

欲占其有,何患无词?看上去字正腔圆,理由很充分。

钓鱼岛离你那么远,你也想据为己有? 你是个岛,钓鱼岛也是个岛,你们就是一家子吗? 胡继勋的话,让王恩玫不高兴了:"对折着的钱多了去了,你怎么看到是对折着的钱就是你的呢? 你说它是你的,你能把它喊得答应吗?"

一枪击中要害,语言渐变犀利:"你说这话就有点扯了啊! 我只是问问而已。"

这样的问话本来就是投枪匕首,是血淋淋的挑衅。王恩玫心中的气愤也在燃烧:"你现在自己的钱找不着,却又这样问我,言外之意我这钱是偷的你的?"

天下正占据历史舞台的百元人民币都长那样,你能说谁是谁的菜? 胡继勋自觉理亏,只好嘟哝着解释:"我哪有这意思? 我以为是我的,所以我问一下。"

王恩玫越想越气,声音也提高了几分:"你这种问不是问,是在骂人,是在喷粪!"

一个掉钱找钱急火攻心,一个被疑偷钱火冒三丈。两张如树叶般轻轻飘落的钱,竟然一触即发引来了一场战事,硝烟弥漫,炮声隆隆。

小国混战,少不了美帝大佬出来搅局。看他俩扯了起来,操控着"联合国"发言权的李檀便问:"胡继勋、王恩玫,你们俩在吵什么?"

当李檀得知胡继勋与王恩玫争执的原因后,并没有形式主义地发表讲话:"呼吁双方保持克制,用和平的手段解决争端,维持局势的稳定,反对以战争的方式解决危机!"而是一时不知道该如何办。他想了想,觉得胡继勋确实存在挑起战争的无意:"胡继勋,你这样问同学的语气是不太对,容易让同学反感,你应该注意方式。"

"是的,李老师,我只是问问。"胡继勋收住了习惯开屏的尾巴,像一只夹尾巴狗:"也许不该这样问。但是我没有王恩玫想的那层意思,这钱是她的是我的,一看就明白了,因为我的钱上面写了一个'勋'字。从小学读书时开始,怕老师收费时收到假钱而不知道是谁交的假钱,我妈妈便叫我在钱上写一个'勋'字。"

胡继勋的话轻描淡写,但却让李檀突然发现了高悬的正义之剑:"那好吧,王恩玫,你看看你手里的钱上有没有写着一个'勋'字。"

理由不充分,纵使有一万条理由,也是无稽之谈。李檀的话让王恩玫感到既可笑又鄙夷:"我这钱怎么可能上面写着一个'勋'字呢?如果上面有一个'勋'字,除非所有百元面额的人民币上都写有一个'勋'字,除非'勋'字是一个计量单位,跟壹佰元、壹拾元的这种计量单位一样,除非它自己会魔变,除非今天有妖蛾子飞。"

谁知,这是一篇先抑后扬的记叙文,关键的时候却诡谲得令人匪夷所思。当王恩玫理开那两张对折的百元大钞翻来覆去看时,脸上的鄙夷之色渐渐消失,随之而来的是越来越深沉的困惑和惊恐,并且嘴里发出来连自己也不相信的声音:"天啊,这两张钱上面真的写有'勋'字啊,这是怎么回事啊?"

这两张钱真的发生了魔变!今天真的有妖蛾子飞!

王恩玫的感叹让她与胡继勋之间的战争局势发生了诡异且不可逆转的变化。一股发胶的仙风把李檀吹了过来,俗气的啫喱水味道如线索缭绕:"你说什么?拿我看看。"

李檀荞麦色的手树枝般地从啫喱味儿中伸出来,捧起那两张如枯黄变红的枫叶一样的钱,认真地看了看,像研究一件书写着历史密码的文物,研究的成果是果然看到这两张钱上各写了一个"勋"字,表情惊异的他便将之递给了胡继勋:"你看看这字是不是你写的?"

胡继勋接过钱后,只瞄了一眼,简单地完成密码与密码书写者之间的对望,然后十分肯定地说:"这两张钱上的'勋'字就是我写的,这两百元钱也肯定是我的!"

胡继勋的话让难以置信的王恩玫又气又急,一种刻骨的羞涩笼罩着她,她从胡继勋手里一把抓过那两百元钱:"这两百块钱是你的?那我的两百元钱呢?真是撞鬼了!"

胡继勋手上的钱被王恩玫抢了之后,倒也不急,而是像个老外那样优雅地摊了摊手,又像一个交响乐团笨拙的指挥那样超脱:"唉,你抢什么呀?这两张百元面额的钱上面写有'勋'字,它就是我的呀!"

"这两百元钱暂时放我这里吧。"这时发胶味驰骋,跃马扬鞭,李檀像一段插曲一般从王恩玫手中拿过那两张钱,并十分严肃地渲染细节,如利剑直刺人心:"这钱上真真切切地写着'勋'字,事实胜于雄辩。这个问题的性质很严重,这种现象的出现说明你人品有问题!"

瞬间,在啫喱水令人窒息的风暴肆虐下,铺天盖地的屈辱如暴雨倾盆,无情地朝着王恩玫兜头而下,感伤如滔滔江水迅速淹没了她,又惊又怕的她赶忙"抗洪救灾":"李老师,你说什么?什么人品问题?这两百元钱是我卖了六天报纸挣来的!"

暴风、骤雨,还有隆隆的雷声。两张枯红的枫叶在萧瑟悲秋的秃树枝头飘动,就将远离:"你说的是这两张分别都写着'勋'字的百元面额的钱吗?"

有一种漠然叫无动于衷。

有一种嘲讽叫步步紧逼。

有一种执拗叫有苦难言。

有一种绝望叫迷失自我。

"不是这两张百元面额的钱,我是说我的那两张百元面额的钱。"

"黑冬瓜"的脸上流露出极其复杂的表情,眼睛深奥得就如同一面深潭:"那么你的那两张百元面额的钱在哪里呢?"言外之意,偷东西者所找的理由往往不能自圆其说!

王恩玫顿时觉得自己的心瞬间破碎了,真实的记忆跌进了迷离的深渊:"我就是不知道在哪里呀!我明明是放在《英语》书里的,早上还在呢!"

不争的事实被无情地放在黢黑的铁砧上,李檀拧着大锤严厉地锻打,不留丝毫锈迹:"现在这两张钱上面都各写着一个'勋'字,说明这两百元是胡继勋同学的。可胡继勋的钱怎么又在你这里呢?你怎么解释?"

王恩玫越逼越急,但她还是坚守着最后的清白,耐着性子竭尽全力地解释:"这两张纸币是我上数学课时从地上捡到的,我以为是自己的,便放进我的《英语》书了。后来,在上这节《英语》课前,我又将之放进了这本叫《百年孤独》的课外书里,我在课桌抽屉里偷看这本课外书,结果夹在书里的钱掉了出来,引起了胡继勋的注意,他说这钱是他的,也才让我意识到我的那两百元钱不见了。"

　　李檀又看了看手中的那两张百元面值的人民币,看了看上面写的两个"勋"字,冷笑自他的嘴里发出:"这听上去就像真的一样。事实上,我再说一遍,这个问题很严重! 而且这次,我一定要看清楚了,我就不相信这次纸上这两个'勋'字也会如上次考英语时那般,纸团上的字莫名其妙地就消失了。"

　　李檀的话让王恩玫突然愣怔,觉得自己可真傻:作弊事情在李檀心中依然阴魂不散,现在钱的事又铁证如山,这次不是穿小鞋的问题,而是算总账啊!

　　人不无助不流泪。绝望与羞辱让王恩玫"哇"地一声哭了:"我说的就是真的,我的两百元钱就是卖报纸挣来的,而且先后辛苦地卖了六天报纸。我不知道怎么解释,我也不知道为什么这两张钱上面都写着一个'勋'字,但我利用假期卖报纸真挣了两百块钱,我更相信这两百块钱就是我挣的。"

　　如花似玉的年龄,怎么涂上了这样虚幻而不着边际的色彩?"我不知道你在说什么,但你所说的话丝毫不能改变我手上这两张百元大钞属于胡继勋的事实。"

　　这真是跳到黄河也洗不清呀! 怎么一个人运气霉起来,会有连锁反应啊?

　　"李老师,我真的卖报纸挣了两百块呀!"由于自己的话没人信,且凭己之力无法拨云见日,王恩玫屈辱得无法自抑,却又不忘继续为自己辩护:"就是昨天。昨天不是星期天吗? 我昨天还去街上卖过报纸。"

　　李檀的话如打机关枪,不给人喘息的机会:"卖报纸挣来的? 你为啥要卖报纸? 你卖报纸挣钱做什么? 还有你说你卖报纸挣了这笔钱,都有谁能为你证明? 你父母知道吗?"

　　"我父母不知道我卖报纸,但能证明我卖报纸的人多了。比如批发给我报纸的那个大妈,还有我的邻居。对了,我在卖报纸时还救过一个老婆婆呢,她还说她会到学校来表扬我,她也能帮我证明呢!"

　　"救过一个老婆婆? 她还说会到学校来表扬你? 你越编越离谱了!"

　　"是的,她能证明我卖报纸挣钱这一事实的。"王恩玫带泪的话软弱无力,甚至,她都开始怀疑起了自己,李檀眼中自己编的这个故事真的有漏洞? 可是,该继续的还得继续啊:"我本来想做好事不留名的,但是现在不得不说了:我在去卖报纸之时,一个老婆婆摔倒了,我扶起了她,还给了她回家的出租车钱。"

　　正午的阳光直视大地,如剪刀般把王恩玫剥得片甲不留,赤裸裸地呆在这无边无际无处可逃的睽睽众目之下,她羞辱难当。

十四

颤栗的疼痛

"玉露拾阶，吴刚伐桂；金樽当歌，花好月圆。在这个吉庆的日子里，携糟糠之'倩丽'，犬女之'倩儿'，祝各位中秋快乐！阖家安康！感谢您一直以来对我的关照和陪伴！是您的不离不弃，使我在心情若雨之时，生活充满亮彩；使我在独孤夜行之时，'寂寥'渐行渐远。有您相伴，即便筚路蓝褛也将芬芳奔放！"

中秋节了，爸爸新发了这样一条不痛不痒聊胜于无的微博。

从这条微博可以看得出来，我爸的人生过得是那么谨小慎微，字词间全然都是些涌动的感激。本来，中秋佳节，即使发微博，也应该发一些与团圆有关的内容的,但是关于自己家庭成员是否团圆的内容,却看不到。

原因何在?那是因为我婆病了,得了万恶的贲门癌,我那泼辣却孝顺的妈去照顾我婆去了,家里只有我与爸爸,怎么团圆呢?

照顾我婆的事本该我爸爸去的,但我爸被淡而无味的公职束缚,脱不开身,而我妈妈是"昨天所有的荣誉已变成遥远的回忆,退后一步天地宽"的失业人员,心若在梦就在,有的是时间从头再来,何况天地之间还有真爱,因而我妈便去照顾婆了。

妈妈以前还要管我的学习,但她的管不是甘霖洒进干涸的心田,不是春风化雨润泽幼小的希望,而是心灵摧残似的管。

我妈无愧于埋没在民间的比较学专家:她的口头禅经常都是谁谁家的孩子成绩如何如何比我好,又是如何如何比我听话;她也是出色的 IQ 鉴定以及评级专家:为了体现她超凡的鉴赏能力,她不时激情四溢唾沫飞溅地宣布我蠢得像猪,那么简单的题都做不起;她更是一个功高盖天却被忽略的救世主:她祥林嫂般地强调她为了养我多么艰难,多么挣钱不易,我怎么就不争气一些;她还是不知疲倦的智能复读机:只要我一出现,便会开启智能复读模式,反复播放着同样的话语,你一定要努力学习,听话一些,学会体谅她的不易……

但是自从婆得了贲门癌后,我妈照顾婆忙得不行,便无心来管我了。不过正好,她不管我,我便可以更好地玩儿。

那段时间,妈妈总是不停地给婆找单方,有人参皂苷,有前胡、半枝莲、鱼腥草加上白花蛇舌草、龙葵、石见穿等一起熬,还有说是加上生魔芋怎么熬。反正有啥方子,我妈都要去弄来给婆尝试,把我婆当成克癌试验神器。

后来的某一天,她高兴地对我爸说,她又从网上淘到一个好的方子,人家说用这个方子要不了多久便把病人的病治好了。

"啥方子?"

"用癞巴狗加大蓟等中药煎汤喝。"

"有效吗?"

"这个也说不好,但网上有贲门癌患者家属说有效。我觉得有没有效都应该试试,我查过癞巴狗的百科知识,其身上的蟾酥还真有克癌的作用。再说了,毕竟癌症这个病是世界医学史上迄今未解的难题,既然没有立竿见影的良药,那我们只能尝试一些据说有效的中药偏方了,有效便继续,没效便放弃。"

"你说得也有道理,那就试试看吧!不过,这个东西很毒,一定要注意控制好药量!"

癞巴狗不是狗,是我们这儿癞蛤蟆的土名。想到这个东西我就恶心啊,周身都是包,很难看,而且说身上那些包里还有毒呢。

我还记得第一次见到癞巴狗的情景,那是一个暑假,爸爸带我回老家南充大通镇乡下楼子沟去看我婆。

老家大通镇僻居南充一隅,虽贫瘠却清秀,是个远离都市的古镇。

相传南宋淳祐年间,为抗击蒙军入侵,兵部侍郎、四川安抚制置使余玠在南充遍筑石头城,大通境内也修筑了文武寨、天星寨等寨子,大通人民随着宋朝将士一致抗元,坚固之守状如铁桶。

然而顽强的抵抗终究挡不住历史车轮滚滚前进的步伐,大通最终失守蒙军,山头遍插告示之旗"蒙军大通",蒙古铁骑由此浩浩荡荡通过,驰援闻名中外、元军三十六年未能攻下,且搭上了元世祖忽别烈之兄蒙哥大帝性命的合川钓鱼城。

大通由此得名。

这本来是个屈辱的由来,然因确为交通要道,故而在岁月的史册上保留了这个名字,且沿用至今。

"滚滚长江东逝水,浪花淘尽英雄",人物如此,古镇亦如此。

现代社会已不再需要曲曲弯弯的马踏古道,大通从此变得清静起来、冷幽起来。

楼子沟离大通镇不远,在别人对家乡的时尚吟哦中,虽然这个土得掉渣的名字是那么说不出口,但我却不会刻意地在别人洋洋得意地炫耀桑梓之时,努力地咀着汗和泪的辛咸,孜孜不倦地寻找风雅。

我不否认我是城里出生的,但我执著地以自己是农二代而骄傲。不仅如此,我始终觉得我的根一直扎在故乡这片贫瘠的红壤里。在别人讴歌家乡雄浑与婉约的词藻中,我虽落寞,却愿意亲昵地挽着它羸弱地前行。

苔痕铺垫如厚重历史线装书的石板路,像鱼鳞似的青黑瓦盖顶的木屋,玉带似的绕来绕去一尘不染的小河,还有春夏秋冬都会此起彼伏接踵开放的野花……

这些如梦如幻般掩映在随丘陵地形而起起伏伏的翠绿之中的景致,也算独特且旖旎。恰似小家碧玉的女子,美而不妖。

楼子沟不需要漂亮的衣服。我喜欢它这样无华朴实的风景。

我喜欢故乡的绿色植物,即使它是一丛芭茅。

在故乡,我时常深情地注视絮飞的芭茅花,它多像从故乡出去求学、打工的乡亲啊,无足轻重地随风浪迹的命运,不会剜痛谁的心。

慈祥与贫瘠无关与爱有关。多少时候,我都想在光鲜的人丛中大声喊一声母亲,你这位头插狗尾巴草只会生养红苕苞谷的故乡。

春风醺醉,煦阳灿烂。那天,蝉蜩嘶鸣、鸟雀啁啾的唱和中,我在故乡青翠的温暖和质朴中穿行。手若柔荑,巧笑倩兮。这是绿色织就的美丽。依稀,我听见了不染铅华的植物们在清风中清脆悦耳歌唱的声音。让我联想到隔着时空,从古诗词里走来的袅娜的身姿,和美目流转的倩影。

"我们去捉螃蟹吧,那边水渠里很多的。"米屁娃对我说。

米屁娃长得敦敦实实,黝黑却漂亮,我喜欢跟他玩。

"捉螃蟹呀? 它不夹人吗?"

"不夹人! 只要我们双手逮住它的大夹子,它还怎么夹人呢?"

于是我与四季豆、大屁娃、米屁娃、小静儿、家二娃他们一起去了一条水渠边上的一个杂草丛生的乱石堆中逮螃蟹。

当我正在努力地搬开估计下面藏有螃蟹的大石头的时候,一个拳头大的玩意儿突然蹦到了我的脚上,颜色土灰,像一堆牛粪,吓得我半死。这个玩意儿凉凉的,软软的,周身长着难看的黑疙瘩,像青蛙又比青蛙大很多,有成人的拳头那么多,且远没有青蛙漂亮。

"哟,好大一个癞巴狗!"这时,小伙伴大屁娃惊叹道:"快躲开,它身上有毒,毒得很,它身上那些黑疙瘩里冒出的浆浆如果射到眼睛里,眼睛都要瞎的哦!"

听了大屁娃的话后,我惊慌得像一只受惊的虾米一般蹦开来。再一细打量这个玩意儿,可真是恶心啊,丑得只差没吐了。

"砸死它! 砸死它!"大屁娃、米屁娃、四季豆和家二娃纷纷说。

说着,四季豆便弯腰捡起地上一砣拳头大的石头朝那只先装死,继而又慢吞吞地动了动,正伺机逃跑的癞巴狗。

石头砸地,"噗!"的一声响起,泥浆喷射,溅了我们一脸,可怜一只水爬虫,无辜送了命,而这只讨厌鬼却安然无恙。地面的震动,只让稳如泰山的它轻微踉了踉步。

"你们快捡石头砸它! 不然它要跑了!"四季豆着急地说。

于是我们纷纷弯腰捡起石头朝癞巴狗砸去。

"噗!""噗!""噗!",顿时,癞巴狗的天空乱石如雨。

也许预感到了来者不善,那只笨拙的癞巴狗在石头砸向地面的震动中,生气得肚子变得越来越大,就像给气枪打胀了似的。

"我砸中它了!"米屁娃的手要准些,它手中的石头砸去时,顿时把这只癞巴狗的后半截身体砸中了。

我们乘胜前进,继续捡地上的石头砸向癞巴狗,没多大功夫便把它砸得皮开肉绽。

其实,当大伙捡石头砸向癞巴狗的时候,童年纯洁的天空下,无知的我也稍微犹豫了一下,尤其是米屁娃手中的石头砸中它时,那声绵软的"噗"声,甚至仿佛砸在我自己的心上:这是不是太残忍了呢? 这只癞巴狗是长得很难看,身上不光鲜,有毒,我们砸它时,它还气得鼓着一个硕大的肚子,可是它惹我们了吗? 它身上的毒也仅是为了防御侵犯它的人,这不就是它的天性吗?

但是,这个恻隐之心稍纵即逝,我手中的石头照常朝向它的身体砸去:不是吗? 谁叫它长这么难看呢?

"倩儿,天快黑了,别玩了,快回家吧。"这时透过青绿如山的翠绿,传来了婆站在坡上大声呼唤我的声音。

夕阳西坠,暮色苍苍。婆的声音就像她身后有一人多高叶片儿摇曳的苞谷一样令人亲切。

"砸,继续砸,砸死它!"我说,因为我扔的石头也砸中了那只可怜的癞巴狗,我甚至有一种成就感。我甚至也想让我婆跟我一起来分享这种成就感,因而我的声音提高了八度。

"倩儿,你们在砸啥呀?"婆果然听见了我的声音,大声问我。

"婆,我们砸死了一只丑陋的癞巴狗!"我更加大声地对我婆说,大有邀功之意。

我婆是最爱表扬我的人了,无论我正确还是错误,她都表扬我。我猜,她听说我砸死了一只长相丑陋且有毒的癞巴狗,一定会表扬我能干的。

却没想到我婆却对我的行为破天荒地进行了否定:"倩儿呀,癞巴狗是农民的朋友呀,你砸死它干啥呢?"

婆的声音充满了惋惜:"癞巴狗是长得难看,且有毒,但是它性格温顺,不招谁惹谁,还吃庄稼的害虫,而且还是吉祥物哦!倩儿,你今天干了一件坏事哈,快别砸它了!"

婆的话,让我的心情忽地低落了,如黄昏的天气,渐渐暗淡。

我不是因为婆委婉地责备我而沉郁,而是突然后悔砸死了一个与我无冤无仇的生命。

苞谷,少有人知道,这种从拉丁美洲远渡重洋而来的农作物,其实它也是白求恩,为了华夏的温饱而来,撕裂饥饿的阴霾,繁衍生息,姿态温暖、狷介、婀娜……

我忽然觉得,我婆就像一株吸风饮露,清清幽幽的苞谷,她的年轮里刻录着被人称道的美好,以及无比辽阔的善良。

此后,我在老家偶尔看到癞巴狗,依然有一种毛骨悚然的感觉——它身上有没有毒,这个我真不知道,但是它长得那么难看,实在让我接受不了。

"我去照顾你婆,顾不上管你了,你一定要管好你自己,不然的话,我就不要你读书了。"我妈临走时威胁我说。

我这辈子可以说什么都怕,但最不怕的便是有人威胁我。即便她是我妈。我最反感像我妈这样自以为是的人了:她说她管我,可她怎么管的呢?除了训斥我,骂我外,还能做啥?

"在我的生活中,我认为最让我难忘的眼神便是我妈的眼神了。她的眼神就像魔鬼的眼神一样,只有用两个字来形容,那就是'恶毒',因而她的眼神不应该叫眼神,而应该叫:眼鬼。

她的眼鬼可以杀人。当你一不小心做错一件芝麻大的小事儿,细菌大的小事儿(此两句为夸张句),她就会对你使用以下几个王牌:

1、用恶毒的带红血丝的眼鬼来看你,假如你的胆量值是100,那么看了她的眼鬼后,你的胆量值将会减至只有20了。

2、用恶狠狠的语言骂你娘或者指桑骂槐羞辱你,可以让你的心血管、心脏、肝脏、肾脏、脊椎骨等重要器官气炸三百七十二万下,直到你粉身碎骨血尽而亡(本句为夸张句)。

3、用宽大的手捶你大脑。

如果此三招同时使用,你就将永不超生。

有一次,我和她在路上,提的买回的东西,我的包里装着鸭蛋,她说我如果把她的蛋弄破了,就要收拾我。走着走着,我们就回家了。她叫我把包里的鸭蛋拿出来看看,我就拿出来了,她一看,疯叫道:'你妈的,你把老子的蛋弄破了一个!'

边说她还用她那万分恶毒的眼鬼一瞪一瞪地看我。

看见她这个样子,我顿时吓得尿了裤子(本句为夸张句,没有尿裤子)。

不仅如此,她还伸手打我,我痛得想叫唤,她就说:'你再叫! 你叫得越凶我打得越凶。'

我马上停止了叫。

你们说,哪有打人不让叫的? 那打起也太痛苦了嘛。

那天,我也忍不住叫了几声,于是,我差点被打得下半身残废,太痛苦了。

本来打我就不说有多残忍了嘛,还用那眼鬼不停瞪我,我大声哭也不行,哭久了也不行,否则他还要继续打我。唉,当她女儿太没意思了。

在这个世界上,我看过很多眼神,有少女般可爱的眼神,有小孩般无邪的眼神,有大人般沉稳的眼神,有警察般坚定的眼神……让我觉得难忘的眼神,就是我妈的眼神。

准确地说,不应该叫眼神,而该叫眼鬼!

因为,太狠了!"

这是我曾经写的一篇名叫《难忘的眼神》的作文,从这篇作文里,你能看到我妈在我心中的印象了吧?

当然,不可否认,我在写这篇作文时有些地方有点夸张,事后想想,她毕竟是我妈,太夸张的话,还是有些欠妥的,于是我又将夸张的地方进行了标注。

但不管怎么说，这样的妈，要是你给摊上了，都不是轻松的事，可以说，不死也得脱层皮。这话真没夸张。

不过，现在好了，我婆生病，我妈去照顾婆了，我终于可以过几天没压力的生活了。

你可能会说，我妈去照顾生病的婆了，还有我爸在呀，我爸能不管我？

其实呀，我爸这人我真没有琢磨透，他的脾气的确暴躁，而且他发起脾气来比我妈发脾气更吓人，也打人。但他却并非像我妈那样时时都可能发脾气，喜怒无常。我爸是有时严有时松有时亲切。尽管严起来的时候很严，但总的来说，他跟我妈比，我不怎么怕他。

但我爸两面三刀这个性格我不太瞧得起他。比如他平时都教育我为人处世要正直，他说他的人生座佑铭是"巧诈不如拙诚"，但我却发现他其实在我面前"巧诈"过。

还记得朱代豪吧？对，就是"豪猪"！他是我们班的数学科代表，但他也是我所在的文德中学朱朝志校长的儿子。朱代豪有一个苹果平板电脑，他平时除了用这个苹果平板电脑来上网搞学习之外，偶尔也用它来看电影，打游戏。一个初中二年级学生，却有一个价值好几千元的平板电脑，这实在是太令人羡慕了。但我却不羡慕朱代豪，不羡慕的原因不是吃不到葡萄便说葡萄酸，而是这个苹果平板电脑的来路不正。

暑假里的有一天，我睡午觉时，迷迷糊糊听见爸妈对话，爸爸说要送一个礼物给文德中学的校长，感谢他帮忙把我转到了文德中学。我妈问，那送个什么礼物比较好呢？我爸说，要不就送一个苹果平板电脑给朱校长吧，价格不是很贵，才4000多元，还挺受人喜欢的。

价值4000多元啦！还不贵？我爸简直令人费解！

后来有一天，我便在爸爸妈妈的卧室抽屉里，发现了一张购买苹果平板电脑的税务发票，见到价格时，惊呼起来。要知道，他平时坐个公交都是要掐算换车路线的。

还有，奇怪的是，这台苹果平板电脑有发票却不见实物，我翻了不少柜子，都没找到，于是我猜想，这台平板电脑一定已经送出去了。

再之后，当我进入文德中学学习时才知道，文德中学的朱校长便是该校的正校长，且是我班数学科代表朱代豪的父亲。因而当朱代豪时不时地拿出那台平板电脑向同学们炫耀时，心里明白这个苹果电脑是怎么回事的我，不仅心情很复杂，还很鄙视他。

当然，我鄙视的人还不止朱代豪，还有我爸爸。你说转个学还给人送礼，这不是助长歪风邪气吗？而且，你口口声声地宣称自己是一个最正直的人了，也一直要求我"巧诈不如拙诚"，可你背地里却做出这么令人不齿的事来，你说让我怎么瞧得起你？

这个朱代豪也真是令人讨厌，当我总是在数学的解题方法上挑战他曾经的"权威"之时，他便对我不甚友好了，觉得我抢了他的风头，伤了他的面子。

他这臭毛病我知道是怎么形成的：大概是因为他是校长的公子而见惯了师生们对他的友善和笑脸，这种状态出现的时间久了便让他变得习以为常，自以为尊了。心态如此，他岂能容忍一个新来的黄毛丫头挑战他在数学科海拔较高的地位？

老虎的屁股摸不得，我却偏要摸！

我到这所学校时间还不长，朱代豪已经几次显摆他的地位了。比如在我看课外书那节数学课上，蔑视我的数学智商；在猪儿虫事件中，他挑拨我与张阆苑老师之间的感情……你认为你的数学是班上第一，那我偏要挑战你的这个第一！

你自以为有一台苹果平板电脑了不起，那我也一定要想办法拥有一台苹果平板电脑。

我觉得只有敢于挑战权威，自己才可能成为权威！权威又不是颠扑不破的真理，更不是不能颠扑的真理，我为什么要像别人那样宠着你这坏毛病？要让我像别人那样赞美皇帝的新装？我做不到！

人生就像蒲公英，只有敢于飞，才能拥有新的世界。

当然，数学成绩要追上朱代豪，我其实觉得应该没什么压力，再不济我将吃奶的力气用出来，也能紧随其后——我有这个信心。

但要想拥有朱代豪那样的苹果平板电脑，压力可就大了：我去哪儿弄来这一大笔买苹果平板电脑的钱啊？

自古以来，金钱就是个冷血无情的怪物，只喜欢锦上添花，不喜欢雪中送炭。这跟我的性格大相径庭，跟传统道德大相径庭。

这其间我想过利用周末的诸多挣钱方式：卖报纸、做钟点工、捡破烂、发广告传单、帮富二代做作业、给官二代当马仔……

但似乎这些挣钱方式都是浮云，缥缈不现实，而且来钱很缓慢。

后来，我不经意间发现，街头巷尾不少人摆一张小凳便很能挣钱，与钱成为很好的朋友。

这是给人刷皮鞋挣钱？这是装残疾人讨钱？这是"此山是我开，此树是我栽，要想过此路，留下买路财"抢钱？

都不是！

这是给人手机贴膜！一两元钱进价的手机保护膜，贴上手机身价便摇身一变，成了几十元、上百元。

看来，这年头，金钱喜欢新潮，喜欢时尚。

其实，金钱一直就喜欢新潮，喜欢时尚。

合法抢钱，暴利无限！

真是踏破铁鞋无觅处，得来全不费功夫。这个生意既不丢面子，也不丢良心，更不丢道德，还不丢人格……多好的事啊！

发现了这个新潮易学更易操作的挣钱方式后，我心里跃跃欲试，接连好些天都澎湃着发横财的激动。

心有城府，且想付诸实施，但我却怕父母和老师窥见我不务正业而收拾我，毕竟国庆过后不久便是半期考试，老师一而再，再而三地强调要好好复习，迎战期中考试。

巧的是，中秋和国庆双节将至，我爸要回南充敬孝，跟我妈一起照顾婆几天。本来他也打算把我一起带回去见见婆的，但考虑到半期考试在即，我的成绩重于泰山，怕耽误我的半期考试复习，便放弃了这个打算。

这是多难得的几天放假时间啊！我不仅拥有了梦寐以求的无人管束的自由，想睡到多久睡到多久，想吃点什么便吃点什么。而且还能有机会去挣钱！

可是挣钱这事我到底去还是不去？

机不可失，时不再来。我经过短暂的思想斗争后，毅然决定放手一搏，去蜀都大道外的人行天桥上摆一个给手机贴膜的小摊。

我是一棵压力下坚强生长的小草，一直生活在季节的低洼地带。我爸我妈老威胁我说，如果我不努力学习，便让我停学，或者退学，然后跟我妈一起去摆地摊挣钱，到那时才知道生活的不易，后悔失去了难得的学习机会。

压力大,我不怕,无非多床被子盖。我已学会从压力中寻找幸福,从阳光、空气和水中寻找爱与欢乐。我现在就去摆地摊,岂不正好是提前演练生存之道? 提前进行技能储备,也是提前见识生活如何不易?

十月的阳光火热地洒在天桥之上,虽是夏天,但有微风穿过阴凉拂来,却并不是那么热,还平添亮度十足的灿烂。

行人如过江之鲫,一拨又一拨地从我身边游过。我躲进街边一棵大树投在天桥一侧的阴影里,像一个慵懒的猎人守株待兔。

我坐在一张面上画着一个正在做作业的小姑娘的塑料小凳上,她的专心致志和面前工整的作业,被我的臭屁股无情地压着;我头的上方是浓密而清凉的树荫,树荫后面是蜀都花园一幢耸入云天的楼。

我身体的前面铺着一张塑料膜,塑料膜上放着一张可折叠的床上微型电脑桌。这张电脑桌其实就是一个轻便的薄铝合金板,铝合金板下面有两根细铁棍支撑着。

电脑桌上放着一些我前一天去成都荷花池批发市场批发来的规格不一的手机壳子及手机保护膜。我还用纸板制作了一个牌子,上面分两排楷书"勤工俭学,专业贴膜"八个大字。

花钱不多,费事不大,倘若这些手机外壳和手机膜能够华丽转身销售出去的话,是会赚一笔对我来说十分可观的钱的。

第一天的贴膜生意经营得颤颤兢兢笨手笨脚,我一边轻声地对过往的人群叫卖着"贴膜,贴膜,手机贴膜",一边睃巡着城管的影子。当城管出现后,我便将床上微型电脑桌的两条细铁棍腿一折叠,立即提起那张塑料膜的四角,将塑料布拎成一个兜子,撒腿便跑。

这事不跑不行啊,如果被无情的城管将我的这些刚刚置办的家当给没收了的话,那我可不是就鸡飞蛋打,竹篮打水一场空了?

虽然我爸也是城管,好在他在金牛区上班,而蜀都花园所在地属于锦江区,不然被他的同事发现我国庆假期没在家好好学习,而是明修栈道暗度陈仓地做这种小生意,并向他举报,那也没我的好果子吃。

我庆幸自己上学这些年来没变成呆子,而且在课堂上被老师逼得自学了几招游击战术,现在总算派上用场了。

运气还不错,第一天经营下来,虽然就像打游击似的东躲西藏,而且午饭都是用我早上带出去的两个包子解决的,但到了晚上一算账,竟然刨去成本后,还赚了 350 多块钱。

哇,这个生意可以啊！我脑海中总结了经验、教训,决定再接再厉,第二天大干一场。

也许真的天无绝人之路,可是霉运却要绝人的财路啊!

说了你可能不信,事情就这么凑巧,就在我志得意满地于第二天下午去摆手机贴膜摊子时,张阆苑却神不知鬼不觉地出现了。

当时我正专心致志地伏在微型电脑桌上给一个老帅哥的苹果手机贴膜,内心被专注与恬淡填满,买成 5 元钱的手机膜也正在朝着 100 元钱的身价华丽变身。

然而正在此时,一个声音骤然响起:"袁倩,国庆过完很快就要期中考试了,国庆的作业布置得多而系统,你不在家复习,却在这给人贴手机保护膜,你怎么能这样？我强调过多次了,期中考试是全校联考!"

声音不大却似惊雷炸响。

十五

偷盗风云

孤独悬坠如一滴泪,热烈而清亮地痛。

说到自己卖报纸时救助一个摔倒的老太婆的事,王恩玫无奈的思绪又回到了那刚刚过去余温尚存的回忆中:

城市周末的街道永远像春天的花园,绿肥红瘦,五彩斑斓。

只不过这个花园是条形的,线型的,曲里拐弯,如色彩斑斓的锦带,又如仙女飘逸的披帛,且充满着浓厚的烟火味。

芬芳孵化,时尚绽放,蜂蝶曼舞,溢彩流光。

虽然在如画的风景里,王恩玫觉得自己的存在似乎与之颇不协调,但她内心却没有卑微，没有筚路蓝缕、破帽遮颜过闹市自惭形秽之感。她觉得劳动着是光荣的，何况自己是为着一个美好的愿望在奋斗。

像七月的天气，喜怒无常。王恩玫的母亲脾气不好，说变就变。即使天气预报部门也不能为其准确把脉。

有时候为一个人倾尽一切，未必就比对她什么也不做好。王恩玫总觉得可能是父亲对母亲太恩爱，并无原则过度，让母亲养成了骄纵不羁的性格。也可能母亲因下岗而一直未能从头再来，难得重新豪迈，并失落，形成了怪异的脾性。

低语和守望，是王恩玫父亲的性格，这亦如其名字"守德"一样，既传统，又有着诗意的天空。王恩玫的父亲平时在家里除了喜欢看书外，别无爱好，也别无折腾。但王恩玫的母亲"倩丽"却是另一种性格的人，由于天生丽质，一路长大的过程中被人娇宠惯了，便习惯了恃宠而骄，急躁、矫情，并时常无理取闹。

来自乡村，心里装着田野的空旷，面对这样一个漂亮却不折不扣的泼妇老婆，王恩玫时常看到父亲在母亲的无理取闹和蛮不讲理面前，无可奈何得只有两招可使：或是尴尬得手足无措；或是微笑着以博大的胸怀在看一个女演员投入的演出。这个火巴耳朵男人，在王恩玫的眼中是那么没出息。

有这样一个奇葩母亲，这样一个最亲密的敌人，王恩玫觉得很无奈，这实在是自己运气太差，自己只能穿越冰河，痛苦地飞翔。因为这世界对自己来说，大约别的什么都可以选择，唯有父母不能选择。

所以，王恩玫觉得自己有时候既幸运，又遗憾。幸运的是，自己有这么一个漂亮的妈，自己的漂亮容貌也遗传自她；遗憾的是，这个漂亮的妈咋就这么泼呢？而且这个"泼"不是"活泼"的"泼"，而是"泼妇"的"泼"。

人在屋檐下，不能不低头。人生就像蒲公英，看似自由，却都是身不由己。虽然王恩玫知道士可杀不可辱的道理，但她也明白，自己最应该采取的、也是最有效的防御措施，就是主动地讨好，在头脑里装一座百花竞开的花园，把母亲威力四射的雌威当成习习微风，像花儿般优雅地点头，臣服地微笑。

唯此，方可保己平安！智者，莫不如此。所谓"识时务者为俊杰"！

音乐是人类灵魂的避难所，当遭遇挫折时，音乐是一剂良药，可以抚平心灵的创伤。通过仔细观察外加分析研究，王恩玫发现，她母亲喜欢唱歌、喜欢音乐,如果母亲在唱歌,或者听歌的话,心情便通常大好,不会轻易动怒,于是她决定利用还有几天就将开学的暑假,挣钱给母亲买一个 MP3,用音乐去收伏母亲的心魔。

怎么挣钱呢?要去打工,自己年龄太小,劳动管理部门明文规定禁用童工;要去捡废品,可怎么丢得下这个脸,更重要的是,炎炎夏日,那实在是臭啊;要去擦皮鞋,可城管叔叔也许连工具也会给她收了……想来想去之后,她决定去卖报纸,偷偷地卖报纸。

可是要卖报纸该去哪儿批发报纸呢?没有地方批发报纸,又拿什么报纸卖?王恩玫决定到自己所住的小区找送报的那个老妞儿试试,向这个老妞儿批发些报纸来卖。

老妞儿是成都地区对徐娘半老的中老年妇女的俗称,虽不失戏谑,却无恶意。

这个送报的老妞儿又矮又胖,像一个滚动的丑陋肉球,平时少言寡言,脸上老是挂着那种似乎人家欠她钱不还的仇怨之容。

王恩玫上学时总是一大早出门,经常碰见这个肉球滚动着往她家楼下的一个又一个报箱塞报纸。有时候天在下雨,"肉球"穿着只露出脸来的雨衣,像个叶儿粑,更像个巫婆般矮挫地出现,吃力地抱着一大摞报纸艰难地挤进楼幢门,总会让人不经意间被吓上一跳。

本来,这个肉球这么艰难地往底楼报箱间挤,是多么需要人帮她推一把门的,但王恩玫却从未帮过她,即使走出楼幢门时看到"肉球"双手捧报即将进门,她也是出门后"呼"的一声便关上了门,冷漠地与之擦肩而过。

其实王恩玫的心灵如诗般透明,更非如此冷血,她对这个肉球视若空气,主要是这个肉球不仅形象不敢恭维,还与她家有过莫名其妙的过结。

那一年,"肉球"想王恩玫家续订她所送的报纸——她每年都有征订任务,如果完不成任务,工作便有可能丢掉。虽然"肉球"所送的报纸是王恩玫一家子那些年一直追着的都市报,但王恩玫的母亲却断然拒绝了续订,理由是"肉球"敲门的声音太大,就像当年某种卫兵的小将上门抄家似的,因而王恩玫的母亲不仅没有续订"肉球"所递送的报纸,后来改成在另一位送报人那订阅,还言语傲慢且声带呵斥,让"肉球"很是难堪,并仓皇而去。

可是,如果自己要卖报纸的话,不找这个肉球批发报纸找谁呢?发现了一条曲曲弯弯且布满荆棘和坎坷的路,总比没有发现路好啊!

王恩玫想试一试。"有花堪折直须折,莫待无花空折枝"。

这事能不能成,的确是"肉球"说了算,因为除了"肉球",她不认识别的投递员,"肉球"是她眼中唯一不待见的风景;但她也认为,自己争不争取批发报纸的事,是自己说了算。自己争取了,可能"肉球"亦会如她母亲当年拒绝她那般断然拒绝;但自己不争取的话,则根本没有办成此事的可能性。

用可能的失望,挺举着微薄的希望,王恩玫起了一个大早,踩着晨昏的朦胧,在楼幢底层的报箱室等着"肉球"滚来。

一大早等人,并非等同于等待喷薄而出的朝阳那样蓬勃、光明、欢快且惊叹。相似的等待,却毫无相同的意境。等人没有诗意,没有亢奋,没有怦怦狂跳的心,有的只是无法言说的无聊,和漫无边际的怅惘。

进进出出的同一幢楼的邻居,虽然面熟却彼此都不知道对方是谁,便如形态各异的面具,接踵而来,擦肩而过,没有哪怕一点头的交情。

但一个如花似玉的小女孩,一大早却如门神一般在楼门口伫立,或漫无目的地徜徉,这真是一道异于寻常的风景。因而面具们无不面无表情且怪异地看着王恩玫,眼睛里流露出斯芬克斯之谜:这是上学吧?不是,暑假上什么学?

这是买早点吧?也不是,买早点哪有在楼幢门前徜徉不走的?

那是干嘛呢?难道是与哪个小屁孩男生约会?

嗯,很有可能!情窦初开,哪个少年不多情,哪个少女不怀春?

那些眼神带着类似的疑问,如一把把锄头,从王恩玫的脸上挖掘答案。由于找不到答案那些眼神便显得怪怪的;自以为找到答案的眼神,却显得更加怪怪的。

王恩玫很无趣,她不想成为众目睽睽的焦点,不想成为狗仔新闻的稚嫩主角,不想成为长舌的妇人饭后被贬损的谈资,和教育孩子的反而典型。她好想走掉,好想消失于无形。可不等到"肉球",怎么知道卖报纸这事能不能成呢?

好在有"癞巴狗"陪着她。

这只可怜的京巴,在王恩玫上学时,还能天天从她那里吃到美味的面包、火腿肠,喝到香浓的牛奶。自从她放暑假后,便只能是饱一顿饥一顿,因为她不一大早上学，吃饭也是在位于 20 楼的家里吃的，哪有面包送下 20 楼去呀？

如果王恩玫真要拿着面包或包子、牛奶等食物去楼底那蓬冬青树丛里喂"癫巴狗"，那也是会遭到很厉害的母亲的喝斥，甚至责罚的："人吃饭都快成问题了，你还管那只流浪狗？人重要还是狗重要？非洲有那么多人都吃不起饭，你怎么不管？你能管得过来吗？你管好你自己的学习吧！少操这些闲心！"

到底是人重要还是狗重要？这本身就是一个很扯的无稽的话题，王恩玫不想给出答案。但王恩玫却坚定地认为，好像狗比人更重感情。

时间没有冲淡情份。虽然已经几十天没连续给"癫巴狗"提供食物了，但当"癫巴狗"每次见到王恩玫时，却都是摇头摆尾跳上跳下，表现得很高兴。这不，一大早天还未亮之时，王恩玫便去等"肉球"，"癫巴狗"便从冬青丛里蹿了出来，用它肮脏的身体在她的两腿之间穿来穿去，弄和她洁白细嫩的腿稀脏。

不过，王恩玫倒也不嫌弃。"癫巴狗"是向自己示好嘛！就算它无意间给自己带来些麻烦，又有什么关系呢？它只是调皮，又无恶意。

"那你讲讲如何拿到报纸，又是如何卖报纸的过程吧。"见王恩玫思想在走神，李檀想了想，想听她是如何卖报纸的，想从中发现破绽。

等呀等，"肉球"终于远远地滚了过来，给沉闷的清晨抹上一丝喜气的亮色。

"大妈，你早啊！"

当"肉球"滚到自己面前时，王恩玫连忙帮正抱着一大摞报纸的"肉球"打开楼幢门，且一边打开门一边热情地打招呼。

这是太阳从西方出来？还是地球末日后又一个轮回？一股春风像野兽般猛扑过来，"肉球"顿时吃了一惊，很不适应且奇怪地看着王恩玫，过了好一会才挤出"你早"这两个词来，受宠若惊又疑惑的表情写满了追索答案的问号。

虽然"肉球"嘴里的这两个字吐得很不自然，如同梦呓，但只要"肉球"答理自己了，便是良好的开头。王恩玫很开心，惊若受宠。

晨曦微漾，希望在发芽。

　　王恩玫捧着希望,跌跌撞撞地乘胜追击:"大妈,学校要求我们学生在假期里进行社会实践,我想在你这儿批发一点报纸去卖,好不好?"

　　一鼓作气,再而衰,三而竭。

　　怕"肉球"拒绝自己,将这个能够继续的故事变成事故,王恩玫又在"肉球"尚未作答时,便马上谄媚地奉上牺牲自己利益的不平等条约:"你从报社发行部将报纸批发来后再批发给我时,可以适当加些价后再卖给我,我能赚一点儿就行,我主要是为了完成学校规定的这门社会实践课作业。"

　　"肉球"双手抱着沉重的一大摞报纸,喘着粗气,眨巴着眼睛,看了王恩玫一眼,又看了王恩玫一眼,汗水在脸上画着一个又一个感叹号。

　　目光如箭,凌厉地射来。这一眼又一眼,看得王恩玫芒刺在背心里发慌。王恩玫想,自己这个在"肉球"面前眼睛从来都是长在额头上的丫头,竟然主动给她开门,如此反常之举一定让"肉球"异常困惑,也异常反感。

　　随着如箭的目光射来的,还有千年寒冰:想必"肉球"在困惑和反感之后,便是无情地拒绝加嘲笑:哼哼,你也有今天? 向一个卖报纸的老妞儿求助?没门!

　　"你要去卖报纸是件好事,你需要多少我帮你进货就是了,我从报社发行部拿成多少钱一份,我给你还是多少钱一份,我哪能赚你们这样的孩子的钱呢?"

　　没想到"肉球"如同气球放气加气般地粗喘了一会气之后,竟对王恩玫说:"你从我这里批发报纸去卖也不用先付钱,而且,你没卖完的报纸可以在第二天早晨退给我,卖了多少再给我多少按批发价算的成本钱便是了。"

　　"大妈……""肉球"的话如一颗石子,甩进了王恩玫的心湖里,她觉得心里蓦地荡起了一阵涟漪,不! 是波浪。波浪荡漾起的水雾模糊了她的眼睛。她没想到这个外表看上去令人生厌的老妞儿内心却这么善良:"大妈,我记住你了,你是个好人……"

　　"活雷锋郭明义说,'帮助别人,快乐自己'。别客气!"这时"肉球"竟然学着电视中郭明义所做的公益广告时的腔调说。滑稽的样子,让王恩玫忍俊不禁。

　　哇,浑浊的外表里是别样的清明,沉闷得像是谁借了她谷子还了她糠的"肉球",内心却还如此"小品"呀! 王恩玫一下子又挂着泪花笑了起来。

孤独是如此相似,孤独又是如此迷人。卖报纸对于王恩玫来说,虽然新奇,却毫无诗意。

第一天,她从"肉球"处批发了50份都市报,走上街去,像一只小鸡在人丛中蹿来蹿去地扑腾,颤颤兢兢;欲说还羞,被人白眼,怕撞见熟人丢人。因而报纸也是低垂着用手拎着,更不叫卖。

这像一个卖报纸的小贩吗?影子很瘦,胆量更瘦,别人的眼神猜不透。但王恩玫却知道自己不像卖报纸的,倒像是售卖怯懦的小贩。

既然游荡在街上不像卖报纸的人,报纸当然卖不出去。一晌贪玩,皆是虚幻,这样瞻前顾后地下去怎行呀?左冲右突才走出思想的牢笼,且千方百计地躲着父母的眼睛,自己出来是干嘛的?检查街上是否那儿有不平?当免费的压路机,哪儿不平哪儿就踩那么一下?还是看街上有没有掉馅饼?

慢慢地,王恩玫意识到,如果自己就这样在大街上站半天、游荡半天,除了在喧嚣的街上短暂地闪过一个小流浪汉的身影外,别的,什么也没有。最后报纸卖不出去,多少个夜晚的心事,就这样在阳光下寥落,那不是更丢人?

关于熟人的问题,她也释怀了:熟人是一道令人眼前一亮的颜色,撞见熟人有什么好丢脸的呢?说不定人家还会夸自己能吃苦,够懂事呢。

当一切杂念都被阳光的心理消除了之后,职业的迷人气质也便完美地展现出来了。于是王恩玫左前臂托着报纸,右手持着一份报纸,口中也喊开了:"买报纸,买报纸,时尚都市人,看精彩都市报。"

细节荡漾,感叹上演。被时间催促,匆忙过往的表情被满脸是汗且脆嫩的叫卖声吸引,好运开始款款走来。

报纸果然有了买主!

万事开头难。这是多大的鼓舞啊!于是狭小的街道给了王恩玫广阔的勇气和舞台。

手上的报纸在一份份减少,肩上斜挎着的小包里的零钱在一点点增长。

继而,王恩玫又分析了如何将报纸销得更好的办法,决定改"漫天撒网普遍摸鱼"的售卖方法为"定点倾销":她走到一个又一个人面前,面带笑容地说:

"叔叔,买份今天的报纸吧!"

"阿姨,买份今天的报纸吧!"

"姐姐,买份今天的报纸吧!"

"哥哥,买份今天的报纸吧!"

……

这一招果然比无目标地对着大街喊"买报纸,买报纸"的效果要好得多。

收获是最大的鼓励,收获也是最大的动力。

喜不自禁的王恩玫又进一步地总结销售经验,继续改进销售方法:除了有针对性地叫"叔叔""阿姨""哥哥""姐姐""爷爷""奶奶""买份今天的报纸吧"外,还在称谓和请求中间加上了煽情的说明"我正在完成学校布置给我们的假期社会实践作业,请支持我的社会实践活动"。于是销售口号便变成了"××,我正在完成学校布置给我们的假期社会实践作业,请支持我,买份今天的报纸吧!"这种推销法让报纸更进一步地好销起来。

就这样,转眼一个多小时过去了,王恩玫批发的 50 份报纸竟然全卖出去了。掐指细算,一份定价 1 元钱的报售出后能赚 4 角,50 份报纸,她竟然赚了20 元钱。

这真是太好了! 原来挣钱并不难呀!

王恩玫讲到这里时,胡继勋冷不丁地问她:"不对呀,王恩玫,你这数学是体育老师教的? 卖了 6 天报纸,每天赚 20 元,6 天能赚 200 元吗?"

胡继勋的话让王恩玫又气又急,声音也提高了几度:"我这才说了第一天卖报纸的收入呢,不是以后还有几天吗? 你急啥? 听我继续讲吧。"

初战告捷,王恩玫开心得不得了。

天蓝蓝,心蓝蓝。第二天,揣着暖暖希冀的她从"肉球"处批发了 100 份报纸。

方法依旧。"汗水"加"吆喝"加"煽情"加"飞毛腿",组合式"营销"的结果,100 份报纸再次顺利卖出,又挣了 40 元钱。

虽然第二天批发的 100 份报纸卖起来也顺利,但王恩玫并没有贪心,她将此后几天的批发数量都稳定为 100 份,没再增加。

没有谁讨厌钱的,关键看你是否满足,因为钱是挣不完的。王恩玫也一样。但她觉得每天在两个小时之内卖 100 份报纸已经很可以了,每天赚 40 元,还有 5 天就开学,到开学之前也差不多能挣下 200 多元,这够买一个 MP3 音乐播放器了。

还有,如果太贪心而继续增加批发数量的话,兴许也能多卖一些,但时间耗得太久,容易让父母发现她的这个秘密行动,同时也担心进货太多卖不出去的报纸无地方放。因为"肉球"只有每天早上才出现在楼幢间,白天根本看不到影子,她更不知道其所住何处。如果卖不出去的报纸扔了,那岂不亏大了?而要是将卖不出去的报纸带回家,那自己的秘密岂不又被父母发现了?

钱一天天增加,王恩玫的心情也越来越好。

但是她每天天刚亮便出门的事还是在第一天便被母亲发现了:"你这么早出去干啥?"

"学校不是规定社会实践吗?要开学了,我得去完成这课的作业。"

"你去哪参加社会实践呀?"

"新华书店呀。"

"你不是前段时间去过新华书店实践过了吗?"

"前段时间是去实践过了,但不是那张社会实践表上没签字,没盖章吗?我怕时间过去这么久了,他们对我已经没有印象了,不愿意盖章,所签意见也不好,因而决定再次去实践实践,卖力地干干活,挣个好印象。"

"那为啥要这么早就出门?"

"书店开门是晚些,但书店员工在开门前就得早早地去了,要整理内务呢。我原先去的时间就太晚了,没有帮其整理内务,摆放新书,撤掉旧书,所以,担心人家对我印象不好,这次一大早就去,是想像正式员工一样,跟他们一起干活。"

王恩玫想了想又说:"书店在卖书的同时,不是还在卖报纸吗?我还想的是,早点去,抱一些报纸到街上卖。兴许像个报童似的卖报比将报纸摆在书店货架上卖要更容易一些。"

王恩玫在母亲面前的解释看上去天衣无缝,母亲也便没再追问啥了。

卖报纸的时间转眼就到了第四天,还有两天就开学了。王恩玫心中合计了无数遍:如果再卖两天,而且每天依然能挣 40 元钱的话,那么她便能挣下 220 元钱,要买一个 MP3,便大约够了。

但第五天，王恩玫的母亲却不让她出去了，理由是还有一天就要开学了，得在家准备准备，整理一下假期作业等。

为了挣够200元钱，开学后的王恩玫寻找着机会，想再去卖一次报纸。这个机会终于来了，那是开学后的第二个周末的星期六，她爸爸妈妈都不在家：爸爸出差。表姨结婚，妈妈去吃喜酒了。家里只有王恩玫一个人，于是王恩玫便利用星期天，向"肉球"批发了100份报纸，上街卖了起来，又挣了40元钱。

王恩玫简单地说了自己的200元钱的来历，但李檀似乎听得极无耐心。

"'黑孔雀'，哦不！胡继勋，我刚才说话的时候你现在听清楚了吧？我是第一天卖50份报，每份赚4毛，第一天赚了20块；之后的五天，我每天进货100份报，每份赚4毛，每天赚40块，有错吗？我给那个摔倒了的老婆婆20元钱打的回家的车费后，还剩200元，有错吗？毛病！"

王恩玫还想继续声讨胡继勋的，但时间阻隔了陈述。她想的是，自己卖报纸时救助过的那个不知名的老太婆能够证明自己确实卖过报纸这事就好了。

想到这一点，王恩玫救助那个老太婆的情景再次在她的脑海中浮现：

烈日当空，大地焦灼。这是王恩玫当"报童"的第六天。

这是一个奇怪的上午，天气格外闷热，热得蝉儿在树荫间起劲地嘶鸣，热得人们身上不停地流淌着涓涓细流。

担心暴雨片刻之际便将来袭，热得心慌的人们匆匆地来去，无心关注身边的风景。

在一片一片的汗臭中穿行，在经华南路双桥子段的十字路口家乐福门口，王恩玫努力地向过往市民推销着报纸。

也许是天太热的缘故，人们淡漠了读报的爱好。这天的报纸并不好卖。

炽烈的阳光照着行道树顶，透过浓密叶子的缝隙，婆娑而下。太热了，汗水糊得眼睛都难睁开。王恩玫来到树荫下，想用纸巾揩揩汗水，并喝一口带在身上尚未打开、一直舍不得喝的饮料。

荫翳阻隔，太阳不能直射，的确要凉快许多，呆在这样的树下可真好！

然而,王恩玫刚产生这样的想法,便觉得自己有点可笑:手上的报纸还有这么多,呆在树下怎么卖得完?如果想呆在树下,又何必出来受这个罪?家里不是比树荫下更凉快吗?

对呀,比树荫更凉快的地方多的是啊!比如教室,教室怎么着也比树荫下要凉快啊!

想到教室,王恩玫突然有所触动,觉得母亲平时念经般所说的校园生活很珍贵、值得珍惜,还是有点道理的。卖报纸这个活儿算得上是最轻松的了,可却依然这么难,有比较才知道哪个好啊!

王恩玫将报纸放在紧挨树的地方,从斜挎的手机包里拿出那瓶饮料来,准备拧开盖子喝上一口。天气炎热,热得人口干舌燥,她早就想喝了。

"咣当!"这时,一个清脆的声音传来。王恩玫定睛一看,发现通往家乐福入口的路上,一个身着蓝色碎花短袖衫的老太婆摔倒了,在离她身体不远处,一个塑料手提袋里的一瓶酱油被摔碎了,玻璃遍地,酱香四溢。

"唉哟……唉哟……"老太婆痛苦地呻吟着。

揪心的疼痛声,让王恩玫忘了拧开手上瓶装饮料的盖。她情不自禁地朝摔倒的老太婆走了过去,助人为乐的情怀装满了她整个胸腔。

但令王恩玫奇怪的是,见老太婆摔倒之后,多少人非但没有及时地去扶起她,相反还躲得远远的,如躲灾星躲瘟神。

王恩玫吃惊,也不知所措。她前进的脚步因为困惑而迟疑,并最终停住了。这时,老太婆却向她招了招手:"唉哟,好痛啊!妹妹,你过来扶我一把嘛!"

见老太婆在喊自己,被定住的王恩玫如梦初醒,连忙跑过去搀扶老太婆,把老太婆扶到街边树荫下一个水泥凳子上坐下。老太婆左手搭在瘦削的王恩玫的肩上:"哎呦,好痛啊,我的右脚无法走路了,估计是骨折了。"

看到老太婆的可怜相,王恩玫很着急,安慰说:"婆婆,哪能摔一跤就骨折呀?不会的,你坐一会就会好起来的。"

老太婆说话之时,豆大的汗珠从脸上滚落。见状,担心老太婆口渴,王恩玫连忙将自己手上先前准备喝的饮料送给了老太婆。

"妹妹,你是哪个学校的?叫啥名字?我改天去你们学校表扬你。"

"嗨,举手之劳,表扬啥呢?"

"你不告诉我你是哪个学校的,我也知道。你校服上不是写着'田家中学'吗?快告诉我你的名字吧。"

"哈哈,雷锋都是做好事不留名的。即使要留名,也只详细地留在自己的日记本里。"

"别说笑了,我想知道你的名字还有一个意思,那就是你们学生毕业的时候不是要扔书和本子吗?到时我好找你,把你和同学们要扔的旧书本等买了,我能赚点钱,你们也能卖点钱,不然随手丢了多可惜啊。"

"哦,这样啊,我才读初一呢,不过马上要读初二了。"

"迟早会读到初三的呀?说不定你在毕业之前还能帮我介绍初三学生认识呢。现在说说你的名字吧。"

"那好吧,我叫王恩玫,名字很好记。意思是'忘恩没'?想到我的名字是'忘恩没有',一下子就记住了。"

王恩玫说着,从斜挎身上的手机包里掏出一把钱来递给老婆婆:"婆婆,我身上只有20多块钱,这是刚卖报纸得来的,你要不拿去打一个的士回家吧,回家歇歇就好了。我手上还有几十份报纸,我得去卖报了呢。"

是呀!"帮助别人,快乐自己"王恩玫一边离开,一边用东北口音学着郭明义的腔调自言自语。郭明义叔叔说的这句还真有道理啊,我现在好快乐!

她走过去将那个打碎了的酱油瓶小心捡起,扔进了垃圾桶,然后抱起先前放在树下的那一摞报纸,又开始了吆喝。

"叔叔,我正在完成学校布置给我们的社会实践作业,请支持我,买份今天的报纸吧!"

"阿姨,我正在完成学校布置给我们的社会实践作业,请支持我,买份今天的报纸吧!"

……

可是,这个老太婆现在在哪儿呢?我不知道她住哪儿,也不知道她姓什么,叫什么名字,手机号码是多少,我怎么找到她来给我当证明人啊?

"王恩玫同学,别说那么多了,也别绞尽脑汁编故事,我现在要给大家上课。不过,这件事很严重,放学后,你留下。我得把你的家长请来,配合老师对你进行德育教育。"

这时,李檀的话好似从幽冥的地狱中传来,打断了王恩玖绞尽脑汁的思绪。

"我说的是真的!"

"真的?真的我现在也没时间调查!"

时间的前方依然是时间,但时间却将事实阻隔在了一天之前,阻隔在了教室之外。

无奈了!欲哭无泪啊!有泪也无处哭啊!

生命的故事在奔流,无端的事故却在截流。满脸是泪自圆其说也不能打动人的王恩玖,也意识到这件事很严重,可是星汉灿烂,山河漠然。喊天,天有天的事,高高在上天不应;喊地,地有地的忙,自身不保地不灵啊!

最糟糕的是,事故通常都是泥石流,能引发负能量的连锁反应。

正能量啊,快出现吧!不然星汉不亮,山河不转,阴阳不调和啦!

说曹操,曹操就到。正在这时,正能量来了,学校教导主任兼德育主任的马老师走了过来,敲起了教室的门。

李檀停住了刚开始讲的课程,如一匹夜色中行进的驴,犯着糊涂:"马主任,有事?"

"有一个腿脚不灵便的姓梁的老太婆找到学校德育办公室,说是要找初二年级的一个叫王恩玖的同学。"

找我?而且是一个老太婆?王恩玖先是吃惊,便很快便惊喜得大声说:

"太好了,被我救过的那个老婆婆来证明我的清白了。她能证明我卖报纸!天助我也!真是好人有好报啊!"

十六

真实的谎言

阳光灿烂的过街天桥桥头，行人熙熙，只有婆娑摇曳树荫的光斑在欢快地跳跃，没有一丝云的影子，却兀地响起炸雷。

这平地一声雷，把我吓惨了！把我从钱币如桃花飞扬的桃花源里，硬生生地打回原形，拖拽回了酷热的现实之中。

我的内心毫无血色。有的都是白色恐怖。

我不是有多怕捉摸不透的张阆苑会对我如何惨绝人寰痛下杀手地批评与打杀，而是怕她将我国庆假期这几天国家规定的、天经地义应该休息的时间没有用来做堆积如山的作业，系统地复习，以迎接即将到来的灭绝人性的期中考试，而是用来做铜臭飞扬为人所不耻的生意之事，告诉我因此可能被气绝身亡的父母。

我父母将我一个人留在家里，并没有给我一对蒲公英那毛茸茸且轻盈的翅膀，让我自由地飞翔，开心地唱歌，温暖自己心中的寂寞，更没有给我营造一路的芳香还有婆娑轻波。

他们让我装出心甘情愿被迫画地为牢的样子，目的就是让我在家好好学习，以便能在万恶的期中考试中能考出个令人眼前一亮的好成绩。我却背离他们朴实无华、可怜天下父母心的期望，去外面给人贴手机保护膜赚一些蝇头小利的外快。

期冀的高远与温暖，现实的低矮且无情，高大上与矮穷挫之间巨大的落差，一定会让他们很生气，很暴跳如雷。如果他们没有及时地气绝身亡的话，后果一定很严重。我敢肯定，就算不会将我摧枯拉朽，也极有可能令我皮开肉绽。

唉，"白云悠悠蓝天依旧泪水在漂泊"，"转了念的想那些是非因果"，啊！

"一个是阆苑仙葩，一个是美玉无瑕。若说没奇缘，今生偏又遇着她；若说有奇缘，如何心事终虚化？"

难道真应验了这个背时的谶语，喜欢以美玉自居的我成了该背时，总是与张阆苑有着某种冥冥之中的巧遇？不然，你说怎么就这么巧呢？我偷偷摸摸地出来做个小生意，本来就害怕被她发现，结果还真就被她给发现了。

阳光透过树叶间不停变幻的缝隙，见缝插针地穿下来，如不规则的网格打在张阆苑的脸上，让她看上去像一只布满花斑的猎豹，又像海里游泳的一只食人鲨。

通过树叶过滤的阳光，色彩有些许改变，它们照射在张阆苑的脸上，不仅让美丽变得阴森，也让张阆苑说话的嘴鲜红，犹如血盆小口，将阳光与树叶的影子嚼成一团血淋淋，嚼成一团呼儿嗨哟："你说，这么好的国庆时光，你却跑出来干这个，这不是浪费光阴，舍本逐末吗？还'勤工俭学，专业贴膜'呢？真搞笑！你没发现你所写的这八个字就是矛盾的，既然是'勤工俭学'，又怎么可能是'专业'的呢？"

她痛心地说，我心痛地听。惊悚用刀背在我心上一下一下地划拉着。

"我……我……"我语言结巴，如同一只被猎豹踩在脚下、被食人鲨叼在嘴里的猎物。

我很紧张,紧张得不敢挣扎,但我又在通过这个结巴的间隙努力思考对策。

能有什么对策呢?名牌中学什么是名牌?当然学习是名牌啊!国庆放假前,张阆苑已经在班上说过了,国庆,是国家的庆,离中学生远着呢。学生就该以学为主,取得好成绩方能报答祖国,给祖国的生日增光添彩。

"别我,我,我找理由了,快回去吧,要找理由回去慢慢想,尽量想得天衣无缝一些,别让我发现漏洞。"张阆苑似笑非笑地对我说,她的脸上依然晃动着光斑,样子又变得有些像金钱豹:"不要被眼前这几个小钱亮瞎了眼睛,半期考试如果没有考好,看你怎么办!可能在学校和家长的双重压力之下,你的眼睛都会伤心得哭瞎的哦!"

"国庆节,就是全国放假,孩子们平时上课也挺累的,应该好好休息几天,出去玩玩。"这时,那位我正帮他贴手机保护膜的老帅哥,更准确地说,那位大叔,也披着一身的金钱光斑,变身成声音雄浑的金钱豹为我帮腔道。

我知道,那位金钱豹大叔既是为我帮腔,更是想跟美丽的母金钱豹搭腔。我是只爱金钱不爱豹,他却是既爱金钱又爱抱。

"母金钱豹"咧开血盆小口,咀嚼着树叶的影子和光的碎屑,既像是对我说,又像是对金钱豹大叔说:"国庆是应该出去玩,不过,如果大家都出去玩的话,那就不好玩了。据网上说,中国国庆放一个假,中国有 5 亿人次出行啊,这个阵仗可真是吓人!"

金钱豹大叔笑了:"这倒也是,国庆出游是真不好玩:去香港不伦不类,去澳门嗜赌难退,去东北季节不对,去海南被迫消费,去青藏缺氧伤肺,去江南冷雨霏霏,去北京堵车崩溃,回老家天天喝醉,去景点门票太贵,去爬山双腿太累,去海边人声鼎沸,去哪里都是受罪,都是大人看脑袋瓜,小孩看臭屁股堆。因此国庆假期呀,最好是待在家蒙头大睡。"

"假如整整国庆假期七天都在家蒙头大睡的话,其实也挺无聊的,所以,在家学习才是最有意义的,尤其对学生更是如此,毕竟国庆后很快便要半期考试了。""母金钱豹"不胜金钱豹大叔幽默语言的娇羞,继而对我像水莲花似地温柔:"快回家吧,你现在是学生,不是挣钱的时候。"

悻悻地,我只好在贴完手上的活儿后,回家了。

回家后,我的心思并没有回到书本,回到作业中去,脑海中装的依然是给人手机贴膜的场景,以及金钱朝我干瘪的兜里流淌的美好。

我并不爱钱,但没钱怎么买平板电脑啊?

在这个提倡互敬互爱的时代,我发现自己是错的。我不爱钱,钱怎么爱我?我没有钱这个同学,钱怎么可能有我这个同学?

金钱不是万能的,只因数量不够多。金钱多得使人烦,我视金钱如粪土。金钱是个势利鬼,穷便视我如土粪。

到了晚上,当华灯初上,饭后的人们出来散步,溜达之时,我挣钱的心又开始猫抓起来。我要与金钱成同学,我太需要与金钱成同学了!

于是踌躇再三,我与金钱这位能力强大、人见人爱、从不强迫我做什么的同学之间的友谊,最终打败了我与作业之间的父母之命老师之言强扭在一起的友谊。我讨厌总是板着一副居高临下面孔向我提问、需要我回答的冷漠的作业,我喜欢从来不向我提要求、但却总是满足我的要求、阳光灿烂的金钱这位同学。

因而,在无限好的夕阳渐落西山,我又拎着塑料小凳、微型电脑桌和那一包手机壳、手机膜,像一只夜行动物般地,钻进了朦胧的夜色。

由于怕张阗苑守株待兔,在老地方逮我,我新换了一个地方,去蜀都花园外的家乐福楼下街边,找了一个人流量大的角落摆开了摊子。

晚上,到家乐福购物者人流如织。在我眼中,如织的人流不是人流,是线性流动的金钱所组成的河流。这么大的金钱的河流虽然不属于我,但弱水三千,有一瓢水流向我,便很可以了。事实上,跟上午在天桥上摆摊的生意比,家乐福楼下的生意要好得多。

而且,由于那是家乐福的地盘,城管还不管。

不过,我在给手机美容,使其脸皮更厚的同时,却也像做贼一样,边给顾客贴膜边不时环顾四周,警惕人群中出现张阗苑那张既熟悉又陌生且令我恐怖的脸。

第三天,我依然出去摆小摊,摆小摊的地点又换成了春熙路。

众人熙熙,如春登台。

春熙路行人更多,生意更好。

一张张面值不等的钱,流进我的腰包,我的心花开了。

原来,钱并不难挣啊! 你这杀人不见血的刀!

诗歌的痛源自文字的煽情,穷困的痛源自金钱的匮乏。

也许金钱并不冷酷,冷酷的是我们如何与之亲近;金钱并不难挣,难的是挣金钱的方式;金钱喜欢汗水,更喜欢智慧,金钱喜欢传统,也追求时尚。

几天下来,我竟然挣了 2100 多块钱。虽然这笔钱离买一个好的,跟"豪猪"那个一模一样的苹果平板电脑还差得较远,但怎么说离希望都更近了。

金钱的光彩弥漫着我,我的心情也光灿灿的。

我真想钻进金钱同学的眼睛里,做它的奴隶!哦不!我真想金钱同学钻进我的腰包里,做我的奴隶。也不!我真想与金钱同学互为奴隶。但由于怕玩钱丧志,真的会影响如行刑期逼近的期中考试,在七天国庆假期里,最后两天我便没再上街去摆摊了,而是何处是归程,长亭更短亭地与亲爱的金钱同学暂时告别。毕竟开学后很快就要期中考试,与金钱同学太讲哥们义气,身上沾满太重铜香的话,肯定会影响考试成绩的。

我是学生,学生就该以学为主。学习是我的春种,成绩是我的秋收。成绩虽然不是万能的,但成绩太差,便万万不能!

何况,这个该死该活的半期考试对我来说很重要。万丈高楼平地起。毕竟是我到文德中学的第一次考试,我岂能掉以轻心?如果第一回合便败下阵来,丢盔弃甲,你说我在同学们中间还怎么混?所谓新环境,新气象,我不能老被人瞧不起吧?

吉人自有天相!

还算我运气好,有大慈大悲的谁在保佑我,要是我将假期的最后两天也用去摆摊的话,我可能就完了,更有可能成为一盘"笋子炒肉"。因为我爸提前两天回来了,回来的原因自然是心怀牵挂——他不放心把我一个人留在家里,毕竟我年龄还小;同时他也怕我偷懒,只知在假期里好吃好喝好睡好上网,而管不住自己,放弃了严格要求自己学习的事。

尽管我逃过了父亲的眼睛,没被父亲惩罚,而且这五天时间里也挣了这么多钱,但我内心却莫名地不安,即使万能的金钱也不可能让我心境宁静。我猜得到,父母惩罚我可能是早晚的事,原因是张阆苑无意间看到了我去摆小摊的事,她很有可能在什么时候将这事告诉我的父母。如果我半期考试考得不错还好,要是考砸了,那我肯定会遭起,会遭得很惨。那一盘久违的"笋子炒肉",也会"啪啪啪"地新鲜出锅。

担心从来就不是传说。如我所料，国庆假期后开学的第三天正好是有班会的星期五。班会上，张阆苑的表情写满了不高兴："初中是人生的关键时期，是理想的承上启下，同学们一定要珍惜，改正过去的毛病，争取启程一个完美的人生。"

张阆苑在课堂上字字铿锵，语意匍匐，我的心开始无风起浪。

说话时，教室外面刮起了风，穿过楼房的间隙望去，远处的天空，一派昏黄。近处的天空，同云幕幕。

天空，就像一本生存指南，不仅给了人类时间的概念，引导我们祖先在文明的旅程中不断前进，还让人类明白，适应环境便能兴旺起来。

"国庆放假前我反复强调，一定要尽量将假期时间利用好，将各科老师布置的作业认真完成，并系统复习已学的各科知识，备战半期考试。名牌学校的每一场考试都很重要，老师也很重视，但我们部分同学却很不重视。"

张阆苑的话听得我胆战心惊，我怕她会扯出我的事来。但是，我越是害怕，害怕却越是袭来，像躲不过的影子。

"报告张老师，我国庆期间的有一天下午陪妈妈去春熙路购物时，看到袁情在家乐福的门外不远处摆了一个小摊给别人的手机贴膜。"

又是"豪猪"。虽然他的声音不大，却天震地骇。

我讨厌这个"天蓬元帅"，他总爱将真理装进电筒里，光照别人，不照自己。也总爱举着真理的大棒教训人。我忍无可忍了，说："朱代豪，你这是什么逻辑？我摆个小摊给别人的手机贴膜就是耽误时间，你陪你妈妈去购物就不是耽误时间？"

"我这是帮助你，对你好，你没明白吗？""豪猪"嬉皮笑脸地说："张老师说过，同学之间要相互帮助。你可不能狗咬吕洞宾，不识好人心啊！"

"别吵了，听我说两句！我本来不想点名批评谁的，所谓人贵有自知之明。"这时，张阆苑接过"豪猪"的话说："但是既然朱代豪同学都提到袁情同学的名字了，那我就不得不点一下她的名了。袁情，你看看你的国庆作业，多么潦草，多么敷衍！你再看看朱代豪同学的作业，多么整洁，多么认真，这有可比性吗？"

暴雨来临前的天气总是很闷的，我感觉到一身是汗。最讨厌的是，这时一只苍蝇老在我面前飞，不时停在我的额头上、鼻尖上，我多想用圆规扎死它,可是又怕伤着自己。

"你们知道袁情的作业为什么这么潦草这么敷衍吗？是因为她满脑子都想的是如何挣钱的事！关于此,刚才朱代豪同学已经给出了答案：国庆这几天她几乎没在家做作业,而是上街去摆摊子,给路人的手机贴保护膜去了。我承认,给别人的手机贴保护膜是能挣几个小钱,可你目光怎么如此短浅,这几个小钱跟自己的学业比起来,又能算啥呢？"

"眼睛钻钱眼子里去了。"朱代豪笑着讽刺说。

但也有同学声援我,反击朱代豪："'豪猪'你也不能这样说,钱这个东西谁不喜欢呀？比如说你不交午餐费,学校食堂会让你吃饭吗？而且这件事换个角度看,那是社会实践呀！"

这个声援我的人便是洪仁涛。我平时跟他交往并不多,但他却一直都是我的死党,声援我是情理之中的事。

我的邻桌郝培也声援我："手机贴膜？这个主意不错啊,我曾经卖报纸赚钱,那个辛苦呀,可却没赚到啥钱呢。"

"我有个手机,能不能便宜一些给我的手机贴一个膜啊？"这时"蟒蛇"卢小莽半开玩笑半认真地说："不过我手机在家里,学校不是规定不让带手机到校吗？"

卢小莽的座位在我的后面,而且隔着几排,我看不到他说这话的神态,不知道是真还是假。或许,手机贴膜是假,想带手机到学校是真？

"唐僧"唐盛来也凑热闹说："我妈的手机昨天刚买的,能不能优惠些？"

"你妈的……手机？哈哈,这不是自己骂自己吗？""许仙"徐先凯本无甚法力,但他却总爱惹事。

班上顿时涌起一阵笑声。

……

课堂一时间由单口相声变成了众口相声,尤其成了小品表演的舞台,欢乐像海浪一样,一浪一浪地翻卷。

虽然我的座佑铭是"直面人生坎坷路,乱云飞渡仍从容。"但我此时却无暇欣赏这些像打了鸡血的同学们即兴发挥的"台词",而是在思索对策,怎么应对"蟑螂"的法子。

"同学们别东扯西扯,这是个很严肃的话题。"这时"蟑螂"制止了那一群越来越背离主题的"演员"们的自由发挥:"我想听听袁情解释一下她为啥要去摆小摊的原因,或许我是知其然不知其所以然呢。"

夏日的天气总像小孩的脸,说哭就哭,说笑就笑,变化很快的。刚才还乌云密布,以为要下暴雨,但一阵风吹,乌云却渐渐散开了。

在"蟑螂"面前,"豪猪"总像个跟屁虫,杨柳般地见风就点头:"对,'幽魂',你说说看,你为啥不在家认真做作业,以及复习课文,而要去挣钱呢?你到底挣了多少钱?"

真反感"豪猪",他总是自以为是,把自己当成班主任之"副"。但我没时间与他斗嘴,我得在最短的时间向"蟑螂"给出最好的解释,让教室里的气象也如教室外的天气一样,烟消云散,清明澄澈,使自己突围。

好在我脑子好使,只一会儿便有了答案,而且想到这个答案时,我真的很动情,很心酸,那种感觉如一根锯条划过我的心房:

"唉,张老师,人家说,'家丑不可外扬',我本来想将此事一直保密下去的,因为我怕说出来你和同学们笑话。"我说话间,心酸变成了鼻子发酸,就像一个演技绝佳的演员,情感长驱直入:"但是你却逼着我说,而且同学们也执意要听答案,我还是说了吧:我婆生病了,而且是癌症晚期,做手术需要几十万元钱。我妈是下岗工,家里全靠我爸一个人挣工资,家里没多少余钱,所以我想通过自己的努力挣些钱,给婆筹点做手术的费用……"

这个理由很好啊!我心里为自己有这么快的反应能力而暗自高兴,我猜只要说到癌症这个词,一定会打动不少人的,包括我的老师张阆苑。起码,我自己就被自己感动了——我在想到我那可怜的婆时,眼泪便滚出了眼眶。

但坚守的诚实,被现实的长矛攻破,我心里也有一种脱离真实情节的隐隐的痛。

"啊?"果然,本想继续批评我的张阆苑被我的话镇住了,惊得一时语塞。想象得出,她那时内心一定因为震撼而惊慌并无所适从得如同一只突然见了强光的"蟑螂"。

窗外的天空越来越亮了,空气也没了先前的闷热。我不用再不懈地构思、演练这刚编出的无须有的理由。

过了好一会,张阆苑才发出低沉且愧疚的声音,像一朵清晨带露的栀子花,羞答答地睡醒:"原来是这样啊……你咋不早说呢?你真是个懂事的孩子!"

朱代豪见张阆苑在一瞬间情感发生了 180°的大转弯,倾向于我,且给他的"小报告"唱响了挽歌,心里便有了些泄气。但他仍不忘提醒张阆苑,想给自己扳回一局:"张老师,袁倩她怎么说你就怎么相信呀? 万一是她撒的谎呢?"

"我相信袁倩的话。这怎么可能是撒谎呢? 谁愿意撒一个亲人得绝症的谎? 何况她的眼泪都落了出来。"

眼泪真是个不错的东西! 张阆苑的话将朱代豪的嘴彻底堵住了。

太阳重新出来了,透过教室窗外婆娑树叶的缝隙照到我的脸上,我感到一阵燥热,这种热,甚至照进了我的心里。

"袁倩,我错怪你了,没想到你这么孝顺,这么懂事!"就像苏醒的春风,荡漾着感动,张阆苑饱含感情地对全班同学说:"像你们这个年龄,有袁倩这么懂事的孩子,真的很少!"

"唐僧"心要慈良些,轻易便被我的解释打动了:"原来是这样啊,很感动!"

"许仙"此时也少了蛇的妖气,真诚地说:"不知说什么好,我也很感动!"

"现在我明白了袁倩同学为什么在国庆期间去街上摆小摊给人贴手机保护膜的原因了,我对自己错怪了她表示歉疚。"张阆苑沿着感情的高速路继续前进:"今天这个班会很有意义,我倡议发起一个爱心行动,我们全班同学,有愿意给袁倩同学的婆献爱心者,请伸出你的援助之手来!"

我万没想到张阆苑会这样! 这下被惊得呆住了的人不是她,而变成了我:我只不过是找了一个冠冕堂皇的理由来搪塞她开脱自己,哪知她信以为真,竟然发动同学给我捐款!

"张老师,这事……不,不,不……"我连忙阻止,情感如破碎镜中的自己,开始分裂。我心里非常明白,也非常恐慌,知道这个玩笑开得太大了便不好收场:"我们家是困难,不过,我们自己能够想办法!"

"袁倩同学的精神太可嘉了! 自己家有那么大的困难都不等不靠不要,全靠自己解决。"张阆苑的话语倾注了极重的感情:"同学们要向她学习! 我也要向她学习! 同时,我决定向她献上 500 元爱心!"

张阆苑说着从衣服包里掏出 500 元钱来:"请问哪位同学还愿意献爱心,

帮袁倩同学家里度过这个难关的?"

乖乖,原来谎言这么值钱啊!

张阆苑的举动让我一时间无所适从,呆住了。

买嘎得! 我这该咋办? 春光冬影,我该往何处去? 张老师啊,你这明着是在帮我,实际上可把我害苦了啊!

感动的力量是无穷的。张阆苑话音刚落,朱代豪便站了起来:"张老师,我愿意捐献 200 元钱爱心!"

没想到,这个平时令我讨厌的"豪猪"此时也慷慨解囊,为我婆献起了爱心。可是可是,你别的事不帮我,现在这事帮我,也是在害我啊!

善良如同涟漪,在继续漫延。它的伟大,本该拯救柔弱及真实,可是这……

"张老师,我也要献爱心,我有 300 块压岁钱,我全献给袁倩。"这时洪仁涛也仗义地站了起来:"跟其他同学比,我比较了解袁倩的婆的情况,那是一位十分可敬的老人家,而且袁倩他父母跟老人家的感情都很深。"

该死的"涛娃子",你此时凑啥子热闹嘛,你这不是把我往深渊里推吗? 你可知道,我有苦说不出啊!

"张老师,我也捐 50 元!""蟒蛇"也大声说。看来他的心肠并非"蛇蝎",名字的表面并不能代表内心。

"张老师,我给袁倩同学捐 100 元!""唐僧"吃斋念佛,言行一致。

……

好好的一个班会,顿时因为一句谎言而由批斗会演变成了爱心竞献会,不长的时间内,张阆苑和同学们竟然为我筹集了 2320 多元爱心钱。

不过,当同学们刚开始给我捐款时,我还无所适从,但当张阆苑最后将 2320 多元钱交到我手上时,我却反而冷静了,甚至心中有一种窃喜:我现在终于有买苹果平板电脑的钱了!

没想到一个真实的谎言便帮我搞定了这件事,真是踏破铁鞋无觅处,得来全不费功夫啊!

第三章

渐入佳境的春天

十七

恩将仇报

　　"同学们,先自习一下,我带王恩玫去见一下那个老婆婆便来,咱们不能冤枉好人。"

　　李檀对全班同学们打过招呼后,又对王恩玫说:"我们走吧,但愿你说的是真的。如果是真的,我绝不冤枉你!"

　　"对哦,不能冤枉我呀!"王恩玫双脚犹如上了弹簧,几乎是欢快得就像一只小兔子一般蹦跳着跟李檀去到了德育办公室。

　　在王恩玫很小的时候,王恩玫的父亲带她到成都九眼桥玩,一个白发苍髯的人从他们身边路过之时,忽然停了下来,仔细看了一阵王恩玫的面相后,指着王恩玫对王恩玫的父亲说,王恩玫天庭饱满,地阁方圆,珠圆玉润,虽然成长的过程中可能遭遇一些不顺之事,但能逢凶化吉,将来也一定是个有福之人。

现在自己正值难以自圆其说那两百元钱的最关键、最尴尬时刻,那位自己曾经帮助过的老婆婆却从天而降,这还真应验了那位白发苍苍的老人所言啊!

德育办公室位于呈 L 型的教学楼的二楼拐角处,是斜对着厕所的一间屋。虽然厕所的气味在炎热的天气里显得很是浓烈,但看到进门处的右侧墙上那块"德育办公室"贴牌,王恩玫还是倍感亲切。

德育嘛,它就是死去的雷锋,它就是活着的雷锋,它就是标语们,它就是正能量们生活的地方,能有幸地到此一游,那当然应该亲切,应该开心。

看到那个背影了。对,就是王恩玫曾搀扶过的那个老太婆。好人真是有好报啊!

有了这个背影的存在,王恩玫对"德育办公室"这位朋友更感亲切了,她甚至心里还出现了自己即将与老太婆见面时的场景。老太婆或许会像影视剧司空见惯的寻到恩人的镜头中出现的人物那般感激,且泪水婆婆地对她说:"恩人哪,我可总算找到你了!"并因为腿痛没有站稳而差点"扑嗵"一声跪在了地上。然后她便马上扶起老太婆,雷锋般微笑但又英雄气概且客气地说:"我哪是啥恩人呀?不就是搀扶了您一把吗?举手之劳,何足挂齿?快快请起!快快请起!"

快步如飞地来到德育办公室,见到那个老太婆时,王恩玫却有些奇怪,因为老太婆身边还有一个 30 多岁的壮汉,长着络腮胡子,脸上挂着莫可名状的忧郁和气愤,看样子是搀扶着老太婆而来的。

哎哟喂,腿不好就不要来学校表扬我啊,即使真要表扬我,等您的腿伤好了后再来也不迟呀。再说,你真要表扬我,给我脸上贴金的话,干嘛上学校来找我呀?你上报社去请记者登文章,在报上找我不是更好吗?

想到这一点,王恩玫心里美滋滋的,为自己的幽默而忍不住像一朵花儿般笑。全然忘了刚才在教室里所遭遇的风波和折磨。

"婆婆,我们又见面了。你怎么来我们学校了呢?多小的事啊!看来,我真不该将自己的名字告诉你的,你看你这么较真……"

但是,说这话时,王恩玫却有些愣怔,诧异地发现,"络腮胡子"恶狠狠地盯了她一眼："你以为你不告诉我妈名字，我们就找不到你？"

同样，在王恩玫的这句话尚未说完的时候，那个她曾经在其摔倒后扶起过的不知道姓甚名谁的老太婆也一把抓住她的手不放："对，就是她！把我撞倒在地、并撞骨折然后逃跑了的人就是她！我终于找到你了！"

老太婆这句话，真是把王恩玫惊了一个"呆"，然后完全愣了一个"住"："婆婆，你……你说什么？我把你撞倒在地，并撞骨折？然后逃跑了？"

这时，德育办公室斜对面厕所里一阵臭味传来，王恩玫有一阵发晕。她以为自己听错了，但她真没听错。只见她问话刚落，老太婆便一字一顿地回答："对，就是你把我撞骨折了，我终于找到你了，你现在跑不掉了！"

这时扶着老太婆的那个看上去30多岁的"络腮胡子"非常气愤地说："就是你把我妈撞了，你还想抵赖？你知道我妈被你撞得多严重吗？她的右小腿被您撞断了！"说着，他撩起了老太婆的右脚裤腿，大家看到老太婆的右小腿绑着夹板，缠着绷带。

这是遇到什么"黑"呀？始料不及又惊诧莫名的王恩玫着急得快哭了："婆婆，你不要冤枉好人呀！明明是你摔倒在地后我助人为乐将你扶起的，我还给你水喝，还给你钱，你怎么可以不顾事实说是我把你撞倒的呢？"

有语凝噎，惟有泪千行。

老太婆同样急得抹起了眼泪："我梁婆婆这么一把年纪了，还能说谎？"老太婆声色俱厉，很气愤："老师，你说现在的孩子怎么了？做了这么大的错事，却还不承认！"

见状，教导主任马老师连忙说："大妈，你不要急，慢慢说，这到底是怎么回事？"

说着，拿了一个一次性纸杯，去饮水机那给那个"梁婆婆"倒了一杯茶端了过来："不着急，天气太热，边喝茶边说。"

接过纸杯，老太婆吹了吹纸杯里的茶叶，见热气腾腾，太烫，便没喝，放在了座位面前的办公桌上。

片片绿叶在纸杯盛着的开水里，像鱼一样游动，生动着曾经盎然的故事。看着这些挣扎着的绿色的魂灵，一种苦涩在王恩玫心间翻滚。

老太婆一边抹眼泪一边说："昨天，我在街上走的时候，就是双桥子经华南路那条街，这个名叫王恩玫的女孩子正在卖报纸，她只顾卖报，朝着人群冲来冲去,结果把我撞倒在地,把我右腿撞骨折了。最令我气愤的是,她见我摔倒在地上痛得不停呻吟的时候,相反还马上跑开了,跑得比兔子还快。"

老太婆的话悲切、动人,一把年轮,散发出时间堆砌下的厚重。

教导主任听得很认真,听的过程中脑袋里也在进行缜密的思考:"大妈,那你怎么知道她是我们学校的学生的? 又是怎么知道她的名字的?"

"她卖报纸时穿的是田家中学的校服,所以,我知道她是田家中学的学生;她把我撞倒在地跑了后,路边一个认识她的学生模样的人告诉我说,她是田家中学初中一年级二班的学生,叫王恩玫。"

老太婆的讲述像在倾倒一筐濡湿的河沙,细致而轻松,却又有潮湿的感情在飞扬。

王恩玫气得满脸通红,如同吃了朝天小尖椒:"你真是血口喷人啊! 婆婆,你怎么能黑白颠倒,说出这么昧良心的话来呀?"

"你看看你,都干了啥好事? 丢脸丢到社会上去了!"这时李檀很生气,语气严厉且痛心疾首地对王恩玫说:"你知道吗? 这对学校名誉是多么大的损失啊!"

"李老师,是这个婆婆诬陷我!"王恩玫泪流满面,着急地辩解着:"我真的没有撞她,是她自己跌倒的。而且她自己跌倒后,我还主动去扶起她,并把她扶到路边的水泥凳上坐着,还给了她我都舍不得喝的那瓶脉动饮料,给了她20元钱,然后由于我要卖报纸,我才离开的! 哪是我撞倒了她还逃跑呀?"

"你没撞人家,人家会诬陷你? 这事很严重! 你没撞人家,你会给人家饮料喝? 会给人家钱? 你有这么好心?"李檀雷霆万钧步步紧逼:"加上刚才在教室里发生的事,今天必须得请你家长。真是不知道怎么回事,你现在变得太不像话了!"

李檀的话如猛虎下山,又如毒蛇吐信,让王恩玫感到全身颤栗,浑身冰寒:"可是,她至少证明了我昨天卖报纸这件事啊。"

如一只无形的巨手,李檀的话再次强劲地伸了过来,掐住王恩玫的脖子:"这只能证明你有卖报纸这件事本身,却不能证明别的什么。"

就像自己胀痛的青春期,王恩玫解不开这从未经历过的谜题。初进德育办公室的兴奋,看见老太婆时的粲然,厕所里不能卒闻的臭味,还有是非如梦的错乱……

那天下午,王恩玫彻底迷离了,不知道自己是怎么度过的。

所谓好事不出门,坏事传千里。虽然事件只是发生在班上和学校德育办公室,但是很快,学校的师生们都知道了,知道了她是怎么样的一个"德渣"学生。

同一天下午,在不足两个小时的时间里,在同一个学生身上发生令人惊悚、品德出现严重问题的两件事,这在田家中学的历史上还没有过,王恩玫破了这个纪录。

李檀果断地通知了王恩玫的家长。

通知家长的电话是打给王恩玫的父亲的:"王师傅,你女儿王恩玫在学校出了点事情,你赶快到学校来一下。"

语言委婉,但语气却不容商量,简直就是命令。

现在的老师时常像命令自己的学生一样对学生家长发号司令吆五喝六,这本已司空见惯。在这个国度,只要手中有点权利的人,谁不这么得瑟,不这么忘乎所以呢?比如说"王师傅"这个称呼吧,王恩玫的父亲就不只一次地在李檀叫他"王师傅"时,为其纠正过,可李檀却次次仍叫他"王师傅"。当然,对一位不姓王、也不是师傅的人叫一声"王师傅"也不至于犯死罪,但在王恩玫的父亲次次纠正,却依然被同一个人次次这么称呼的情况下,他便觉得这样的老师似乎不是那么尊重人。

王恩玫的父亲从李檀的话中听出了"命令"内涵的非同一般。要是在以前,当李檀,或者哪个老师称他为"王师傅"时,他都会解释一下、更正一下:"我虽然是王恩玫的父亲,但我不姓王,是王恩玫的妈姓王",但今天他却因为掂量出了"命令"的份量,而没有纠正,而是暂且随了王恩玫的母亲、他的老婆姓"王",并直奔与女儿有关的最重点的内容:

"王……王恩玫出了什么事情?"

"你来了就知道了,这事说大不大,说小不小,但却与她的前途未来,以及人生走向有着重大联系。"

"她又惹下啥祸事了吗,李老师?"

"这件事当然比惹出普通的祸事要大许多,至于具体是什么,你来了就知道。我与她,还有学校领导在德育办公室等你,赶快来吧!"

"……"

有老师,有学校领导,还"在德育办公室等你",而且"赶快",这些令人窒息、杀伤力极强的字眼,将王恩玫父亲的沉稳击打得支离破碎,着急得拿着电话的手也不住发抖,头上身上更在一瞬间大汗淋漓。

在给王恩玫的父亲打过电话后,李檀如变色龙般地换了一张脸,和蔼地对那个老太婆说:"大妈,都怪我没有把学生教好!你不要着急,王恩玫的父母马上就要来了,不管情况如何,事情都会很快得到圆满解决的。"

这时教导主任喝了一口茶后,突然想起什么来,朝着地上吐掉口中的茶叶屑后,问:"大妈,请问你叫什么名字?能告诉我们吗?"

那个老太婆脸上挂着望不到头的痛苦,也端起那个纸杯喝了一口茶,然后虚弱地说:"你就叫我梁大妈就行了。"

"我妈叫梁知穗,不过到时你们找我吧,我叫曾任金,我把联系电话留给你们。"

梁知穗?一听到老婆婆的儿子曾任金口中说出这个名字,王恩玫就忍不住想笑,同时心里也充满着鄙视:"梁知穗",这名字取得真是太有特色了:"梁知穗"就是"良知碎",果然良知碎了一地啊!

本来电话是通知王恩玫的父亲的,但王恩玫看到父亲和母亲都很快便来到了田家中学,而且表情像家里死了人那般凝重。

当得知女儿将人撞倒在地,且撞骨折并肇事逃逸的事后,王恩玫的母亲一下子便哭了起来,她抓住王恩玫便在王恩玫的背上掐了起来,脾气暴躁得就像锋利如刀的青春期女子:"你这个死东西,这个脸从学校丢到社会上去了!"

母亲失去理智的掐,让王恩玫突然觉得自己跌进了幽深的漩涡之中。

于是一个女人的哭变成了两个女人的哭,以及一个男人写满伤感且怒其不争的恨。

"你们别演戏了,还没解决赔偿问题呢。"这时梁知穗的儿子曾任金急促地敲了几下马主任的办公桌,不耐烦地说:"我妈这骨折的腿还等着钱治呢,如果你们不赔钱,她的腿瘸了怎么办?你们就得养她一辈子!你们要不愿意承担这个责任,我就找田家中学的吴斌校长,我就不信这事解决不了!"

敲桌声声,如铁锤砸在心上。

"大妈,我这里有500元钱,你先拿去治着。"王恩玫的父亲见状,慌忙地从全身的兜里搜出 500 多元钱后,抖抖索索地将其中 500 元钱像上供似的递给了老太婆梁知穗:"我来得急,也不知道我这淘气女儿惹了这么大一个祸事,所以身上没带多的钱。你放心,等我弄清了事情的来龙去脉后,我会主动联系你的,请你留一个电话号码给我吧。"

这时曾任金右手接过那 500 元钱后,一边晃动着手里的钱,一边冒火地质问王恩玫的父亲:"你的意思是这区区 500 块钱便能治好我妈被你女儿撞骨折的腿?"

王恩玫的父亲惶恐地解释:"不,我已经说得很清楚了。我现在身上只有这么多钱,你们先拿去用着。等我弄清了事情的来龙去脉后,我会主动联系你们的,你们放心吧。"

"爸,你别给她钱!"那 500 元钱不是钱,像是从自己心上撕下的带血的肉。王恩玫见状喊了起来:"她是诬赖我的! 她的名字叫做梁知穗,梁知穗就是良知都破碎了,真是奇葩啊,想不恩将仇报都不行!"

王恩玫觉得自己真成了黄继光,竟然躺着都中枪了。

"在事情真相还不明了的情况下,我能听你的一面之词吗?"王恩玫的父亲喝斥王恩玫说。这话像实际上既像是对王恩玫说的,更像是对在场所有人说的:"但大妈这个腿都肿了,得先治。"

王恩玫看了一眼梁知穗,身体对着厕所门的梁知穗散发出臭气,心里说不尽的反胃。樊笼里的狮子,面对兜头而来的屠刀,只能无助地咆哮:"爸,你怎么是一个不辨是非的人喃? 大妈,大妈,叫得这么亲切,什么大妈呀,鬼妈!"

"你给我闭嘴!"

父亲的声音更大了,怒目而斥。这个平时很关心王恩玫冷暖还算慈祥的人,此时似乎一点也不关心她的心里感受。

"哎哟,好痛呀! 我的这个腿哟,怕是要残废了!"这时梁知穗痛苦地呻吟起来,显然比王恩玫更弱势:"现在这个社会,怎么有这么蛮不讲理、颠倒黑白的孩子呀? 把我都撞成这样了,不但不承认,居然还骂我!"

见状,教导主任和李檀连忙安抚梁知穗,说学校领导和学生家长一定会查清事实真相,该负的责任一定要负,该赔偿的医药费也一定要赔偿。

就这样好说歹说,才劝走了梁知穗和他的儿子曾任金。

母子俩气愤地走了，正如他们气愤地来。气愤得没有招手，作别西天的云彩。

当老太婆母子俩走了后，李檀挥洒着劣质且肆虐的发胶味，又对仍然没有回过神来的王恩玫的父亲说："王师傅，我还有一件事要告诉你，这件事应该说不比刚才那件事轻，也是严重的品德问题……"

"天啊，我怎么生了你这么个丢人现眼的东西啊！"

当得知女儿在学校偷钱的事后，王恩玫的母亲又一次哭了，她"啪"地就打了王恩玫一耳光："你说你这书还怎么读啊？我和你爸的脸真是被你丢尽了！"

"你打我干嘛呀？我有什么错？"王恩玫顿时满头金星，痛得叫了起来，大声质问母亲。

这是被符咒戕害了吗？曲直难分，思绪迷离，泪水奔流。

王恩玫的父亲一把将王恩玫揽进怀里，用手护着她的脑袋："你打什么呀？事情不是还没有看到真相吗？再说，如果真是咱们孩子不对，打就能教好孩子？如果打孩子就能让孩子变好、成长，我们送孩子来学校干啥？关在家里天天打不就行了？"

王恩玫的母亲气得柳眉倒竖，对王恩玫的父亲怒吼："你在放什么屁呢？我教女儿你护着她干嘛？孩子都这样了，这不都是你惯的吗？"

教导主任见状，也连忙用身体护住王恩玫，挡住王恩玫的母亲："别打！别打！这是德育办公室，不是刑讯逼供室。谁为圣人，孰能无过？犯错误没关系，犯了错误改了就行。我们帮助王恩玫是为了让她改正错误，而不是惩罚她。"

这时，王恩玫的父亲说："马主任，李老师，时间已经快中午了，这样吧，我们先把王恩玫领回家，问问怎么回事，然后再配合学校对她进行教育。"

"好吧！"马主任微笑着叮嘱王恩玫的父母："没有哪个孩子不犯错的，再说现在这事还没个结论，你们千万别再对孩子动粗啊！靠棍棒责罚来教育孩子，这是无能的表现啊！"

王恩玫如同一具失去灵魂的躯壳，被父母左右"挟持"着回到了家。虽然一路上见到熟人时，父母的脸上依然挂着笑容，装得跟个没事人似的，但王恩玫知道,父母却已经被她气得心都绞烂完了,肝断成一寸一寸的,肠也断成一寸一寸的。

王恩玫的眼泪在不住地流,视线模糊,心情颓废。尽管她努力抑制,却毫无作用。自己被冤枉得厉害,可是这冤案没有洗清的话,谁信她是冤枉的呢?没人信的话,这个问题就很严重,就如李檀所说的是人品问题,后果很严重的。

回家的途中,经过双桥子经华南路家乐福门口,在自己曾卖报纸和救助过那个颠倒黑白的老太婆的街上,喧嚣如昨,物是人非。看到地上那一滩酱油的黑渍,想到头一天发生的事,竟然恍若隔世。好心没好报,王恩玫心里恨恨的,伤感世事苍凉。

人流似河,车流似江,来来往往,亮丽与守旧并行,时尚与传统接踵。但过往的行人、车辆,都只关心自己的事,没谁有闲暇在乎她这个小不点胸中装着的怨愤和委屈,以及湿漉漉满含泪花的眼,遍布伤痕的心。

时间真是个神奇的东西,它可以抹杀掉一切,又可以滋生出一切。无论故事,还是事故。不经意间,王恩玫模糊的泪眼视线中,她看到了另一幅风景:

在街边一个树阴下,有一个没有腿的残疾人坐在一条自制的残疾车上讨钱。

那个残疾人头发脏乱,脸黑黑的,瘦瘦的,胡子拉碴,且蒙着一层灰,所穿的衣裤已经辨不清颜色。尤其令人触目惊心的,是他一条腿的裤管空空,另一条只剩半截的腿上的伤疤血肉未愈,可怕得令人心悸。残疾车上的音响,播放着凄凉的音乐,更是催人泪下……

同样的伤悲,让王恩玫想也没想就掏出自己放在书包夹层里的 20 元钱扔进了那个残疾人放在车上的鞋盒里。这 20 元钱是王恩玫的母亲给她留在身上备用的。王恩玫的母亲说,女孩子,难免有急时之需,身边应该放些零钱的。

见状,王恩玫的母亲感觉无奈,没好气地责问王恩玫:"你给他扔那钱干嘛?这是化妆乞丐,你认不出来吗?你的心怎么这么好啊?才因为帮助了那个老妞儿弄得这么难堪,这么尴尬,这么被动,现在又想犯同样的错误了?"

王恩玫没有接母亲的话茬,她的灵魂仍在与无情的现实对话,与眼前的场景对话。但王恩玫的父亲却好奇地问王恩玫的母亲："你怎么知道是化妆乞丐？"

"早报不是都报道过了吗？前几天此人在文殊院门口讨钱被人揭穿了，有图有真相呢。"王恩玫的母亲鄙夷地说："我也同情弱者，但一定要是真的弱者。你没见除了他的残腿之外，他的下半身盖着一条毯子？"

街面燥热，如同人心。不一会，王恩玫却给了母亲一句硬梆梆的话："就算你说的是真的，那又怎样？如果他有钱，会这样作贱自己去要钱吗？你为啥不以这种方式去要钱呢？"

"你这孩子是怎么说话的？有你这么不讲理的吗？你以为你是太阳，能普照天下？"王恩玫的母亲有些生气，像鞭炮般噼哩叭啦地爆起来："你自己的事不是老师还正让我烦着呢吗？你有这么好的心，又自以为是太阳，那你请先普照普照你这可怜的妈吧！先普照普照可怜的你自己吧！"

十八

芒刺在背

有人说，时尚是美、是流行、是个性，也是获得愉快心情的要素。我深以为是。

平板电脑就是一种时尚。为了追求这种美，我很快便买下了一台苹果平板电脑，并利用这台新买的苹果平板电脑辅助学习，在能蹭网的地方蹭网，从网上下载相关的学习资料，也在学习之余玩玩游戏。

平板电脑用起来虽然很爽，在我心中有一种天籁般的美好。但是，我却不敢在我父母面前使用，怕他们发现，发现我内心为此的低吟浅唱和邪道沧桑。

心花纵情地绽放，却不敢展露芬芳，这是我童年经常的回忆。

奔放、压抑、挣扎，好在我似乎已经习以为常。

我知道，如果我的父母发现我突然拥有了一台苹果平板电脑的话，那么国庆期间我背着他们偷偷摸摸所做的事便一下子现形了，他们处罚我事小，气坏身体事大。毕竟他们已被我婆的贲门癌这个病折腾得精疲力竭。

因而，我只能将喜悦，暂时寄放在通往未来的时光之路上。

甚至，我在班上也不敢大胆使用平板电脑——就像个罪人一样偷偷摸摸。起码开始时是这样，在黎明的黑暗前穿行。

我原来的想法是凭自己的能力挣一台苹果平板电脑，在"豪猪"面前显摆，像鲜花一样竞放，像孔雀一样开屏，以显示自己不输于"豪猪"。

同时有了这一个高科技的魔法棒，我也通过平板电脑查询各科相关的习题，尤其是数学习题，钻研其科学的解题方法，争取把数学成绩拿起来，赶上或者超过数学科代表"豪猪"。

但现在这台苹果平板电脑却来路不正，准确地说，是购买这台平板电脑的钱来路不正，就像通过被人唾弃的巫术得来的一样，因而我虽然买了曾经令我魂牵梦萦的它，心里却底气不足，不便于在"豪猪"面前展示，以昭告于他——他拥有的我也能拥有。

这事想起来，实质上有点憋屈。你说这是怎么了？好好的事怎么就变成这样了呢？

上天就是这样一个调皮的家伙，他在给谁美好的同时，总会忘不了附加一些遗憾。

然而不展示也不行啊！不展示我如何能够呈现出挑战"豪猪"的气魄？如何摆明我就是在挑战他不可一世的地位？

有人问农夫："种麦子了吗？"农夫回答："没，我担心天不下雨。"那人又问："那你种棉花没？"农夫摇了摇头："没，我担心虫子吃了棉花。"那人再问："那你种了什么？"农夫沉稳地说："我什么也没种，我要确保自己不白白付出。"

这是一个小故事。

这个小故事告诉我们这样一个道理：一个人不愿付出、不愿冒风险，他最终将一事无成。

我不愿意做这样的农夫！如果农夫的地不种，就会杂草丛生。

心灵也一样，禁闭太久，那就会变成牢笼，最后自己画地为牢。

上午的阳光像个学过芭蕾舞的美少女，踮着脚尖在一幢幢高楼的玻璃幕墙上跳跃，我的心也如绚丽而魔幻的阳光一样，充满了舞蹈的欢娱，清脆地响起了抽穗拔节的声音。

也许这样的天气，最适合花儿歌唱，最适合鲜艳盎然。于是我粲然地利用课余时间，拿出了我心爱的宝贝，在课桌上打开了它，让它展示流动的美。

一抹抹变幻的亮彩，如天籁般在教室里荡漾。我这傲然炫美的宝贝，马上吸引了同学们跳动的眼光，惊叹、羡慕的声音不绝于耳。

"你也买了一台苹果平板电脑？""豪猪"终于先耳闻后目睹了这件令他震撼的事。

教室外远方的那幢楼，不知谁打开了玻璃窗，将一道阳光打在了"豪猪"的脸上，将他的脸劈成了阴阳两半。"豪猪"的两只眼睛也被阳光分隔开来，被阳光照射中的眼睛充满疑虑，未被阳光照射中的眼睛充满玄秘和诡异。

面对"豪猪"脸上高山峡谷般的风景，我心里忍不住想笑："对呀！有什么问题吗？"

"豪猪"大概始料不及，他的话显得梦幻又梦呓："你怎么也买了一台苹果平板电脑呢？"

"你这话问得可真怪，我怎么就不能买一台苹果平板电脑呢？"我的语气明显不友好，有一种燃烧的气息："你的意思这苹果平板电脑只能你'二师兄'家才能用？"

谁知，我这半开玩笑半讥讽的话，却像一计扇人不痛的耳光，惹恼了"豪猪"，他也半开玩笑半认真地回敬我，且有种潜滋暗长、若隐若现的急："说电脑就说电脑，你怎么骂人了呢？谁'二师兄'了？你才'二师兄'，你们全家都'二师兄'！"

"豪猪"越急，我才越不急，我要的就是这种效果："你在激动啥？幽默，你懂吗？"

阳光继续在"豪猪"脸上跳跃，他的两只眼睛总有一只忽明一只忽暗："幽默我当然懂，可是我不懂的是，你怎么可以以骂人的方式幽默？我更不懂的是，你家婆既然没钱治癌症，你哪来的钱买苹果平板电脑？"

乖乖，"豪猪"果然非善类，最终他心中的那一半"认真"战胜了另一半的

"开玩笑",而且祭出利器,直击我的要害啊!

"豪猪"名不虚传,不是名词,而是动词,无论嘴上,还是在牙上。今儿再一次见识了!

虽然说,生活应该有进有退,输什么也别输了心情。但是我的忍耐已经锈蚀,没好气地说:"我婆得癌症跟我买苹果平板电脑矛盾吗?你现在是见我哪个地方痛就往我哪儿戳对吗?我踩了你尾巴吗?"

"我没戳你的痛处,我只是怀疑你是不是把我们给你婆所捐的爱心款挪用来买了苹果平板电脑了!而且这2000多元爱心款中,我还捐了200元哪!我就不能质疑我的爱心款的去处?""豪猪"的声音越来越大,类同于真豪猪身上的刺给竖起来了:"如果你真将我们的爱心款用来买苹果平板电脑消费,那你就是亵渎了我们的善良!你就是我们学校的郭美美!"

哇,郭美美!这么抬举我呀?这样骂人虽不带脏字,可是粪量千钧的啊!

"豪猪",算你狠!你的话如此有"粪量",来而不往非礼也,我只好给你锦上添花了:"你放屁!你才是郭美美!我不跟你废话!另外,请你说话的时候积点口德!"

"豪猪"的话气得我脸红脖子粗,就像一只竖起刺来的刺猬。但几乎与此同时,我也惊喜地看到,先前打在"豪猪"脸上的阳光由一道变成了两道,而且是交叉的两道,在他的脸上打着一个"×"。这阳光如此善解人意,如此助我,大快人心啊!

"豪猪"被我的话砸得生痛:"你别骂人啊!你这么激动是不是想告诉别人,你视钱财如粪土,别人的钱财是你的身外之物?"

"'豪猪',你就快被枪毙了!快躲起来吧!"看到"豪猪"脸上那两道阳光所画的"×",洪仁涛开玩笑说:"有远方的猎人正瞄准你呢!"

洪仁涛的话引得同学们哈哈地笑了起来。

"有远方的猎人瞄准我?""豪猪"被洪仁涛的话说得有些发懵发傻:"我快被枪毙了?谁敢枪毙我?"

"豪猪"的发懵发傻,让同学们更欢乐了。

"谁敢枪毙你呀?涛娃子的意思是说,有两道阳光在你脸上画了一个'×'呢,你挪一点位置便没事了。"平时最爱假正经的"许仙"也被洪仁涛的话逗乐了,他笑着对"豪猪"解释,之后又拉了一把"豪猪":"现在你脸上没有阳光了,不就没事了吗?"

这时上课铃声响了,刚好是数学课,我与"豪猪"才注意到,张阆苑老师已经到教室一会了,她在人丛中完整地听到了我与"豪猪"吵架的内容。可是我怎么就没有注意到她来了呢? 而且连那股早于她而到的习习香风也没闻到。

当然,也有可能我不知道张老师早已到了教室,而"豪猪"知道,故而他大声地与我吵架,以便让张老师能从他声讨我的话中听见我挪用爱心款购买苹果平板电脑高消费品的事。

如果真是这样的话,那这"豪猪"就太坏了!

"张老师,你看到了吧,袁倩也有一款跟我的平板电脑一样的平板电脑。"虽然上课的铃声响了,同学们都回到了各自的座位上,且渐渐安静了下来,但"豪猪"却依然不放过我。

显然,在刚才那一个回合的战斗中,他落败于我,心里憋得慌。

奇怪的是,张老师却面无表情,不冷不热,像患了感冒有些萎靡:"我看到了。"

张老师这个表情,想必是她心中有什么不高兴的事?

不应该呀,如果心中有不高兴的事,她就应该借此朝我发脾气的啊!

"豪猪"不忍舍弃,大有"宜将剩勇追穷寇 不可沽名学霸王"的气势:"我怀疑袁倩挪用我们给她婆捐赠的爱心款买了这台平板电脑! 她的行为令我很不满意。"

我寸步不让,如陡峭的山峰傲然屹立:"我又不是圣人,我做什么事无法让所有人满意,也没有义务向所有人解释!"

张阆苑只是淡淡地笑了笑,依然不动声色地说:"怀疑是可以的。不过,怀疑是怀疑,一切要讲证据,我觉得袁倩不会这么做的。"

"豪猪"继续纠缠不休:"她家没钱还买平板电脑,她是不是用谎言骗取了我们大家的爱心啊? 是不是她编了一个借口,她婆根本就没得癌症呢?"

面对"豪猪"的步步紧逼,我本想迎头痛击的。但想想我与他这种争执就像拉着橡筋的两个人,谁不愿意放手,最后便会伤着自己。因为此时张阆苑老师的语气已经能让我看得出来,她是偏向于我的。

一棵大树在我身边立着,让我孤寂的心舒缓了许多。

"袁倩她婆得癌症这个应该不会有假,我相信她,至于原因上次我已经说了,谁愿意撒谎说自己亲人得癌症呢?还有,就算她买平板电脑,也一定有她的理由。比如说,万一是她婆让她买的呢?我们都知道,老人心中想的总是自己的后代;还有我觉得袁倩买平板电脑一定不是为了玩,也是同你一样,为了学习而买的。"

说完这席话,张阆苑便转移了话题:"不说这些了,现在上课吧。"

眼看着一场将置我于万劫不复之地的险情就这样轻描淡写地过去了,一切风轻云淡,我简直不相信这是真的。

但这节课我上得并不轻松,我知道这种表面上的宁静,其实是定时炸弹爆炸前的平静。因而整个课我都是魂不守舍,心情在翻阅相册,一个又一个细节在我脑海中重放,一种又一种可能在我的脑海中预演,我必须尽可能地做好各种预案,以备急时之需。

我不聪明,但是我绝不弱智。假如你是我,也会想到,张阆苑虽然在"豪猪"面前说她相信我所说的话是真的,甚至为我买了平板电脑开脱,但她内心也许并非是如此想的,她一定有她十分高妙的想法。否则,她不会是我的老师。否则,她不会是我们的班主任。

表面的平静,不仅可以用来记录时间,还可以用来探求事件。关于此事,她一定还会找我的。只是时间早迟而已。

果然,下课的铃声敲响之后,张阆苑香风习习地驾到我的座位前,同样面无表情地对我说,午饭后到她办公室去一下,她找我有事。

我的天!凶多吉少啊!而且,时间来得这么快!

又一次度日如年。又一次忧心如焚。又一次经历四季。又一次涂炭人生。

好不容易捱到了那个时刻,我又揣着一颗破碎的心,如鬼魂般地飘进了张阆苑的办公室。

张阆苑的办公室在位于四楼的转角处的数学教学组里,她是年级组长。

一跨进这间办公室,我就看到她的照片在墙上贴着,贴在"年级组长"一排红色字的下面,醒目、张扬。照片中的她是那么年轻、漂亮,还有迷人的笑容。

"坐吧!"当我正与墙上定格成永恒的张阆苑对望之时,鲜活的张阆苑微笑着对我说。说话间,她起身去给我倒了一杯开水。然后轻言细语地问我:

"买了一个平板电脑？"

我坐下后，接过那杯水，但因为很烫，我复又放到她的办公桌上。张阆苑开门见山直奔主题地问我，虽然像这杯水一样很烫，但我喜欢她这样，不喜欢那种温水煮青蛙般的折磨，不喜欢猫捉耗子般的戏弄。

我很低调，声音如蚊子叫："是的。"

张阆苑端起自己的茶杯，旋开盖，双手捧着喝了一口后，在水气弥漫中眯缝着眼问我："你婆的病情近况如何？有好转吗？"

"不清楚。"

我吐出的词毫无感情色彩，亦如我揣摸不透张阆苑的感情色彩。

短暂的沉默间，张阆苑盖上了手中茶杯的盖子。盖子旋紧之时，与杯口的螺纹之间发出了"吱吱吱"的声音，埋没了我与她之间部分尴尬。

我移开视线，看到张阆苑的办公桌一侧的地上，有一盆发财树，绿意盎然，显得矫情俗气。而她的办公桌上，放着一只上半部分被切除的大号可乐瓶，可乐瓶里装着半截水，一株吊兰泡在水里，竟然嫩绿蓬勃地生长着；如一丛白线头般的根须，在水中无依无靠地延伸，显现出顽强的生命力。

我觉得张阆苑还是有点绕，但我却觉得真诚地回答她比较好，怎么说她倡议同学们给我婆的病捐款都是善意的，都应该感激她。更何况她还是"首善"，所捐的金额也最多，几乎占到了捐款总额的四分之一。

"不过，我爸从南充回来的情绪不好，说我婆的病情严重。同时，我妈仍在南充，估计病情没见好转。"

张阆苑拉开抽屉，拿出一个心形的图案精巧的糖盒来，打开，从中拿出几颗糖给我："同事结婚发给我的，这糖挺甜的，你尝尝，也沾沾喜气。"

我本想拒绝的，但又觉得拒绝不好，便拿了一颗剥开，塞进了嘴里。

张阆苑也剥了一颗塞进嘴里，像个孩子一样一边吮吸着一边问我："半期考试的准备工作做得如何？"

我也吮吸了一下嘴里那颗糖，然后嘟哝着回答："正在努力。"

我嘴里那颗糖很甜，但我却尝不出滋味，也许，那是别人的甜吧。

我伸手再次去端那杯水，想轻嘬一口，但水还是很烫。不仅没有喝上，相反眼前一片热雾，迷茫得我啥也看不清。

"你各科学习状况都比较平衡，争取考好！还有，你的数学挺有天赋的，这次半期考试你有信心能考得名列前茅吗?"

"这个,估计有点难啊。我数学哪好啊?你看我平时的数学测验成绩也不是很好啊。"

"是的,平时朱代豪的数学成绩比你要好些,但我觉得你很有潜力。"

"我比朱代豪差远了。"

"不要这样说,我觉得你努力一把的话,数学成绩不是你的第一,就是他的第一。而且你各科平衡,这个很难得。"

"张老师,你这是在鞭策我哟!我哪敢跟朱代豪的数学成绩比呢?"

"《聊斋志异》你看过吧?作者蒲松龄有一个自勉联'有志者、事竟成,破釜沉舟,百二秦关终属楚;苦心人、天不负,卧薪尝胆,三千越甲可吞吴。'你只要努力,要赶上或者超过他有何难的?"

"不敢想这事。"

"他有一个平板电脑,自己平时经常通过平板电脑学习各科知识,尤其是数学知识,特别是奥数之类。他就是因为参加了去年成都市的中学生数学比赛取得了名次,他爸才给他买的这一个平板电脑。你现在也有一个平板电脑了,相信你也会利用其来学习各科知识,特别是数学知识的。"

看来,关于这台平板电脑的来历,张阆苑是只知其一,不知其二啊。但我明白了她找我谈这次话的意思了:平板电脑的事暂时不与我计较,看我半期考试的成绩才说吧。

乖乖,这个谈话没有处罚我比处罚了我还让我心情沉重,几乎是几分钟之内便把我从一个中国人变成了老外。不是吗?我,压力山大(亚历山大)啊!

但我最终没有张阆苑沉稳,她一直不提为什么要买平板电脑,以及哪来的钱买平板电脑的事,但我想我得主动解释才好啊。

"张老师,你以及班上同学捐给我婆治癌症的 2320 元爱心款,我全都交给我婆了,但我婆听我说现在很多同学都有学习机,通过网络练习与课堂知识相关的习题,能迅速提高成绩,便问我买一台学习机要多少钱。我说要 4000 多块钱,我婆便让我别打钱给她了,同时她再给我 2000 多块钱,让我用来买学习机。我婆读过大学,知道学习对于学生的重要性。"

话音刚落,我便觉得这个谎言撒得漏洞百出,连我自己都觉得好笑:我婆在南充，我在成都，两地相距 200 多公里，我怎么将师生们捐给我婆的那 2320 多块钱给我婆的？我又怎么给我婆谈学习机对于学生的重要性的？我一个学生，又没银行卡，我婆又是如何将她给我的 2000 多块钱给我的？

发现这些漏洞后，我便殚精竭虑地苦想如何能够堵住这些漏洞的新的谎言。

如果张阆苑质疑上面这些问题，我就说我是电话里对我婆讲的，而钱则是我打算给我婆打进她的卡里时，她让我扣出她给我的 4300 元钱的。我爸每个月都要给婆打生活费，因而他在成都一家银行办了一个有折有卡的账户，专门用于给婆打钱，而存折放在南充婆家里，卡则在成都我们家里，密码则是大家都知道的，所以，我要从婆的银行卡里取钱出来，是一件非常容易的事情，但我从未这样干过。

其实我心里明白，无论我怎么解释，张阆苑只要一个电话便能将我的谎言揭穿。这个电话无论是打给我爸，还是打给我妈。

然而张阆苑在听了我的话之后却说："我相信你的话，你是不会乱用我和同学们为你婆所捐的款的，你不用解释这事了，集中精力好好复习吧，不要辜负了你婆、你父母和我对你的期望。半期考试虽然不是什么大考试，但是步步赢才能最终赢！"

漏洞这么多，却发现不了，也不通过电话核实我所说的话是真是假……张阆苑是真的相信我呢？还是傻？或者是故意为之？

虽然我不知道答案，但我却不敢再刨根问底。因为刨根问底的结果无异于我搬起石头砸自己的脚。

那杯水看上去冷了，看上去没有热雾了。我沉思之时，埋头猛地喝了一口，结果依然很烫，烫得我咽也不是，吐也不是……

十九

形影不离的摧折

如游魂野鬼般地飘进家所在的那幢楼的底楼门之时，一个孱弱的"汪！汪！"声把王恩玫唤回到了现实之中，这是那条叫"癫巴狗"的可怜的京巴在与她打招呼。

听到这两声"汪！汪！"，王恩玫的眼泪流得更凶了。抬眼望去，她看到"癫巴狗"依然像早上她上学时那样趴在那儿，肮脏的狗毛都快辨不出颜色了，它身边放着她早上喂给它的半块面包和一截火腿肠，只有几只苍蝇在飞来飞去，几乎原样未动。

这番景致，让王恩玫忽然意识到什么，眼睛濡湿，心如刀绞般痛。

擦拭不断滴落又不断刷新的泪水，恍然间，她又觉得，自己竟然跟"癫巴狗"一样可怜……

时间在旋转，记忆撕裂般颤抖。

就在星期天下午，刚刚落过一场偏东雨，大地变得凉快起来，空气如洗，蓝天如洗，再加上星期天上午王恩玫帮这位叫梁知穗的老婆婆做了一件好事受到称道，她的心情也如洗，于是便带着一本《语文》书去了小区的花园里背课文。

在一条由不知名的藤状植物织就的绿廊里，有两张长椅相对而设，在虚幻婆娑的光影里，构成公园的雅致和亲切。紧挨着绿廊的，是一片灌木林，雨后的阳光明亮而又煦和，少了先前的毒热，光斑透过树叶摇曳地掉在地上，宁静茂密。坐在凉爽的桐油漆过的固定木质长椅上，戴着晃动的荫翳，靠着湿湿的宁静，王恩玫觉得在这种环境里背课文，那是太好不过了。

令王恩玫感动的是，就在她坐下不久，"癫巴狗"也摇着脏兮兮的尾巴过来了，像一团移动且温暖的破絮，在她腿上擦了一阵之后，便挨着她的腿蹲坐着，眯缝着眼睛慵懒地不时瞅她一眼。

这番情景倒也像一幅淡雅色调的油画，好不惬意。

不一会，有一个穿着尖头皮鞋的大女孩"嘎！哒！""嘎！哒！"地挽着一阵风走了过来，在王恩玫对面的长木椅上坐下，用 IPAD 看起了电影，如一朵花儿般盛开。

那个大女孩人挺漂亮的，穿戴也极为时尚新潮，浓妆艳抹珠光宝气，上身露出的肉很多，紧紧包裹就像粽子一样，该凸显的地方如喜马拉雅山，青春四溢；下身穿着超短裙，雪白的腿看上去像两根大白萝卜，很匀称，也很美。

一阵香风突然停在了长椅上，地上的小叶片儿打着微小的圈，"癫巴狗"耸了耸乌黑的鼻头，有了一丝兴奋。由于王恩玫对它好，从而对人类也充满好感的"癫巴狗"见有人过来，便热情地跑过去摇头摆尾地"打招呼"，蜿蜒的友善在微风中荡漾。

但这显然是不识趣，或者叫自讨没趣，因为那个大女孩面对它的热情与友好，回报的是厉声喝斥："又丑又脏的鬼东西，滚远点！"

美好且一尘不染的感情在那一刻苍白成尴尬。

大女孩对"癫巴狗"的喝斥让王恩玫心里感觉不舒服：你说你人长得好看，穿戴得也这么漂亮，内心却怎么这么粗鄙，这么不识抬举，不知礼尚往来？

你的素质怎么连一只流浪狗的素质都达不到啊？

王恩玫很想这样质问大女孩的,但她不敢,也不想多事。

被喝斥之后,"癫巴狗"委屈地低声"哼唧"了两声,复又回到王恩玫的腿边蹲着,且不时用眯缝着的眼睛看看王恩玫,又瞭瞭大女孩。

"癫巴狗"蹲下后,先前的尴尬气氛很快被风吹走。王恩玫继续默背着她的《语文》课文,大女孩也戴着耳朵继续看着她的电影,如一朵鲜花一样诱人且香气四溢。

绿色与凉爽像一只宽厚的手掌,又如绿苔般抚摸着大家,让一切变得安宁下来。无瑕的热情在冷漠和喝斥的打击下,独自寂静。

"汪! 汪!"过了一会,"癫巴狗"却突然朝着大女孩叫了起来,很凶猛的样子。

风烟乍起。不知缘由。

"这条丑狗大概是疯了? 你朝我叫什么呀? 难道你还想咬我不成?"大女孩怒视着"癫巴狗",凛然地警告说:"你敢扑过来咬我,我就踢死你!"

"汪! 汪! 汪!""癫巴狗"不仅没有消停下来,而且还愈发疯狂了。

狗的祖先是狼,骨子里有一种不屈服威胁的狼性。

"'癫巴狗'快住嘴。"

人狗大战一触即发,王恩玫别无他法,只能厉声喝令身份卑微,却貌似极有战斗精神、且两眼发红的"癫巴狗"。

"你来吧,你敢来咬我,我就踢死你!"大女孩与"癫巴狗"较上了劲:"真就是一只令人讨厌的癫巴狗! 看来可怜之人,哦不,可怜之狗必有可恨之处!"

"癫巴狗"也不示弱,不仅不听王恩玫的喝责,反而呲牙裂嘴地突然朝大女孩扑了过来。

说时迟那时快,大女孩用她那穿着尖头皮鞋的脚朝着"癫巴狗"飞起一脚便踢了去。

"癫巴狗"躲闪了一下,并未退缩,但却朝大女孩凳子下跑了起来。

大女孩见第一脚没有踢中"癫巴狗",便朝就在她脚边的"癫巴狗"补上了第二脚。

大女孩的第二脚踢中"癫巴狗"了! 只听见"噗"的一声闷响,"癫巴狗"被大女孩踢得飞了起来,落在了两米开外的地方。要不是绿廊墙挡了一下,可能还会飞得更远。

见自己终于踢中了这只丑狗，大女孩气势汹汹的话语充满了快感："你这只疯狗！我对你说过，你敢来咬我，我就踢死你！现在知道我的厉害了吧？疯狗！活该！"

这一切发生在一瞬间，王恩玫还来不及阻止大女孩，或者阻止"癞巴狗"，"癞巴狗"却已经被大女孩踢飞了去。但令王恩玫奇怪的是，"癞巴狗"一向都是温和的，与人为善的，今天它怎么突然变得这么狂躁，这么疯狂？还有，"癞巴狗"被大女孩踢得那么惨，为啥它只闷声"哼唧"呻吟却没有大声"汪！汪！"，甚至反扑？

王恩玫再一看，突然看到"癞巴狗"嘴里叼着一条正卷来卷去约一米多长有紫红色和黄色相间花纹的小蛇。

见此情景，王恩玫一下心疼得哭了："癞巴狗"根本没疯，它扑向那朵花儿一样的大女孩也并非要咬大女孩，而是看到大女孩所坐的长木椅下面有一条蛇，且这条蛇正欲咬向大女孩那雪白如萝卜的小腿。

"你看，它嘴里咬着一条蛇呢，它帮你，你却踢它！"王恩玫哭着对大女孩说。

"我要它帮我？你敢保证那条蛇会咬我？这只丑狗就是对我凶，想咬我！它抓蛇也是狗拿耗子，多管闲事。活该！"

大女孩说着，便"嘎！哒！""嘎！哒！"地走了。

先前坐在长条椅上四溢的香气也随着"嘎！哒！"之声的渐行渐远，而越来越淡，如一朵花儿飘落，去了远方。

"癞巴狗"被大女孩狠狠踢中后，虽然痛得身上直打哆嗦，但它仍然紧咬着那条蛇的七寸之处不松口，与正如麻花状缠在它身上的蛇搏斗着。蛇缠得越来越紧，"癞巴狗"也感到越来越痛，可是即便再痛，它也只是闷声"哼唧"呻吟。

流着泪的王恩玫连忙将书丢在木椅上，从灌木丛里找了一截干树枝和一块砖，走过去帮"癞巴狗"，用树枝压住蛇头，同时用砖砸向蛇头，把蛇头砸得稀烂。

"癞巴狗"感知到缠在自己身上的蛇变得渐渐松弛下来，而且自己口中所咬的蛇头也没再挣扎扳动后，才最终松了口。

停止了与蛇的搏斗，虽然取得了这场蛇狗大战的胜利，但"癞巴狗"却并没有丝毫胜利者的快慰，而是痛得一下子瘫在了地上，嘴巴"噶唧""噶唧"地低声惨叫。

王恩玫心疼得撩开"癞巴狗"的体毛，想看看它伤得怎么样，结果发现"癞巴狗"的肚子竟然被大女孩的尖头皮鞋踢了一个乌青的裂口。

"这个婆娘心太黑了！一个女人心怎么这样黑啊？怎么下得了手啊？"

王恩玫的眼泪又一次落了下来。骂着，骂着，竟然泣不成声……

就在星期一早上，也就是今天早上，在王恩玫上学之时，她照例给"癞巴狗"吃面包和火腿肠之时，她却发现"癞巴狗"没了往日那样急迫地跑过来摇头摆尾地展现亲昵，而只是在动了一动之后，便复又趴在那儿了，只有嘴里亲昵地"哼唧"叫着，似乎难受得气若游丝。

"癞巴狗"反常的举动，让王恩玫顿时便明白了，一定是星期天那个大女孩把"癞巴狗"踢得太狠了，让它内伤得很重。

唉，自己乐于助人的一番好心不也被人恩将仇报"踢"得很严重吗？现在看来，自己不仅跟这条好心为人除害的"癞巴狗"一样没有得到好报，一样可怜，甚至自己比"癞巴狗"还要可怜一些："癞巴狗"被大女孩踢伤以后，还有自己这个小女孩安抚它，而自己被老婆婆"踢"伤，却没人来安抚自己呀！

唉，自己脑袋愚蠢没关系，怎么能脑袋进水呢？

回到家里，父母脸上在人前所展现的若无其事即刻变成了沮丧和悲哀。

穿过门廊，一家三口来到客厅，王恩玫的父亲一屁股坐在三人真皮沙发上，仰靠沙发，看着天花板，眼珠一转不转，双手伸直，放在沙发靠背的上缘，忧郁的脸上乌云密布，像是马上要下大暴雨。

王恩玫的母亲坐在紧靠客厅窗子的两人真皮沙发上，表情凝重，写满了悲哀和怨懑。这个平时人前很要面子，处处体现出强悍的女人，用左手抹了一把眼泪，然后咬牙切齿地问跟她隔着一张玻璃茶几，坐在她对面靠近餐厅单人沙发上的王恩玫："说说看，你的书里夹着胡继勋的钱是怎么回事？"

说话间，她还朝着王恩玫挥动着她那拿着进门钥匙的右手。

王恩玫眼睛湿漉漉地回答说："我也不知道是怎么回事，我的两百元钱明明是放在那本《百年孤独》里的，可是后来怎么变成了胡继勋的钱呢？要不是那钱上分别写着一个'勋'字，我根本不相信有这样的事发生。"

王恩玫的话气得母亲将手中的钥匙"啪"地一声扔到了玻璃茶几上:"这世间有这么怪的事? 我怎么就没遇着? 你能不能撒谎之前先打一个草稿?"

相比于王恩玫的母亲,王恩玫的父亲却要冷静得多,他起身端起桌上早上出门时泡的一杯冷茶喝了一口后,慢吞吞地问:"你确定你没偷拿那个胡同学的钱?"

"我就是没拿胡继勋的钱。"

"你说你自己有两百元钱?"

"是的,我有两百元钱。"

"哪来的这两百元钱?"

"我卖报纸挣的。"

"卖报纸挣的? 我们怎么不知道? 卖报纸能挣下 200 元钱吗?"

"就是卖报纸挣的。你不信可以问那个给我们楼下送报纸的长得像个肉球的大妈。"

这时,王恩玫的父亲问王恩玫的母亲:"你有那位送报的胖大姐的电话吧? 我们以前在她那儿订过报纸的胖大姐。"

"订报收据上应该有。"王恩玫的母亲说:"我找找去。"

说着,她又转过头来对王恩玫说:"我再问你一遍,你没撒谎吧? 你真是卖报纸挣了 200 多块钱?"

"我没撒谎,你不信打电话问吧!"王恩玫斩钉截铁地回答:"你也可以找到她当面问。"

就在说话间,王恩玫的母亲找到了"肉球"的手机号码,并打过电话去核实王恩玫卖报之事是否属实。

"是的,你家孩子挺懂事,也挺能干的。她很勤快,不像我家孩子懒得要死。"由于母亲将手机开着免提,"肉球"的话音清晰地传了过来:"哦,对了,今天早晨,你家孩子还送给我了一个笔记本,说她开学了,就暂时不再卖报纸了,在日记本封面上写着感激我的话'大妈,你对我举手之劳的帮助,让我铭刻终身,谢谢您',把我感动得眼泪花儿都出来了。"

挂掉电话,重新坐回两人沙发上的王恩玫的母亲阴郁的表情并未因"肉球"对王恩玫的表扬而晴朗起来:"那你说说,你好好在家呆着学习不好吗? 为啥偏要去卖报纸? 你卖多久的报纸了?"

说话间，她又伸手拿起了桌上的进门钥匙。

"我卖报纸是想挣钱。但我一共只卖了6天报纸，就是昨天这个星期天，加上暑假快完时，我说去完成社会实践作业课的那几天。"

"你想挣钱？你缺钱不能给父母说，向父母要吗？我们家虽然并不富裕，但要满足你的正当消费还是没问题的，为啥要去卖报纸呀？"

"我需要钱不能给父母说，也不能向父母要。"

"为啥？"

"因为我想凭自己的能力挣点钱，给你买一个MP3，你不是喜欢音乐、喜欢听歌吗？"

"我是挺喜欢唱歌，挺喜欢音乐的，我有钱我不知道买吗？"

"你为了这个家，舍不得买。再说了，我给你买的MP3，你听着心里会温暖一些。而且，你每当唱歌，或者听歌时，你就不会发脾气，我与爸爸也就少挨你的骂了。特别是我，不仅可能少挨你的骂，更会少挨你的打。"

"你……"王恩玫见母亲听了她的这席话后，突然语塞，她原以为母亲会被感动，却不曾想到母亲突然流出了眼泪，但却大声呵斥她："我脾气很暴躁吗？我需要你去卖报纸给我买礼物吗？你一个学生，不以学习为重，却琢磨些别的歪门邪道，你说你能不让我生气，让我骂你吗？"

"就是，你为啥不把这些心思用到学习上去？"这时原本靠在沙发上的王恩玫的父亲坐直了身体，并接上了王恩玫母亲的话："你看看你，今天闯了多大两个祸事？这是那200元钱能够买得回来的吗？"

"你以为我会因为你的话而感动吗？"王恩玫的母亲依然很严厉、很生气，她用手指了指王恩玫："除了你卖报纸这事，你还得老实交待一下你与那个恶狠狠的老太婆是怎么回事！"

于是王恩玫又耐心地回忆了自己如何救助那个老太婆的事，讲述到末尾之时，又再次着急得哭着说："那个婆婆就是个忘恩负义恩将仇报的人，我万万没想到，我救了她，她却反而诬陷说是我将她撞倒的！"

"唉，女儿啊，我也相信你说的是真的。"王恩玫的讲述让父亲非常难受："可是，你看你都弄了两件什么事啊？你说我们怎么帮得上你？一个人如果名誉被污，且不能洗清白的话，那她一辈子都会被人低看，被人鄙视。你知道吗？"

王恩玫伸手拿了桌上一张餐巾纸擦了擦眼睛,固执地说:"爸爸,人家对我低看不低看,鄙视不鄙视没关系,我不会在乎这些。我只在乎我自己能不能问得过良心。今天上午发生的这两件事,我都问得过良心,因而,我也不怕什么!"

王恩玫的母亲又"啪"地一声将手中的钥匙扔在玻璃茶几上:"你说得倒是轻巧,可是你想过没有,这两件事要是传出去,不仅我与你爸无脸见人,而且你的前途也会大受影响。你知道这个严重性吗?"

见状,王恩玫的父亲责备起王恩玫的母亲来:"你看你气成这样能行吗?现在问题不出都已经出了,我们光是训斥女儿有用吗? 我们应该冷静一些,想出最好的解决办法才行啊。"

王恩玫的父亲说着给王恩玫的母亲扯了一张餐巾纸:"快别气了,你说女儿遇到了人生的难关,我们不帮她谁帮她呀? 对不对?"

王恩玫父亲的话,让王恩玫的母亲颓然地倒向了沙发,她一边用餐巾纸擦眼睛,一边伤感地说:"唉……你说这是个什么事啊? 咱们女儿怎么就这么不让人省心呢?"

二十

欲哭无泪

走在放学回家的路上，我感觉身上沉甸甸的。

沉甸甸的不仅因为书包里装着崭新的苹果平板电脑，更因为装着一颗沉甸甸的心、沉甸甸的心情。

夕阳在高楼的缝隙间落下去了，暖暖的红色，把西方的天空染红了一大片，原本白色或淡灰色的云，因此而变得赤红、淡紫，靛青，粉彩、黄橙，有动漫式的质感。

先前明亮的天空渐渐灰暗，被高耸入云的楼宇分割得四分五裂，就像一大块积满尘垢破旧的玻璃被打得支离破碎。

路边一棵又一棵白天里生机盎然、蓝碧且永远青春的女贞子，稠密的叶变得黛黑而神秘，就像少女的心事。

这也是归鸟的欢乐世界，私密，却又猜不明白。

"岂思天路，欣反旧栖"。

如陶渊明的诗意里传出归巢后叽叽喳喳正欢歌的声音，兴奋、欢乐，抑或酸甜苦辣。

苦乐自知，让局外人不甚了了。

也有叫不上名字的鸟儿，闲适从容地在余晖尚退之时不时冲上高空，展翅竞飞，继而又欢鸣着俯冲下来。平飞亮翼、低回百转地翱翔一阵子后，又再次一飞冲天，力争上游。

"海阔凭鱼跃，天高任鸟飞"。说的或许就是这样的自由。

这一切，倒也和谐，并或多或少地冲淡了城市虚脱的本真。

傍晚的路，越来越拥挤，并在昏黄的路灯和闪烁的霓虹灯的照耀之下，变得忽明忽暗，没有了阳光下的平坦。本可以远见的视野，也随余晖而逝。

公交车一辆接一辆地开来，又一辆一辆地开走，每一辆都装满着人们归家的喜悦和上了一天班后的倦怠。

我，木然如偶。

傍晚这一切景致，都似乎对我绝缘。

我唯一感觉到的，是我自己世界的沉重。我担心着什么，也似乎预感到了什么。

由于不确定张阆苑是否给我爸打过电话，询问过我平板电脑的事，以及爱心捐款的事，回家后，我只能装得跟平时一样的若无其事。

其实，这世界最折磨人的事便是撒谎，便是口是心非。内心惴惴不安，表面却不露声色，更不敢在我爸面前将平板电脑拿出来偷偷用……这是多憋屈的事。

这时，我甚至突然佩服起了那些演员，特别是成为影帝影后的演员，五体投地地佩服。

他们扮演着与自己毫无关系的人，说着假话，挥洒着假感情，而且惟妙惟肖，却不出现人格分裂，这样的内心实在强大。

我惭愧自己没有这样的演员潜质，竟然为一个平板电脑就内心自虐成这样，真真的没出息。倒是"豪猪"，忽然间令我高山仰止。

　　"豪猪"不也在用着平板电脑吗？他干嘛这么介怀别人也买了相同款式的平板电脑呢？

　　我承认"豪猪"也捐了款，且感谢他的爱心义举，可是他捐了款又怎样啊？吐出的痰还能惦记着想吞回去？何况我的内心世界一直都为这事而自责着呢。

　　但我明白，无论张阆苑问没问过我爸关于我平板电脑，以及老师和同学们为我婆爱心捐款的事，我都得努力学习才行。我得力争半期考试考出一个好成绩。学生不都是成绩好便"一肥遮百丑"，便受老师和家长欢迎吗？

　　如果我半期成绩没考好的话，就算没有平板电脑这档子事，我能轻松得起来？解铃还需系铃人啊，我只有考出一个好的成绩，才有希望解扣，救己于水火之难。

　　我明白，开学以来这一二个月里，课堂上偷看课外书、顶撞老师、鄙视老师、戏弄老师、眼睛钻进钱眼、撒谎募捐、挪用爱心款……

　　深究哪一条，我都受不了，都可能是獠牙大棒横呈在我的面前，把我击打得鲜血淋漓。尤其是后面几条！我身上可谓劣迹斑斑啊，青春奔放的确很美，可是我这一步步走得，不知不觉间已将自己杵到了悬崖边上！

　　当然，在一种惴惴不安之中，我先前的激动也渐渐冷静了下来，我觉得其实平板电脑对学习也未必真有那么大的功效，特别是对半期考试来说，应该说所起作用几乎没有——这不排除也许对于今后各科的学习，可能还是有帮助的。

　　我甚至后悔，不该与"豪猪"较劲，因为这种较劲没什么意义：谁说要与他比数学成绩谁好，就一定要买平板电脑？

　　传说，公元前334年，亚历山大大帝率领希腊联军渡过达达尼尔海峡，开始了人类最著名的军事远征。为此亚历山大需要巨额的资金来买进种种军需品和粮食等物，但他却反其道而行之，几乎把自己的财宝和领属的土地全部分给了臣下。

　　群臣之一的庞尔狄迦斯，深以为怪，便问亚历山大大帝："陛下带什么起程呢？"亚历山大回答说："我只有一个财宝，那就是'希望'。"

　　庞尔狄迦斯听了亚历山大的回答之后，沉吟片刻，然后说："那么请允许我们也来分享这个希望吧。"

于是，庇尔狄迦斯谢绝了分配给他的财产。继而，亚历山大臣下中的许多人也仿效了庇尔狄迦斯的做法。

希望是什么？希望便是理想，便是有心。只要自己心中有理想，有希望，并矢志不渝地奋斗，即便没有平板电脑，也一样能够取得成功。

人有心不死，灯有芯不灭。

唉，我现在想到这个被咬了一口的苹果标记便颤栗着痛，这被咬了一口的样子，多像我的心被咬了一口啊！

努力吧，刻苦吧，别想其他的了！

为了考出一个像样的半期考试成绩，我就像我堂姐当年备战高考那般"两耳不闻窗外事，一心只读圣贤书"。

我想，就算不能成为牛蛙（牛娃，很牛的娃），也要成为青蛙（青娃，青出于蓝而胜于蓝），"呱呱"地叫两声。

幸运的是，半期考试，我竟然综合成绩考了全班第五名，而数学成绩考了全班第二名，145分，竟然与朱代豪考了一样的分数。

虽然这个分数并非班上最高，朱代豪也是考试失误才落了这么个分数，但这个分数对我来说，却是相当的满意了，我真的没想过这么短的时间内数学成绩便能与"豪猪"平起平坐，虽非"天蓬"，但也是"元帅"级别的。

幸甚，此乃天助我也！

成绩及排名出来后，张阆苑第一时间告诉了我如上的喜讯，那一刻，我真是惊了一个呆，震了一个撼，开了一个心。

能考全班第五名，这是我以前想也不敢想的事，这何况是在重点中学中的重点中学啊，这何况是在且文且德的文德中学啊！

"啧啧，'幽魂'，你果然厉害，法力不可小觑！"得知考分那天，"豪猪"对我竖起了大拇指："鬼使神差啊！"

我不知道"豪猪"竖这个大拇指的含义，是真的赞扬还是明赞暗讽，但我知道，他一定感受到了我数学具有与他抗衡的潜力。

得知数学考分时，"蟒蛇"也对我打趣："二老板，真有你的，挑战起'豪猪''天蓬元帅'的地位了啊！"

自从张阆苑任命我为数学科副代表后，"蟒蛇"又给我取了一个"二老板"的诨名。这个诨名虽然产生得比较晚，但其知名度成长得却不慢，没多久便几乎达到了与我另一个诨名"幽魂"旗鼓相当的程度,很多同学以叫我"二老板"这个诨名而感到自己也时尚、新潮,且占了大便宜。

不过,"豪猪"却从没这样叫过我一次,他通常还是叫我"幽魂"。

洪仁涛也表达了对我的祝贺和肯定:"我从未觉得袁倩的数学比谁差,如果有谁觉得她的数学不好的话,那是因为袁倩没有发力,她平时的学习就是在玩儿。她要发力的话,可能你们给她所取的'二老板'这个名字就得改写了。"

这个赞扬是有高度的,不是高老庄的高,而是青藏高原的高,高大上的高。我喜欢!

这种场合,怎么少得了"唐僧"呢?"阿弥陀佛!但愿涛娃子所说的话是真的!也但愿不要再出现一个妖孽!""唐僧"说话的同时,还双手合十,那姿态,真像一个和尚。

"哈哈,师傅,不会的!不会的!有你老人家在,我哪敢打翻天印啊?我要真成妖孽了,你还不念那紧箍咒?"

我回应"唐僧"的话,实际上也暗含了戏谑"豪猪"的味道。我叫"唐僧"师傅,且"唐僧"能念我的紧箍咒,那岂不是说我是孙悟空,而"豪猪"是"二师兄"了?孙悟空当然比猪八戒强大多了!

"数学不像语文,语文瓷实,如果语文成绩好,便能踏踏实实反应出语文的根基牢固。但数学却如波浪,起伏较大。"这时"许仙"徐先凯不冷不热地说:"'二老板',革命尚未成功,同志还需努力啊!"

"许仙"的话外音我当然听得出来,他的意思是一次成绩根本不能说明什么,极有可能是缺牙巴咬虱子,撞上的。我本来想回应一下他这话的,但再一想,这话可不好回应,我权当鞭策吧,是骡子是马,咱们继续遛着!

"豪猪"也幽上了一默,他假装悲哀地说:"长江后浪推前浪,前浪拍死在沙滩上啊!不过,'许仙'说数学如波浪,这个我不赞成。"

"蟒蛇"也接着打趣说:"长江后浪推前浪,后浪当稳二老板。惹想超过大老板,更该一浪高一浪。"

这时,洪仁涛却捡上了"许仙"的话茬,他幽默地帮我予以了还击:"'许仙'啊,你说数学如波浪,我咋听上去不是波浪,而是醋浪的味儿?要不你也在数学成绩上面来一个起伏的波浪看看?即使起伏得大一点儿也没关系,我们喜欢看水漫金山。"

洪仁涛的话让同学们哄地一声笑了起来。

"对,'许仙'欢迎来一个水漫金山!"

"'蟒蛇',你是'许仙'的亲戚,给点力,给点力,快扇一点阴风……"

同学们的起哄,顿时让"许仙"脸上红一阵白一阵,犹如吃了豆子,却又身处大庭广众之下,被憋得半天不敢放一个响屁。

取得这个成绩后,我并没有将此喜讯及时告诉我的父母,我觉得惊喜留得越久,越有嚼劲,也越有韵味。就如美酒,陈酿越久,越醇香。何况,有一个日子到来后,这种惊喜猛然出现在我的父母面前的话,那效果要更好、更重磅。

我盼望着家长会的到来。如童年的我盼望过年一样。

天高云淡,醉美秋色里,半期考试后的家长会终于召开了。

当我爸从张阆苑老师手中拿到她将考试的各科成绩及总排名印成一大张纸的成绩单时,竟然像个小伙伴似地惊了个呆。继而,他明显掩饰住内心的开心,故作深沉地问我:

"倩儿,这是你的成绩吗?数学第二名?总分全班第五名?"

"当然是我。"

"不会印错吧?"

"爸爸,你咋这么小瞧你女儿啊?我有你想象的那么差吗?"

"没想到我女儿进步这么快,看来我女儿懂事了。"

"爸爸,你说我啥时不懂事呢?你这样说,不是在否定我的过去吗?"

"好好好,英雄莫问出处!"我爸终于忍不住笑了起来。

我爸没想到,那天张阆苑还请他发了言,理由是他是"成长型家长"。

"成长型家长"?没听说过吧?这可是张阆苑创造的新词,她把家长分成了很多类型,有"成长型家长"、"励志型家长""忙碌型家长""身教型家长""技巧型家长"……

这倒挺让人新鲜的,开家长会嘛,就是老师与各位学生的家长沟通学生在校的学习情况和表现情况,然后表扬优秀的学生,踩扁不优秀的学生;表扬纪律好的学生,踩扁纪律差的学生。张阆苑倒好,在她眼中似乎真没有差的学生,也没有因为学生成绩或者表现的优劣而将学生的家长也分成了三六九等。

张阆苑的观点很新奇：所谓家长会就是跟学生家长的见面会，而不是把家长叫来给学生开批斗会，或表彰会，让家长看老师如何表扬表彰或者批评批斗他们的孩子。表扬表彰尚可，但是批评、批斗则太残忍了。她说虽然大多数班主任所召开的家长会都是学生批斗会批评会，甚至是家长批斗批评会，但她绝不那样做。

张阆苑觉得自己没资格没道理因为学生的个性差异，而把学生家长分成不同的等级。在她眼中，每位家长都是一样的，都理应受到同样的尊重。理由是天下父母没有谁不希望自己子女学习好表现好有出息，就算有些家长管教孩子的方法欠妥，或者有待商榷，但出发点都是好的。因而，学生们的家长只能分成中性的若干种类型，而绝不可分出优劣。

张老师如此对待家长，让我内心为她点赞！说实在的，她的这种心态让我肃然起敬。

你别说我是因为成绩考得好了一点儿，便尽说老师好话。试想，要是你的班主任把你们班的同学家长都分成"厅长型家长"、"局长型家长"、"亿万富翁型家长"、"千万富翁型家长"、"下岗职工型家长"、"清洁工型家长"、"补鞋匠型家长"……而最不幸的是你的父母就是"清洁工型家长"或者"补鞋匠型家长"，你的感受如何？你的家长感受又如何？

还是回头说我爸被邀请上台讲话这事吧。"一行白鹭上青天"地扯得太远，也不太好。

能上讲台去讲话，这对我爸来说，可是一个很大的荣誉啊！我爸像只企鹅一样可爱地摆动着肥硕的屁股和身体走上了讲台，脸因为激动而变得微红，眉宇间装满了开心。

我爸其实在不少大场合都讲过话，讲话时即便不要讲稿也脸不红心不跳，且出口成章。但这毕竟是他第一次在讲台上，当着自己女儿的面以及众多家长的面发言，这个"处女秀"让他有点小激动其实也很正常。

没想到，我爸的讲话还蛮有水平的。虽然话不多，但却令讲台下在座的家长和同学们掌声雷动。

"各位亲爱的同学、亲密的家长，尊敬的老师：

我能成为成长型家长，倍感幸福，说明我还有空间，还有空间对我的孩子更好，还有空间能够与老师密切配合得更好。我会努力的!"

　　我爸说:"亲爱的女儿，感谢你在半期考试中取得了一个好成绩，我因为分享你的快乐而快乐! 同时，我也想借此机会对你说，宝贝，无论你成绩考得好还是考得不好，任何时候，你都是我和你妈妈的宝贝，我对你的爱都一分一毫不会少。

　　同时，也要请你原谅，父母有时候对你的严厉，那是不得已而为之。原因是人生之路并非你所想象的那般平坦，我们做家长的担心你今后跌倒，才不时扶一扶你，带一带你! 如果父母有什么地方做得不对，无意间伤害了你，请多多谅解，共同成长。"

　　我爸最后说:"关于孩子，我始终坚信，这世界上的每个孩子都是天才，每个孩子都是天使，我们能荣幸地成为各位天才、各位天使的父母，理当珍惜这个荣誉。

　　所以，我以我孩子自豪，我也以自己是我孩子的父亲自豪。孩子的成长过程都会磕磕碰碰的，我们要多多呵护他们，给天才、给天使的成长当好后勤部长，无怨无悔地架好天才和天使腾飞的人梯。

　　谨以这席话与各位家长、同学共勉。"

　　不知怎么的，爸爸这席话让我突然感到鼻子酸酸的，竟然有一种想哭的感觉。

二十一

生不如死

　　看到女儿的情绪非常不好，王恩玫的父母便给李檀打了电话，帮她请了假，说王恩玫下午暂时不去上课。

　　也许担心王恩玫受了这么大屈辱想不开，发生意外，当天下午，王恩玫的父母也没有去上班，而是以商量对策的形式呆在家里。

　　"宝贝，你先去睡会儿吧，"父亲摸着王恩玫的头安慰说："爸爸相信你的清白，而且也相信这事最终会水落石出。"

　　"爸爸，我真的是清白的。"

　　"我知道，我自己的宝贝女儿我还能不知道吗？不要怕被人利用，就怕你没用。孩子，没事的，去睡个午觉吧。"

王恩玫奇怪自己怎么如此口渴呀？可是哪儿有水呢？

就在她四处寻水以解口渴之时，她忽然前面一张桌上出现了三杯液体：咖啡、茶、水。

真是太好了呀！她高兴地想端起一杯来大口地喝。但她却突然发现在那三大杯饮料的旁边，好像还有一张纸上写着说明：喝咖啡不仅解渴，还可以变得更加绅士或者淑女；喝茶在解渴之余，可以变得更加中国风；喝水，当然便是仅仅解渴了。

说明还特别强调了一点：如果既喝咖啡，又喝茶，那么喝者将变成癞蛤蟆。

这个说明真是奇奇怪怪，我就偏要既喝咖啡又喝茶，我就不信自己能变成癞蛤蟆。

正在王恩玫想去伸手取咖啡和茶时，一只毛色肮脏的京巴狗突然跑了过去，伸出粉红色的舌头，"吧哒！""吧哒"地舔起了咖啡，很贪婪的样子，一边舔还一边欢快地摇着尾巴。

王恩玫本想骂这只不识时务的京巴野狗的，你是狗怎么喝咖啡呢？

但她很快便模模糊糊地看出来，这只京巴肩胛处有半个巴掌大的一块癞疤没长狗毛。

它是流浪狗"癞巴狗"，它是她的"癞巴狗"！王恩玫心里的骂顿时变成了一丝丝温柔。

看清楚是"癞巴狗"后，王恩玫忍不住笑了起来："你不就是一条狗吗？还想喝咖啡后变成绅士？"

就在王恩玫嘲笑"癞巴狗"的时候，"癞巴狗"却突然倒在地上抽搐起来，先前喝进了肚子里的咖啡，也从它的嘴里，耳里，眼里，鼻子里，以及肚子里流了出来，变成了鲜红而浓稠的血。

"'癞巴狗'你怎么了？怎么了？哇……"王恩玫见状一下子吓坏了，尖声喊着"癞巴狗"，喊着喊着便哭了起来……

"宝贝，你在喊啥呢？"

一个声音在王恩玫耳边响起。说话者是她的爸爸。

王恩玫才发现，自己口渴是真的，但刚才的情景却是做了一个奇怪的梦。

父亲叫她睡会午觉,躺在床上,起先她的脑子还胡思乱想,也不知道自己是什么时候睡着的,而且这一觉一睡就是三个多小时,直到自己被渴醒。

自己被渴醒这个梦让王恩玫觉得很奇怪,梦醒过后,她还在琢磨:咖啡、茶和癞蛤蟆,以及京巴"癞巴狗"、稼稠的血,这哪跟哪啊?

癞蛤蟆学名叫蟾蜍,还有个俗名叫癞巴狗。在王恩玫的祖籍四川南充,癞蛤蟆就被人们叫成癞巴狗。

起床后,从自己的卧室走出来,便看到餐厅的桌上已经摆上了晚饭,有王恩玫最爱吃的鱼香肉丝、番茄煎蛋和魔芋烧排骨。

这时一向面无表情,即使在女儿面前也是冷美人形象的王恩玫的母亲见王恩玫起床了,便说:"我正说叫你起来吃饭呢,你就醒了。正好! 那就洗洗手吃饭吧。"

但母亲这次说话时,脸上却挤着笑容。王恩玫很奇怪,出了这么大的事,母亲相反随和许多了,对她似乎还要更好于从前。

"咱老百姓,

今儿晚上真呀么真高兴,嘿!

咱老百姓,

今儿晚上真呀么真高兴,吼!

咱老百姓,

高兴! 高兴!"

正在这时,王恩玫父亲的那块买成 500 块钱、已用了若干年的山寨手机铃声急促、高亢地响了起来。这铃声是她爸爸的偶像歌手解小东演唱的《今儿个真高兴》。

这是什么破来电铃声呀,这么不合时宜?"咱老百姓,今儿晚上真呀么真高兴"吗? 嘿! 真高兴才怪! 咱老百姓今儿晚上高兴个屁呀! 哼! 是的,快愁死人了!

王恩玫的父亲接通电话后,以为是熟人来电的他刚"喂,你好!"地打过招呼,表情就变得诧异起来:"你说你是? 哦,你找哪位? 找王恩玫呀? 好的,你等一下。"

有谁找我？而且电话打到我爸的手机上？该不是那个老婆婆这么快就找麻烦来了？王恩玫猜测着。

"霉女，今天下午怎么不来上课呀？关于你的事，我们都听说了，但是我相信你不会那样的，你是一个心地善良，性格开朗的女孩子，怎么可能那样呢？来上课吧，你说你不来上课，我找谁取乐去？"

电话是"猪才怪"梁此峰打来的。王恩玫压根没想到没心没肺的梁此峰会给她打电话，且在电话中说相信她。这看似淡淡的安慰，却顿时让王恩玫啜泣起来。

"别呀，你别哭呀！"在电话中听见王恩玫的抽泣，"猪才怪"连忙安慰："你说你不来上课，我们二班'活宝三杰'，少了你这一个活宝，还怎么成'活宝三杰'啊？只剩下我和'黑孔雀'这二杰了，岂不我们真'二'了？真的'不三不四'了？快来上课吧，我们相信你，一切都会过去的，没有你，我们班少了多少阳光啊，你知道吗？"

王恩玫定了定神，止住哭声说："你们怎么相信我啊？这不就是胡继勋说我拿了他的钱吗？而且这影响多坏呀？这是相信与不相信能解决得了的问题吗？"

"你等一下，'黑孔雀'要与你通话。"

"'黑孔雀'要与我通话？他想说什么……"

"喂！喂？我是胡继勋，霉女，你在听吗？"

听到这里时，王恩玫直接把电话给掐断了。不知怎地，她突然觉得特别厌烦胡继勋了。

但就在王恩玫刚将手机递给她父亲之时，手机铃声又响了："咱老百姓，今儿晚上真呀么真高兴，嘿！咱老百姓，今儿晚上真呀么真高兴，吼！咱老百姓，高兴！高兴！"

这个手机里的"解小东"呀，真不识时务啊！你在高兴个啥呢？这一家子愁都愁死了啊！

"爸，别接电话。"

"谁打的电话？"

"胡继勋呗，还能有谁？"

"好吧，不接不接。"

但是王恩玫父亲的电话响过之后,没接;又响,还是没接;再响,还是没接;于是"咱老百姓,今儿晚上真呀么真高兴,嘿! 咱老百姓,今儿晚上真呀么真高兴,吼!"过多次之后,估计打电话者最终累得变成"咱老百姓,今儿晚上真呀么'不'高兴,嘿! 咱老百姓,今儿晚上真呀么'不'高兴,吼!",因而不响了,歇菜了。

但没清静一会,又一个声音响了起来:

"我种下一颗种子
终于长出了果实
今天是个伟大日子
摘下星星送给你
拽下月亮送给你
让太阳每天为你升起
变成蜡烛燃烧自己只为照亮你
把我一切都献给你只要你欢喜
你让我每个明天都变得有意义
生命虽短爱你永远
不! 离! 不! 弃!
你是我的小呀小苹果
怎么爱你都不嫌多
红红的小脸儿温暖我的心窝
点亮我生命的火
火火火火火"

这是喜爱新潮的王恩玫的妈妈那买成4000多块的,几乎每个打工仔都要买一台的,被人们称为"中国路机"的"苹果"手机发出的来电铃声。

关于苹果手机,王恩玫觉得挺困惑的。就算苹果手机功能强大,那也只是一个通讯工具而已,却让无数国人为之疯狂,膜拜,而且价格被疯炒得奇高,这是不是脑残啊?

王恩玫有时候觉得自己那妈就有点脑残,总爱人云亦云,总爱与人攀比。

自己总被那脑残的妈拿去跟人比成绩,比表现,就让她深受其害。

　　本来苹果手机有自己的来电铃声,但是王恩玫的妈妈只新潮了一阵子后,当《小苹果》火遍全国时,她即刻将之用作了自己的铃声。

　　没办法,喜爱新潮音乐的她总是追赶着时尚。

　　这首歌曲的歌词和旋律都不错,要是平时,王恩玫听到这铃声响起,她一准会哼哼唧唧地唱起来。可是今天呢,她听上去觉得怎么这么刺耳呢?

　　"我种下一颗种子,终于长出了果实",可长的是恶果呀!

　　"今天是个伟大日子",是的,这个日子是挺"尾大"的,她的尾巴都给气得长了出来,且很大,由人变成了妖,当然"尾大"了。

　　还有"点亮我生命的火,火火火火火",这也不假,点燃了她生命的怒火,而且是无处发泄的怒火,这能假得了?

　　……

　　"喂,你好? 你哪位呀? 打错了吧?"就在王恩玫思考着的时候,她母亲接通了电话:"什么? 你是菜油瓶? 哦,蔡友平? 是王恩玫的同学? 你找王恩玫? 好吧,等着啊。"

　　"霉女,你好吗? 我刚才打你爸爸的手机,怎么老不接电话呢? 害得我又打你妈妈的手机。"王恩玫接过母亲递过来的手机后,话筒里真传来了蔡友平的声音:"你咋不来上课呢? 我说你不来上课,我放松了你利用教室门往我身上撒灰的戒备,好不习惯啊!"

　　"'菜油瓶',别开玩笑了,你说你要是我,你会去上课吗?"

　　"嗨,多大点事啊? 不就是那两百元钱的事吗? 我与'猪才怪'就说是自己跟你恶作剧,把'黑孔雀'的钱放你的书里,跟你开了一个很过的玩笑不就得了?"

　　"就算你们两位这么仗义,愿意帮我,可你们这样说李老师能相信吗?"

　　"这有啥不能相信的? 这样解释便天衣无缝了。"

　　"这种解释虽然是天衣无缝,但就算李老师相信了,别的同学也相信了,可在你们看来,那两张百元面额的人民币不还是胡继勋的吗? 我在你们俩的心中不一样是小偷吗?"

　　"这……"

　　"无论你与'猪才怪'信与不信,我真没偷胡继勋的钱,而且我自己也有两百元钱。可是我的两百块钱却找不见了。"

"那要不这样吧，我与'猪才怪'去给李老师说，是我俩在你的钱上面分别写了一个'勋'字，从而引发轩然大波的。如何？"

"这不还是没有洗脱我在你与'猪才怪'眼中仍是小偷的嫌疑吗？而且，'黑孔雀'那两百元钱又去哪儿了？怎么解释呢？"

"我与'猪才怪'相信你的人品，你不是那样的人。"

"相信是一回事，无法说清的事实是另一回事。我觉得如果你与'猪才怪'去向李老师解释这事的话，将会是越描越黑，还会把你俩置于不利之地。何况除了这件事，还有那个老太婆说我把她撞骨折并逃逸的事，这事又如何化解呢？"王恩玫叹了一口气说："不过，无论如何，我都感谢你与'猪才怪'。"

王恩玫挂断电话，将手机重新递还给母亲之时，王恩玫的父亲感慨地说："唉，没想到，我家宝贝还有几个真心朋友啊！关键的时候见真情，真是这么回事。"

王恩玫的母亲心情也因为这个电话好了一大截，连忙招呼父子俩："吃饭吧，吃饭吧，不然菜和饭都冷了。"

虽然鱼香肉丝、番茄煎蛋和魔芋烧排骨这三道菜是王恩玫最爱，但她却吃得一点味儿也没有，如同嚼蜡。平时一家三口吃饭之时都会谈笑风生的情景也没有出现，大家都缄默无语，只有咀嚼食物的声音异常响亮。

"太热了，你去把空调打开吧。"王恩玫的母亲这时打破僵局，对王恩玫的父亲说。

"是的，我也觉得挺闷热的，今天这天气很反常。"

王恩玫的父亲说着，放下筷子，站起身来去玻璃茶几上拿客厅柜式空调遥控器。

王恩玫家的空调一般就是个摆设，无论冬天再冷，或者夏天再热，都难得开一下的。空调装上却不常用，王恩玫的母亲自有其理由：空调用多了容易得病。

空调用多了容易得病，那家里还装空调干啥？这不是歪理邪说吗？

但今天母亲却主动提出开空调，想必这是母亲营造一种和谐的气氛吧。或者是给不知道挣钱不易、动不动就想开空调的王恩玫的一种迁就。

"还是开台扇吧，开空调多费钱啊！"王恩玫说，话中有讥讽的意思。

王恩玫的母亲听出了王恩玫话中的意思，但她却若无其事地说："每年空调还是要开一下的，不然机器不运行就坏了。"

王恩玫的父亲也附和说："是的，空调装着不用，那不成摆设了吗？"说着，他"吱"地一声按下了空调的开关键。

随着空调的运行，阵阵凉风拂来，王恩玫顿时觉得身边的闷热减轻了不少。

然而，就在此时，却突然响起了敲门声，王恩玫的母亲打开门后，看到门口站着一个气势汹汹的络腮胡子，络腮胡子扶着一个站立不稳，疑似腿脚有伤的老太婆。

这两人便是上午去学校找过王恩玫的那个老太婆梁知穗与她的儿子曾任金。

王恩玫的母亲奇怪地问："你们二位这是……"

梁知穗有气无力地说："我找你的女儿，她把我撞倒了，撞成骨折了，哎哟，这个痛啊……"

"你女儿王恩玫把我妈撞成这样，只赔那么点医药费怎么行？""络腮胡子"曾任金恶狠狠地说："我妈没钱住医院，只好住在你们家了！"

在学校时，因为老太婆颠倒黑白把自己气得下午都没上学，而且这事还弄得有口难辩，掉进黄河里也洗不清，本来就没心思吃饭，现在老太婆竟然找上门来闹事，王恩玫更没心思吃饭了："你这个婆婆，怎么昧着良心说话呀，明明是我救了你，还给你钱，给你免费的饮料喝，你却说我撞倒了你，你这不是诬陷好人吗？"

梁知穗毫不示弱："你别在我面前胡闹，我不跟你扯这些，反正你不赔我医药费，我就在你家住下了。"

曾任金也一边翻着白眼一边说："对，你家再不赔我妈的医药费的话，我和我妈便吃和住都在你们家了。"

王恩玫气得不行："谁胡闹了？你再这样蛮不讲理，我就报警了。"

梁知穗的声音提高了八度："报警就报警，谁怕谁啊？"

曾任金同样强硬："你想报警就报警吧！报警后更好，直接把你抓了，让你进少管所，从此连书都读不成！"

这时，王恩玫的父亲出来打圆场："别吵了，别吵了！这位兄弟，我想你与大妈想在我家住,其目的并非是我家有多好,而是希望圆满解决此事。"

"是的,我也不跟你们多说,更不跟你们吵。反正今天把这话说清楚了,你们不赔偿医药费,我们就吃住你家了。"

"那你想怎么个赔法呢?"

"医药费肯定是要赔偿的。"曾任金说:"除了医药费,还有营养费,护理费等,也得赔。"

"那你说一个具体的数字好吗?"

"我妈和我商量后觉得,如果是一次性赔偿的话,至少要赔十万元钱。"

王恩玫的父亲吃了一惊:"十万元?这么多?"

王恩玫的母亲也惊得张大了嘴:"十万元?"

这句话更是将王恩玫气得不行:"什么十万元?这样狮子大开口还要不要脸啊?我就根本没撞倒你妈,更没把她撞骨折!不仅没撞,还是我好心扶起她来的。你们这不是讹诈人吗?"

曾任金寸步不让:"你说什么?你根本没撞倒我妈,更没把我妈撞骨折?如果真是这样,我们会来找你吗?我妈会自己把自己弄骨折来敲诈你们吗?而且,如果我妈这骨折没治好的话,她就成残废人了,赔偿十万块钱多吗?"

"关于赔偿钱的事,我觉得还是把事情搞清楚了再说吧。"这时王恩玫的父亲说:"如果真是我女儿把老人家撞骨折了,那该赔多少我们赔多少。"

"你说得真轻松,我妈现在腿正骨折呢,如果你们迟迟不赔钱,那你的意思她这腿就不治了?等你们搞清楚了赔了钱再治?所以我们就要住在你们家,直到你们赔钱为止。"

"大妈想在我家住的话,就住吧。但我家只有两间卧房,如果小兄弟也要在我家住的话,那可能就只能我们一家睡一间房,你们母子睡一间房了。兄弟,你觉得这样方便吗?"

王恩玫父亲的话让曾任金沉默了片刻,然后他想了想说:"那好吧,那就我妈一个人留你们家住,我回自己家住。明天一大早我再来。反正你们家什么时候赔偿医药费我们什么时候离开你们家。"

就这样,梁知穗的儿子曾任金走了,而梁知穗自己却在王恩玫家住下了。

二十二

小鬼当家

"面朝大海，春暖花开"。

有爱的世界才能海阔天空。

家长的发言通常都比领导发言更能吸引人的注意力。原因就是家长的发言，无一不是心中之爱所绽放的花朵。爱，是阳春三月的阳光，更是心灵世界共通的语言。

我注意到了，我爸的发言，好似寒食春归，柳絮莺飞，让台下的家长与同学们面上的表情，如沐春风，由复杂转为了明媚。

平时教室里教室外的鸟嘤、蝉鸣，悉悉嗦嗦做小动作的声音，或者醉人的神游、撩人的睡姿，都被他那温和、磁性而饱蘸感情的话语吸引。

倏忽间，雾蔼沉沉的气色变成了素雅明净、风轻云淡的晴天，人们新奇、感动、共振，像鱼儿一样由衷地游出内心浮躁与浊流的困扰，游向清澈的宁静和激情。

这是一种打动内心的魅力语言开出的花，也是一种感知打动内心的魅力语言后，缔造的开悟的境界啊！

话音如雪，洁净着家庭教育的雾霾。共振的心灵，点映着自己孩子成长岁月的点点滴滴，红花绿柳，离经叛道，云卷云舒，风雨潇潇……

历历往事，既有欣慰，又有创痛，怎能去留无意，宠辱不惊？

话音落尽，短暂的沉默后，掌声便开始雷动，赞扬声也开始叫好。

我爸完全没想到他的这短短的发言，竟然引起了那么多人的鼓掌，受到那么多人的欢迎。

讲完话，我爸这只可爱的胖胖的企鹅，又挪动着肥硕的屁股走下台来。那个样子真的很喜感，也很亲切。

这只胖企鹅，被经久不息的掌声惊喜得有些失去方向，以至于下讲台时，被这荡漾来又荡漾去的掌声的浪花冲击得差点滑倒。

在我爸之后，又有几只或胖或瘦的企鹅游向讲台中央，但好像那些接踵而去的企鹅都没有我爸那种神韵，那种亲切和喜感，所讲的话的结构与内容更是差得太远。

说真的，在这件事上，我觉得我爸给我脸上洒了金粉。我爸这么强，估计我今后也不会差到哪去。

"现在，我给各位家长和同学读一篇周记。"

当家长发言的程序结束之后，张阆苑突然设置了这样一个小插曲。她这个插曲如夜半歌声，打断了正在我脑海中萦绕的，因我爸的发言而萌生的无限美好。

我的生活中发生过许多事，一些鸡毛蒜皮的事很快便忘了，但有一件小事却给我留下了深刻的记忆。

国庆前不久，我婆得了贲门癌，爸爸回老家南充去照顾我婆了，而在此之前，为了照顾我婆，我下岗的妈早就去南充照顾我婆了。于是留下我一个人在成都，我便第一次领略到了"小鬼当家"的滋味。

在此之前,爸爸告诉我他国庆要回南充照顾我婆的情况,对我说,本想带我一起回南充照顾我婆的,但又想到我马上便要半期考试了,怕影响我对功课的复习,因而考虑再三后,决定将我一个人留在成都。

"这个问题你也可以自己考虑。"我爸对我说:"如果你执意要跟我回南充的话,我也可以把你带回去,但是你要把作业带回去,同时也不能影响了你的半期考试。"

我想了想后,便说,那我还是一个人在成都吧。

我知道一个人独自生活会很苦,但这也是锻炼自己的机会啊! 于是爸爸把那套空房子拿给我住,这套房子已经两个月没有租出去了。爸爸说,真要锻炼自己,就最好远离自己熟悉的环境。

我明白我爸的意思,他是怕我趁他和妈妈不在家时,我疯狂地上网打游戏、聊 QQ。

这是个星期天,我在做完作业的情况下开始了"搬家"行动。我请了我的同学加好朋友周小梅一起去打扫那套房子,因为爸爸要收拾自己回南充的东西,没有帮我打扫卫生。

一进这套房子,我就闻到了屎的臭味,我下意识地捂住了鼻子和嘴,地上有不少死蟑螂和蟑螂屎,还有一些活蟑螂见到光线后慌作一团东躲西藏。

卫生间的马桶就更脏了,里面布满了屎斑,简直太恶心了。

我拿起扫把扫地,周小梅也拿起抹布抹桌子椅子,这是我出生 13 年来第一次当家,所以即使又脏又恶心,我还是要努力地干着,而且我还不能表现出恶心的样子来,不然周小梅怎么帮我啊?

令我惭愧的是,周小梅似乎不怕脏不怕累,比我强多了,只见她不停地抹桌子,抹椅子,这在很大程度上鼓舞着我,给了我战胜困难的勇气和决心。

就这样,我们一直打扫到下午 1 时许才打扫完。之后,我又开始了铺床铺被。

因为第二天是星期一,我要早早上学,虽然爸爸也是星期一上午才赶早车回南充,但当天晚上我便一个人在这个属于我的新"家"里住下了,并于九点半就上床睡觉了。

这真是个不眠之夜啊! 我累了一天,也没睡午觉,按理说作为一只瞌睡虫的我应该很快入睡的,但我却久久难以入眠。

　　毕竟这是我第一次一个人生活，住进了一套从来没有住过的房子，环境陌生，天又黑，我又怕贼娃子，又怕鬼，还有怕煤气泄露，还有怕蟑螂……

　　其实，我并不怕蟑螂，怕只怕这些小得像南瓜米一样的蟑螂趁我睡着了爬进我的耳朵，爬进我的嘴巴，如果那样的话就有罪受了。

　　这个时候，我甚至恨爸爸了，他怎么可以不带我回南充呢？怎么可以把我从家里"赶"出来，"扔"在这套空房子里呢？这哪像个当爸爸的啊！

　　我觉得自己很可怜，人家都有爸爸妈妈疼，有公有婆外公外婆疼，我却什么人也不疼我，爸爸妈妈都去了几百里外的南充，我公去世快30年了，我婆一直住在乡下，外公外婆也已去世多少年了，我完全是一个没人要的孩子呀！

　　想到伤心处，我的泪水无声地落到枕头上。

　　我怕呀！咋办呢？

　　当然，一个人住，小鬼当家，别无选择，光怕哪行啊？我得给自己打气！

　　有人说，怕鬼，怕黑，怕蟑螂，自己给自己唱歌就行。

　　好吧，那我就唱歌吧，唱给自己听：

　　"hello！看我！你在害怕什么？是我错，没能够啊把自己变得成熟。伤口那么多，已经不怕再痛。没地方可以再受伤了，没什么转身以后，我会练成护体神功！

　　看见蟑螂，我不怕不怕啦！我神经比较大，不怕不怕不怕啦！胆怯只会让自己更憔悴，麻痹也是勇敢表现！"

　　好吧，麻痹自己，坚强起来，勇敢起来，我不怕不怕不怕啦！

　　就这样，我唱着唱着，迷迷糊糊便睡着了……

　　"阿拉嚓嚓拉力拉力令，
　　拉巴力刚丁刚丁刚多
　　巴巴力巴巴巴力巴力
　　巴力力力力力力力力斯挺丁刚多
　　呀巴令刚丁刚丁阿罗
　　哇巴巴噜噜噜噜噜噜噜跌呀噜……"

"这年头活着不容易

天灾人祸不断在升级

日本地震噩耗还没过去

悲催的利比亚又遭空袭

卡斯特罗执政半个世纪

新任书记换成他小弟

美国记者的提问真给力

奥巴马被搞得发脾气

国内物价像坐飞机

可是工资却在爬楼梯

某某委的政策天天变

限价举措成了涨价的序曲"

也不知道过了多久,一阵《甩葱歌》的铃声在我耳边突然响起,原来这是我手机闹钟的声音。此时是第二天清晨六点二十分,到了我起床做饭上学的时间了。

虽然昨晚没睡好,但天已渐渐发白,心中的瞌睡还是一下子没有了,因为这时对我来说,最紧迫的事是抓紧时间做饭,吃饭,然后上学。

早饭是速冻汤圆,并不复杂。我一边煮着水一边刷牙,并与见了灯光四处逃蹿的蟑螂战斗。虽然昨夜的难受还残留在心中,但我心中却又有了一种隐约的高兴,我小鬼当家居然熬过了艰难的第一夜啊!

就在这时,响起了敲门声,原来是爸爸早早过来看我,我想他可能也担心我。不过,当他看到我坚强地挺过了第一关,且一如既往地按时起床时,总算放心了许多。

因为周末作业做得不是很好,这天我在学校里被班主任张老师骂得狗血淋头,所以晚上8点过我才批准离校。回到"家"后,我马上给爸爸打了电话。此时,爸爸已经到了数百里之外的南充了。他在得知我平安到"家"后,也放心了许多。

事实上,只要我放弃这种锻炼自己的机会,随时都可以到周小梅家去过吃喝不愁的生活,但我相信自己会挺下去的,我一定要坚持,要让爸爸对我不失望!

不仅如此,国庆放假以后,我还要去摆摊给别人的手机贴膜,这样做我好挣些钱,这些钱既可以充实我的私房钱钱罐,也可以给我婆以让她治疗癌症。

唉,亲爱的婆呀,你的癌症早些好吧! 我在时时为你祈祷呢!

……

转眼7天时间过去了。这天是星期六,傍晚时分爸爸回来了,于是我搬出了"家",回到了家。

这几天,我尝到了"小鬼当家"的滋味,虽然家没当太好,但我永远也忘不了这段经历:蟑螂、恐惧、黑暗、孤独、悲伤,还有自己照顾自己的饮食起居……

一道道难关都被我挺了过来。

通过这件事,我觉得世上没有不可战胜的困难,只要坚持、不放弃,自己也可以变得很能干!

当张阆苑读此周记的过程中,全班同学,以及同学的家长都静了下来。但在听的过程中,同学和家长们又狠狠地笑了那么一两次,特别是张阆苑读到《不怕不怕啦》和《甩葱歌》时,竟然唱了起来,她滑稽的唱腔引得同学和家长们大笑;笑过之后,大家又安静了下来。当周记读完后,大家便向她这位独角相声表演者,鼓起了雷鸣般的掌声。

这篇周记是我写的。实际上是我根据自己所写的一篇日记略加整理而成。

日记,你懂的,畅所欲言是其特质。

但是糟了,张阆苑把我这篇周记拿出来读给全班同学听,是不是我又犯了啥忌讳啊? 比如我引用的《甩葱歌》中"国内物价像坐飞机,可是工资却在爬楼梯。某某委的政策天天变,限价举措成了涨价的序曲",这是不是超出了一个初中小女生所关心的范畴呢?

唉,我还是应该两耳不闻窗外事,一心只读"剩闲书"啊。

因而,当同学和家长们在猜测这篇周记是谁写的的时候,我心里并没有多自豪,或者高兴,反而惴惴不安。

事实上，当张阆苑读此周记的开始，我的心便如重压喜马拉雅山，被迫承载着无数千钧。而且除了压力，还有狂风、大雪、飞沙走石。

不过，张阆苑老师真要责罚我的话，我便解释这只是引用，属于不恰当的引用。

我顺着张阆苑思想的纹路修改路线，她也挺受用，我也好下台，我父亲也不会因为我的这篇周记而丢脸。

"人只不过是一根苇草，是自然界最脆弱的东西；但他是一根能思想的苇草……我们全部的尊严就在于思想。"法国著名数学家、物理学家、思想家帕斯卡曾经这样说过。

我也可以引用帕斯卡的这个名言，诠释我自己在思考。

我还有很多中肯的解释，或者在心中荡漾的强词夺理。

"这篇周记写得好啊！很感动我！感谢主角给我们上演了一部精彩的教育大片。"

这时，洪仁涛突然大声地发言说。看来他猜到我可能会挨张阆苑批评，因而先下手为强声援我。

涛娃子真有你的，够哥们！不过，他怎么猜到主角是我呢？我可从来没在他面前剧透过啊？看来他这人不仅够哥们，还不傻，又或者入戏很深。

"是的，也很感动我。"周小梅也说话了，声音像蚊子嗡嗡。我明白她的意思，她虽然不是"女猪脚"，但是却上了演员名单，而且是领衔主演，而且是正面人物，我估计她心里很激动，很感动。

其实我这时并没有因为涛娃子和周小梅对我如何"跟帖"力挺，而让乌云密布的心晴朗起来，我最担心的还是"豪猪"、"许仙"之流趁火打劫，落井下石。

说不准他们就会这样，因为这一"兽"一"神"通常有这爱好。

千万别这样啊，我是一个没啥修养的人，你们真要这样的话，我只能说：挡我者屎！

"这篇周记是袁倩同学写的，这不是虚构的，因而让我非常感动！"

张阆苑的话，如一骑轻尘，带走我的不安，送来一丝夏日里的凉风："我之所以将之读给大家听，就是希望家长们要习惯放手让孩子学会生存，因为独生子女几乎都是温室里的花果，如果不趁现在让他们学会生存，怕今后长大难以适应社会。"

开心,从先前沉重的心间升起,我身轻如蝶,翩翩起舞。

"袁情,你今天要火!"这时"唐僧"听了张阆苑对我的表扬之后,羡慕地说。

"要火什么呀?我又不是邱少云。张老师不火我就烧高香了呢。阿米陀佛!"

我故做严肃,但心里却很轻松。先前的乌云早不见了踪影,此时的心境是蓝蓝的天上白云飘,白云下面马儿跑,挥动鞭儿响四方,百鸟齐飞翔……

哈哈,真没想到,这个班会对我来说,竟然成了表扬会、表彰会。

表扬啊,你这个神出鬼没的家伙,什么风把你吹了来,是不是今天的太阳改从西边出来了?幸会啊!我们真是相见恨晚。

走出教室,夜幕已经降临。

一轮圆月挂在天上,清晖满地,有些梦幻、有些圣洁,也有些朦胧。

昏黄的路灯与月光交融,给人的感觉似美酒微醺,街上的行人与车辆,如一只只水鸟,牵月晖而行,又如一群群鱼在月光与灯光浑浊而成的海洋里游动。

我回家的脚步有点像在云中飘移。

不过这种飘移并非是之前鬼魂般的飘移,而是香红尚软脚踩祥云,且有乱坠天花,如衣袂凌空仙女般的飘移。

"你买了一台平板电脑?"

一个声音从梦幻、迷离、朦胧,且有些浑浊的洋底传来。花的心情顿时绕开我而去。

家长会这天晚上,老师没有布置作业,因而我爸特地带我去盐市口一家自助餐小火锅店嗨了一肚子的肥牛肉。我爸在边享受美味的同时边向我那在南充照顾我婆的妈汇报了我的半期考试成绩,看得出来,我妈听到这个消息也挺开心的。这一点从我爸那嘴角流油的饕餮样子便能猜到——开心嘛,合不拢嘴嘛,那嘴里的油当然就流了出来。不过当我与他回家后,没有作业的我想早早睡觉且洗漱完毕时,我爸却突然冒出了这样一句话。

嗯,死囚行刑前也是要吃一顿好饭的。爸爸,是这个意思吗?

我身上顿时覆盖上了一层忧伤的波浪。

可是爸爸,你怎么这么阴险啊?突然唱了这么一出?咱俩谁跟谁啊?

为了取悦你和我妈,我跟着那些书呆子们天天向上的潮流游弋,一路流着浃背的汗水和婆娑的泪水,声音嘶哑地唱着中国好声音,唱着我们是共产主义的接班人。就像妈妈天天逼着我喝,且喝得我想吐的牛奶一样难受,一样忍乳含杯……你说我容易吗,我?你就不能给我一个宽容的空间和一个慈爱的记忆呀?

"你听谁说我买了一台平板电脑?"

我也没想到,长得像一朵花儿一样,且芬芳扑鼻的张阆苑,也是这样华而不实,明着叫我好好学习,别想其他的,暗地里却给我使绊子,向我"捅刀子"——一定是她什么时候,给我爸打电话核实了此事。成人世界难道就这么阳奉阴违?

"蟑螂"真阴险啊!没想到漂亮既是一种美,更是一种痛,一种刺痛啊!

当然,这种痛是漂亮的硬刺把别人刺痛。

笑星葛优大爷说,二十一世纪最需要什么?人才!"蟑螂"你呀,只当一个人民教师而没有去搞间谍工作,那真是太浪费人才了。我觉得你要去给电视连续剧《潜伏》男主角余则诚当那个一起搞间谍工作的、名叫翠平的假老婆的话,一定比那个大嘴傻女人强多了。

完了完了完了,这下我得挨我爸的揍了!虽然他已经好几年没有揍过我了,但我能相信,这次我犯了这么大的错误,肯定会挨揍了,他定会像弹花匠弹棉花般地把我的身体给揍得蓬勃苗壮起来。

我的心情穿行在泪水的汪洋大海中,不能自拔。

这毕竟是品德问题啊!是人品问题啊!这是挪用爱心款呀,是眼前版的郭美美啊!

天官儿!郭美美假借红会之名到处招摇撞骗不是都遭起了吗?她还只是假借呢,而我这可是真的挪用了爱心款啊!

在这里适当解释一下"天官儿"这个词,不然各位看官看不懂。

"天官儿"是四川的一句方言,意思等同于西方人惊叹时所叫的"买嘎得!"。当然,"买嘎得"是"my god"的汉语音。虽然"买嘎得"懂的人多,但咱是中国人,不能老是惊叹时便大呼"买嘎得"吧?就算换换口味也该用用本土方言"天官儿"了。

天官儿,你能不能大显神通一下,来一个诺亚方舟度我于水火?

假如没有诺亚方舟,来一个莲台宝座也行啊!

剧情紧张,到底能不能啊?

二十三

恹恹的栀子

梁知穗这尊菩萨不请自来,还不能得罪。王恩玫觉得自己的父母真窝囊,窝囊得连他们自己的床位都守不住,被鸠占鹊巢,这可真憋屈!

原本充满温馨与幸福的小巢,被突然飞至的一只"斑鸠"给强占了,王恩玫的父母只好在客厅的沙发上将就着躺一下,荷衣而眠。

没有硝烟,却是战场,这是怎样的一个家啊?

梁知穗一点也不客气,如风中的芦苇,张扬不羁,不仅把别人的家当成自己的家那么随便,甚至随便得睡觉前不洗脸不洗脚,不脱衣服,直挺挺地就躺在了王恩玫父母的床上。

月光如米汤一般笼罩着大地,让原本清晰的世界变得模糊;又如一层秋霜,让人寒冷。

那是一个难眠的夜晚,四个人各想心事,塌方、激流、缺氧,世事就像遭受暴风雨的大山,令人无所适从。就这样直到天色快亮时,大家才睡着。

然而,朦胧中又响起了强劲的敲门声。打开门后,出现在大家眼前的是曾任金,脸上头上冒着汗,眼神写满仇恨。

王恩玫的父亲睡眼惺忪,一边打呵欠一边与曾任金打招呼:"这么早?"

曾任金没好气地回答:"是的,你们不赔钱,我和我妈就天天在你家住着,你家吃啥,我们吃啥,你们要上班,我们也跟着你们去上班,只要你们不嫌丢人。"

曾任金说着,便往王恩玫的家里走,如入无人之境。王恩玫的父亲也没有去阻拦他。

王恩玫的母亲看不过了,尽管忍了又忍,但还是没忍住:"你这人怎么这样啊?我们客气地与你打招呼,你却一张口就戗人?"

王恩玫的母亲虽然语气不是很客气,也明显表现出不欢迎曾任金进屋,却也没有用手去拦住正在进屋的曾任金。

曾任金瞄了一眼穿着睡衣、有几分性感的王恩玫的妈,脸上流露出厌恶的表情:"这事摊你身上,你能客气得起来吗?"

说着,他一屁股坐在王恩玫父亲晚上睡觉的那张三人真皮沙发上。尽管沙发上还有一床零乱的毛巾被。也不管他的屁股已被汗水浸润得湿漉漉的,长出了汗斑。

"那还是报警吧,警察说怎么办就怎么办吧。"这时王恩玫的父亲露出并不明显的厌恶说:"如果不报警这样拖下去,两家人都做不了事,孩子的学习也耽搁了。"

王恩玫的父亲心里很明白,梁知穗住在自己家,不仅自己家的生活秩序被打乱,还得像照顾上宾一样照顾她,让她吃好喝好。最怕的是,怕她有个三长两短,到时候到哪里说理去?

这个"住",是一个恣意放肆而又危机四伏、令人看不到尽头的动词。

道理是如此,可是到底报不报警呢?其实王恩玫的父亲心里又很犹豫。

"我建议不要报警。如果报警的话,这对你家孩子的影响可就太不好了。你自己想好。"曾任金拿起玻璃茶几上一个苹果就啃了起来:"我是站在你家角度想的。当然,如果你执意要报警的话,我觉得最好不过了!我就不信警察来了会纵容把老婆婆撞骨折而逃跑,且被抓住后也不愿意赔钱的人。"

"你在说什么呢?"王恩玫被曾任金的话气得不行,她一把拉开自己的卧室门,大声说道:"爸爸,你快报警吧!你一定要报警!我没做亏心事,不怕鬼敲门!"

王恩玫的父亲还在合计要不要马上报警的事:假如报警,无论女儿是否真的将梁知穗撞骨折,是否真赔钱给梁知穗,输者都是自己家,都是自己的宝贝女儿。因为这个世界上许多人是喜欢看热闹,并以讹传讹的,这种事对一个女孩子的成长无异于寒刀霜剑。

如果不报警,那么这母子俩就会一直纠缠下去,让自己家无宁日,该上学的无法上学;该上班的无法上班,正常的家庭生活被彻底打乱,也会让邻居看笑话,添油加醋,以讹传讹。

不报警,自己还得被迫成为自动取款机,对方要多少钱自己就给多少钱。没有查明事实真相而给他们钱,这不仅等同于承认自己女儿真做了错事,更有可能是纵容坏人。

而女儿从小就调皮,却心地善良,不太可能做出撞了人跑掉的事。

唉,到底报不报警呀?这件事可真愁人,且像绳索一样地将女儿和这一个原本还算和谐幸福的家越勒越紧。

虽只是一大早,但天气闷热到极点。王恩玫满头是汗,心里更着急。看到父亲在犹豫,她烦躁和愤怒到了极点,她再也受不了这种泥泞不堪的生活,因而拿起父亲的手机便拨打起 110 来:"喂,是公安局 110 吗?我要报警……"

谁也没有阻止王恩玫报警,谁也没有支持王恩玫报警,这瞬间发生的一切,全都是王恩玫一时的激情决定。

一道闪电划过沉闷的天空,过了好一会,才远远地传来雷声。雷声不大,却让室内出现了短暂的沉默。

"暴风雨,你要来就来得更猛烈些吧,该发生的总会发生的。"

报完警后,王恩玫自言自语道。她主张父亲快报警,在父亲犹豫不决没有报警时,她主动报警,其作法并非是傻,而是沉闷,是乌云密布到了非打雷下雨不可的时候了。

　　王恩玫年龄虽小，但她却知道其中的厉害关系，她一想到在不足 24 小时之内发生的这两件事，便身心俱碎。毕竟她这个年纪的人是最要面子的，尤其是女孩了。这两件匪夷所思的事的发生，令她头绪纷乱，不知道以后在田家中学的日子该怎么过。

　　虽然自己先前也很淘气，但淘气跟品德问题，那可是天壤之别。

　　行进在委屈而孤寂的路上，王恩玫深深地意识到，这两件似乎跳进黄河也洗不清的事如果暂未水落石出的话，她根本无法重新上学。否则，她以前"霉女"的浑名便会被"小偷"的恶名替换，被"无耻小人"的恶名替换。蓓蕾尚未绽放，便会拦腰折断，她于心不忍。

　　又一道闪电刺眼地划过天穹，接踵而至的雷声尖厉而急促，如摔碎一大块玻璃。王恩玫不怕闪电，也不怕雷声，但她却奇怪自己怎么有一种心惊肉跳的感觉。脑海中，她能感知到此时天空正有大朵大朵的云团在疾驰，在翻卷。

　　王恩玫知道，自己报警的话，可能会使得事情变得更复杂，使自己的这件事如雷声般炸响，知晓的人更多，自己的名声会更坏。但箭已发出，她已无所顾忌，毕竟雷声响过，还有还自己清白的可能性。

　　而假如不报警，那么自己就能躲过这一劫了吗？不会的。不能上学不说，还得被恩将仇报的那个死老婆婆母子敲诈，且是看不到尽头的永无休止的敲诈；自己一个人因此而过得艰难就算了，不报警还会影响父母的正常生活与工作，更会纵容坏人变得更坏……

　　因而，她坚决地选择了报警，她要让随雷声而来的暴雨洗刷掉黏附于她身上的污泥，即便自己可能被洪水淹死。"牺牲我一个，幸福一家人！"不这样，这路还能咋走？

　　很快，警察来了。两位，一胖一瘦，一老一年轻。

　　无论胖瘦，脸上都写满凛然。

　　开门的时候，又一道闪电劈来，王恩玫在闪电中不经意看到，那道闪电如刀一样地劈在梁知穗的脸上的时候，梁知穗突然颤栗了一下。

　　这个不识好歹的老婆婆这个细微的动作，让王恩玫心中充满了快慰。

　　警察在了解情况并做了相应的笔录之后，建议梁知穗不要再住在王恩玫家。警察说，如果梁知穗的腿真摔骨折了的话，就应该上医院治疗，不然小疾会拖成大病："我们调查后，根据调查结果再对此事件进行最终处理。"

两位警察还给出了一个暂时性的调解建议。说本着大事化小小事化了的原则，建议王恩玫的父母预支给梁知穗医疗、护理等前期费用5万元。

对于这样的调解建议，王恩玫的父母接受不了："该给的钱我们一分都不少，不该给的钱一分都不给。关键是我们女儿明明是助人为乐却反被诬陷，还要赔钱，这样以后谁还敢做好事？这不是纵容坏人吗？"

胖且老一点儿的警察说："至于你说的你女儿是助人为乐反被诬陷，以及我们这样的建议是不是纵容坏人这事，也不能凭你单方面说了算，我们还将继续调查，并得出最终结果。我们建议给梁知穗的这5万元只是预支的前期费用。"

瘦且年轻一点的警察说："如果你们双方不接受我们俩的这个暂时的调解建议的话，你们可以去找人民调解委员会、有关单位、有关行政部门进行调解，也可以依法向仲裁机构申请仲裁，或者向人民法院提起民事诉讼。因为调查结果未出来之前，这就是个民事纠纷，公安机关管不着。"

如果不先给这5万元钱，曾任金便说不仅他母亲梁知穗绝不会离开王恩玫家，而且他也将住进王恩玫家来，同时不让王恩玫的父母上班。理由是他都没上班。

实在没办法，王恩玫的父母亲只得答应警察的建议，并当着警察的面去给曾任金取那5万块钱的"前期治疗款"。

听了警察的建议后，梁知穗与曾任金没再坚持住在王恩玫家。下楼时，由于梁知穗腿脚不灵便，王恩玫的父亲还像背自己亲妈一样，与曾任金换着将她背下了楼。

父母之举，让王恩玫沮丧到极点。这世界怎么了啊？

父母出门去给梁知穗取钱后，王恩玫来到洗手间，她想洗一把脸。她望见镜子里的自己，双眼红肿，如同灯笼。人对本来糟糕的东西，有一种天性中的放弃，可是自己自从初中后，一直都努力求变，积极向上的呀，怎么自己就被弄得这么难堪呢？

想到一件件事，她不由得自艾自怜。看看这头发吧，茅草般耸着，蓬乱得就像那只可怜的京巴"癞巴狗"的头毛一样。自己卖报纸，自己助人为乐不也是努力地想讨好人，想长出一身漂亮的"毛"，可为啥到头来还是这么癞疤？

还是被人踢了一脚呢？

对呀，小可怜的"癞巴狗"现在的状况如何呀？昨天早上给它吃面包、吃火腿肠，到中午时它都没动这两样它最爱吃的食物，但当她昨天中午回家时，它却还弱弱地"哼唧"着与她打招呼，现在又过了快一天了，它还好吗？情况怎样啊？

从洗手间回到卧室，王恩玫像一根木桩似地杵在自己的床上，脑袋里什么都没想，又什么都在想。文学大师木心说，"在这个世界上，没有正义，只有正义感"，难道是真的？

半个小时后，王恩玫的父母回来了。披着一身汗珠的他们，开门后径直来到了王恩玫的房间，就像两只落败而归的鱼鹰。

王恩玫的母亲一屁股坐在王恩玫的床上，一只手抱着王恩玫，一只手摩挲着王恩玫零乱的头发，母爱，清澈、平缓且笔直地流向王恩玫的内心："宝贝，没事的，我们相信你，也相信警察最终会还你公道。"

王恩玫的爸爸也蹲下身子，拉着王恩玫的一只手，像一棵被风吹倒的大树那样伴着王恩玫："宝贝，爸爸妈妈看着你长大的，也知道你的人品，爸爸妈妈不仅相信你的清白，而且会想办法找出答案，还你清白。"声音坚定，却又虚无。

"爸爸，我是清白的，我想时间会告诉我们一切。"王恩玫眼前是寂静，是模糊，是不知流向的未来。

说完这句话后，王恩玫声音突然变得低微，就像一束水草那样轻轻地荡漾，且欲言又止。最终，还是有一个声音若有若无地飘渺而出："不过，爸爸，我想求你一件事，可以不？"

听女儿说有事求自己，王恩玫的父亲有些紧张又有些期待："啥事，说吧，宝贝。"

王恩玫的母亲也连忙说："说吧，宝贝，我们尽量满足你。"

于是王恩玫嗫嚅着说："我们楼下那条可怜的京巴流浪狗可能生病了，你能不能给它拿些东西下去喂它呀？"

同样紧张的王恩玫的母亲听了女儿的话之后，顿时释然："哦，我以为是啥事呢，不要说喂它，把它弄进咱家养着都行。"

曾经，王恩玫有好几次请求把"癞巴狗"弄回家来养着，尤其是寒风萧瑟的冬天，"癞巴狗"冻得瑟瑟发抖的日子里，但王恩玫的母亲都无情地拒绝了。现在，王恩玫的母亲却主动提出将"癞巴狗"接回家里养着，是为了让女儿走出阴郁的心情。因为她很怕女儿受不了打击，生出意外。

母亲的话让王恩玫有了一丝惊喜："妈妈，真的？"这一刻，王恩玫感到了母爱温柔的抚慰，就像芬芳的梦有花儿的拱卫。

王恩玫的母亲肯定地回答："真的！"

窗外，有风呼呼而过，天空中云团投射到大地的阴影在减淡。

但王恩玫的父亲却打断了他们的继续谈话："养啥呀？我刚才上楼时看到，那条流浪狗肚子下流着一大滩血，已经死了。"

父亲的这句话，像一大块玻璃砸碎在王恩玫的心上，她不相信自己的耳朵："死了？"

那一刻，王恩玫感知到了空气中有一种血腥的痛，有撕裂，有悲哀，有惊恐，有质疑。

"是的死了！"王恩玫的父亲说："我见清洁工人正用一个很长的铁夹子夹着它，往垃圾桶里扔呢。"

父亲的话，犹如一只钢手，在王恩玫堆满玻璃碎屑的心中使劲捏了一把，痛得她瞬间茫然，却又即刻痉挛，一种温暖的希望，顿时如积木般轰然倒塌。

这个可怜却又可爱的生命，就这样孱弱地、默默地消失在了表面热情似火实则冷得叫人厌恶的夏天，如一朵花簌簌地无声凋落。

"呜哇……"

王恩玫的父亲话音未落，王恩玫却突然痛哭起来，声音压抑，眼泪却如奔涌的泉水……

天空，一个惊雷蓦地炸响……

疾雨铺天盖地，疯狂地敲打着大地万物。

继而闪电，一刀比一刀更猛地砍来；雷声，一个比一个更大地砸来。

王恩玫的哭声，掩映在一种倾盆而下的悲伤之中……

做了好事却被人诬陷，还得付钱，还得像孙子一样赔笑脸，王恩玫觉得自己像一个人在老家漆黑的夜里走路，既看不见周围，又非常恐怖。

非常憋屈啊！憋屈得就快被黑夜吞没。可是更令人憋屈的是，王恩玫这个学还怎么上啊？

偷钱，推倒老人，肇事逃逸……每一条劣行，都令她再无脸走进田家中学的校园。

"太阳当空照，花儿对我笑，小鸟说早早早，你为什么背上小书包？我去上学校，天天不迟到，爱学习，爱劳动，长大要为人民立功劳！"

多么优美的一首歌，多么美好的歌词啊！可是可是，现在这首歌对王恩玫来说，却是那么遥远，遥远成了：

"太阳当空照，花儿对我笑，小鸟说早早早，你为什么背着炸药包？我去炸学校，校长不知道，一拉线我就跑，轰地一声学校不见了！老师炸飞了，同学满街跑，我回头，哈哈笑，从今以后不用上学了！"

那段时间，王恩玫只能将自己关在屋里，除了哭和睡以外，别无去处，痛苦万状，也百无聊赖……

飘窗上，一盆原本开得香香的栀子，因少了王恩玫的护理而变得恹恹的，失去了往日香气随风轻舞的舒曼。倒是另一盆玫瑰，虽然也在失水的炎热中被烤得恹恹的，但却片片落花皆去后，依然有硬硬的刺在挺立……

二十四

芬芳的吐蕊

我好想它们变得年代久远，变成回忆中的字句和画面。甚至变成考古人员殚精竭虑地研究也只能找到模糊的印迹那样。

我说的是，我爸那貌似轻轻飘扬却又掷地有声的声音，和他那犹如被蒙上厚厚落尘辨别不出感情色彩的表情。

可是能这样吗？摆在我面前的，是一个冰寒彻骨冷血的事实，和一个即将到来的可能革命的痛楚。

青春、成长，为啥总会在料峭的寒冷中打颤？

我的心声为什么总是穿不过无形的冰河？

或疲惫或亢奋的情感在汹涌，那不过是一种暗流在抗争。

我的内心在黑暗中呻吟,像只瑟缩的小鹿,孤独、茫然,又迷失方向。

不得不说,我爸这人是挺阴险的。

他早知道我买了苹果平板电脑,而且是挪用的老师和同学们的爱心款买的平板电脑,可他却在好长一段时间里一直装得若无其事,经风历雨守口如瓶;就跟我明明买了苹果平板电脑却在他面前假装啥也没买还一幅天真无邪娇憨可爱若无其事一样;也跟他明明买了苹果平板电脑且低眉俯首露着谄媚的笑讨好地送给小权在握的朱朝志校长,但在我面前也装得刚直不阿若无其事一样。

想到这三个"若无其事",以及"蟑螂"的"若无其事",这个"若无其事 3＋"却顿如有一股浊流滚滚而来,漫过心间,顿时让我觉得自己也挺阴险的。不过,我真没想到我这个"小阴险"却栽进两个"大阴险"构筑的太阴险之中了。这真是一团宵小在亮肌肉啊！可惜的是,姜还是老的辣,我成了博弈的失败者,成了食物链的底层。

"你别管我听谁说,你只需告诉我你自己是否买了一台平板电脑?"我爸的表情虽然看不出有啥瞬间变化,但他的话语却软中带硬,逼我回答的气势不容商量。

依我在自己成长岁月里对他的了解,和沉痛教训的总结,他这绵里藏针的话里面涌动着一种沸腾的暴戾。

"是……我是……买了一台。"一个声音无奈地从我的牙缝里嘣出,有一种撕裂的痛,和颤栗的抖。

虽然我明白"坦白从宽,牢底坐穿"的道理,可这事已经明摆着,不坦白有用吗? 我心底的不屈和惶恐在扭曲,一种呜咽即将注进血的悲伤。

"呵呵,平板电脑可不便宜,你哪来的钱?"

我爸故作亲切的话却显得异常干冷,毫无亲切之感不说,给我的感受比冷气加身还起鸡皮疙瘩。

"你都知道了还问我?"不反问还好,一反问更显得溃不成军,且崩溃寥落。

"我不知道。"我爸的话仿佛长满青苔,与世无争。

"你不知道? 那你怎么知道我有一台平板电脑呢?"

我的话如同使用多年的抹布,越抹越糟。

"我知道你买了一台平板电脑。张老师告诉我的,她说你买了一台平板电脑,让我盯着你一点,别太贪玩,影响了半期考试。但半期考试前的那段时间我并没有发现你玩平板电脑,所以没问你。"

我就说嘛,"蟑螂"果然与这事脱不了干系。

"她没告诉你别的了?"

"没有告诉别的什么了,所以我问你哪来的钱买平板电脑。"

"唉,爸爸,我错了……"

我只好交待了,他是我爹,我想再错,他也不至于把我怎样,所以我就豁出去了:"一部分钱是我利用国庆假期去外面给人手机贴膜挣来的,大约有2100块钱,另一部分钱是班上同学听说我婆得了癌症为我婆捐的款,爱心款有2320块钱。"

"还好,当张老师问我是不是你婆同意将爱心款留给你买学习机时,我反应很快,肯定地回答了这个问题。"我爸终于微笑了:"不过,你敢将爱心款也挪用,这个罪行可真是太大了啊! 你也太坏了啊! 现在怎么可以这样胆大包天?"

看到我爸脸上出现的这个自然的微笑,我心中悬着的一块石头终于落地了。原来我对这番情景所进行的天气预报,成了天气乱报啊!

绿色的风吹走了心中狂躁压抑且悲哀的乌云,一种先前在心头预演过的带血的呜咽,似乎正在远离我而去。

我想,我肯定会遭到爸责问的,但由于我半期考试的成绩是有史以来最好的成绩了,他或者会因此而减轻对我的发落,毕竟"一好遮百坏""一肥遮百丑"嘛。

"爸,我知道自己错了,可是,这个爱心款并不是我去要的,而是师生们主动捐的啊。"

"主动捐的? 那你也应该捐给你婆呀?"

我爸扭动了一下他的企鹅身躯,那憨态可掬的样子,让我感觉到了春江水暖,以及白毛浮绿水的情景。

"爸爸,你说说看,你要是我,会不会捐给我婆? 我有那么傻吗? 我如果捐给我婆的话,岂不暴露了国庆期间我没在家好好做作业而去外面挣钱瞎混了吗? 胆敢越狱,这还得了? 我那可怜可爱纤细质感嫩藕一般羊脂玉似的小腿不被你打断才怪呢！"

我的话像说绕口令，但这是有意的，我想试探我爸心里到底是怎么想的，我用我的装萌来撬开他的深藏不露。

我苦着一张脸，缩着头一副害怕的样子："所以，我这是骑虎难下呀，爸爸！而且这事，我就是被师生们推着走的呢，哪能怪我呢？你想想，我要拿着这笔师生们主动捐的钱既不买平板电脑，也不转交给我婆，难道师生们便不问这笔钱的下落了吗？如果问这笔钱的下落的话，我不一样死得很惨？"

我就猜我是为智慧而生的，我的话说出后果然有效果。

"别死呀死的，你离死还有 100 年呢！说正事吧！你这鬼精灵理由还一条一条的，振振有词。但是，你买个平板电脑是为了便于偷偷地打游戏呢？还是偷偷地蹭人家的无线 WIFI 上网玩？或者与人攀比着打游戏攀比着上网玩？"

哈哈，我爸这话也绕起来了。

天高云淡呀！

"我买平板电脑当然是为了学习。如果硬要说攀比的话，那也是与人攀比学习吧。"

"真的？"

"那还有假？我这半期考试不是取得成效了吗？"

"那好吧，本王今天心情好，大赦天下。"

我爸终于笑了，他脸上先前努力绷着的严肃烟消云散。我看见离他左眼角约一厘米处那颗醒目的红痣在他一波一浪涌动着的鱼尾纹的皱褶里张扬地扑腾着，就像一只着红衣而跳着《骑马舞》的缩微版韩国鸟叔。

但很快，那只在我爸眼角鱼尾纹里如打鸡血般红极一时蹦跶着的缩微版鸟叔，便偃旗息鼓，如流行歌曲一般一阵风吹过，没有动弹了——我爸脸上的笑容收敛，变得严肃起来：

"不过这事呢，还真得达成父女攻守联盟保守秘密，不然真相传到学校，那可真是人品有问题了，你到时哭都来不及。你懂吗？"

不愧是父女啊，打断骨头还连着血脉呀！

"当然懂，我可不愿意当校园版郭美美！但我却有点讨厌张老师了！她打电话向你核实那笔师生们捐给我的爱心款的事，那不是在寻找我的罪证吗?"

"那你这样说就辜负她的一片好心了。她打电话只是在询问你婆的病情时,提到师生们给你婆捐款的事,然后又夸你婆是一个有见识的老人,自己病入膏肓了却还想的是孙女的学习,把师生们捐给她的爱心款用来支持孙女买平板电脑,以利提高学习成绩。"

我爸为张阆苑开脱说:"我在瞬间明白了她的意思后,便顺水推舟地夸你婆不仅是你的好婆,而且是我的好妈。继而,她在电话中反复强调她打电话给我这事千万不要在你半期考试前向你提及,以免影响你的复习状态,以及半期考试成绩。"

我爸还告诉我说,他是怕我遭遇学校记过处分,才与我一道撒谎的。

末了,我爸半玩玩笑半认真地点了点我的脑门:"还有,既然你说平板电脑极有利于学好各科知识,尤其是英语和数学,那么如果你今后成绩没有考好的话,我不仅会没收你的平板电脑,还会收拾你。"

我看到那个着红衣缩微版的"鸟叔"在我爸的左眼角鱼尾纹里又开始蠢蠢而动,我心中的感觉顿时像阳光和煦春风杨柳的三月。

"怎么会?放心吧,爸爸,我会踩着胜利的号角,乘着顺风的帆船,大踏步地前进的!"

我对我爸说的这话是搞笑了一点,但我心里却明白,这话是由衷的,发自肺腑的。真诚最是天衣无缝。我想,即便上帝也找不出其中的破绽。因为原本便没破绽,不需要破绽呀!你说,现在的我又不比谁差,我不继续努力以证明自己能,还能怎样?

先前风起云涌,浊浪滔滔的心情,竟是不请自来的虚拟,没过一会,便遥远成了隔海相望。我爸这关,没想到就这样过了,我身上原本绷紧的肉皮子,以为会迎来他鼓点一般的打击,演奏一曲《悲惨奏鸣曲》,或者《鬼哭狼嚎协奏曲》,却在我机智的回答过后,变得微风轻拂,浮云淡薄,天气晴好了。

而且,我妈也从南充打来电话表扬我,声音既激动也抒情,说,盼望着我懂事,她已经等了我大半辈子。电话中,她尤其对我这次半期考试的成绩不惜溢美之词。

我想象得出,身在南充的她对我的半期考试成绩,一定曾像个怨妇一般,在行云流水的老家乡村,心事漠漠地倚门而盼过,一回又一回。

最令我感动的是,我这位漂亮却冰冷从来不会主动表达感情的妈妈,还在电话中对我说她想我了,说我是她的宝!

哈哈! 远香近臭!

不过,也很开心!

因为开心,有一种感动还蓦地在我心间升腾,我甚至突然觉得我爸我妈其实对我还是挺不错的,他们曾经对我施行的暴风骤雨或阳光明媚,其实都积淀着我今天的春花秋实。

人,有时候心一软,就会发现别人的优点,自己的缺点,便会修正自己。就说上次"眼鬼"的事吧,我现在就突然有了一种直面的勇气,并惭愧地承认,那完全是我的"激情犯罪"之作。因为那件事的发生其实事出有因,是我先冒犯我妈,且不尊重我妈善意的建议,不珍重自己所致。那个周末,我在写范舟老师所布置的作文《难忘的眼神》时,想偷懒的我抄了一篇小学时写的作文,想以此蒙混交差:

"在这个世界上,我看过很多眼神,有少女般可爱的眼神,有小孩子无邪的眼神,有大人般沉稳的眼神,有警察般坚定的眼神。让我觉得最难忘的眼神就是那次大地震中,顾老师的眼神,她的眼神坚定又慈祥。

经历过汶川'5.12'大地震危害的人,可以说对那段经历会没齿不忘。

那天地震发生前几分钟,我正在小学的教室里上思想品德课,我们听得津津有味的时候,大地开始了颤抖,摇晃,撕裂,我们所在的三楼窗玻璃也因此被挤碎了许多。后排的同学抢先反应过来。'地震了!'有人突然叫道。这一声惊叫,让同学们先是一愣,继而都傻眼了。

这时,正上思想品德课的顾老师也反应了过来,大声地对我们说:'同学们,马上躲到桌子下面去!'

过了一会,顾老师见地震幅度小了些,便又马上支撑着门,叫我们赶快沿着楼梯往楼下跑。她扶着门的目的是担心门被震掉了塌下来砸着我们,但她视死如归的眼神却令我们事后感动不已……"

在我拿着自己小学时候的作文本抄得正欢的时候,鬼魅般出现的我妈的声音突然在我耳边炸响,吓得我魂飞魄散直哆嗦:"你作文就是这样写的吗?

我见你这篇写地震的旧作文已经抄了至少三遍了,你就这样敷衍老师,以抄旧作文来完成新的作文任务?你就不能认真地写一篇全新的?你说你一个初中生,还抄小学生的作文,这事要传出去有脸吗?"

"我这不是抄我自己的作文吗?还有,你说我不抄,你让我写啥?顾老师这个眼神最打动我,这种事哪能虚构呢?虚构就没真情实感了,就是撒谎!"我虽然心里胆战心惊害怕得不行,但嘴上却不服软:"你不是一直教我不要撒谎吗?说撒谎就会被大灰狼吃吗?"

我妈被我的话气得一愣一愣的,但很快她便有了还击我的词:"你写我吧,我的眼神难道不打动你吗?"

"我说妈呀,你的眼神不是打动我了,而是打我,而是吓我,而是快把我吓死了,你说我怎么写你的眼神嘛?"

"吓死你了?只要你没真的被吓死,你都可以写我的眼神。你的作文题目不是《难忘的眼神》吗?既然我的眼神这么凶恶,快要吓死你了,难道不难忘?既然难忘,那你就写我的眼神吧。"

"好吧,我就怕写了你会更加暴跳如雷,因为我们老师要求我们不能虚构。"

"只要是真情实感,只要是事实,我有啥好暴跳如雷的?你总是这样像复印机一样抄自己以前的作文,才快让我暴跳如雷了!"

"既然你这么肯定自己不会因为我写了你那快吓死我的眼神而收拾我,那我就写吧。你可要说话算数!"

"你写吧!光磨嘴皮子为自己矫饰而不写,有劲吗?"

"写就写!"

于是,我就写了那篇《难忘的眼神》,就是你们看到的这篇:

"在我的生活中,我认为最让我难忘的眼神便是我妈的眼神了。她的眼神就像魔鬼的眼神一样,只有用两个字来形容,那就是'恶毒',因而她的眼神不应该叫眼神,而应该叫:眼鬼……"

因为开心,我对张阆苑的看法也由先前的怨尤而变成了理解,甚至感激。不是吗?她明明知道我可能挪用了那笔爱心款,却以相信我的口吻来搪塞

"豪猪"，这便能窥见其庇护我的端倪了。而之后他打电话给我爸，估计也就是走一个形式……这真是春风雨露啊！

我爸见我陷入沉思，便又突然想起什么来："对了，张老师还对我说，你是一个具有很大潜力的学生，多多努力，定会出类拔萃。"

既然我不恨张阆苑老师，不恨我爸，也不恨我妈了，那么，他们恨我吗？

这世间没有无缘无故的恨，也没有无缘无故的爱。我不恨他们，他们肯定也不会恨我。不过，我突然之间想到了一个人，那个人可能也不会恨我，但是我却觉得一想到她我的心就痛，就觉得愧对于她。

那个人就是我婆。

婆呀，你喝了癞巴狗煎的中药，病情好些了吗？

我站在成都蜀都大道边上一幢大厦二十楼的窗前，脑海里忽然装满了思念、伤感，和缱绻的乡愁。

这次半期考试的成绩，犹如一朵栀子雨后吐蕊芬芳的笑靥，沁人心脾，这个良好而嫩绿滴翠的开端，让我学习的劲头更足了，尤其是数学。

春天的热度是叠加的。我除了做好张老师布置的家庭作业之外，还主动找习题来做。这时，平板电脑帮了我大忙，我通过平板电脑会做了不少比较难的题，而且通过平板电脑，我也将张老师送给我的《趣味数学》做完了。

所谓一分耕耘一分收获，我的学习成绩也一步步提高。

那之后的一天，张阆苑又一次把我叫到了她的办公室，对我近段时间的学习情况进行了好一番鼓励。我原本心揣惴惴，双手无措摩玩不已，如同之前任何时候走进她办公室的心情一样。但张阆苑对我发自内心的声声鼓励，却让我渐渐消减了临深履薄的忧惧。

也就在我有些欣欣然之时，一个一直放在心中却未能求解的谜团又顽强地跳了出来，让我备感摧折。于是乘着她高兴的春风，我禁不住斗胆地向她抛出了这个问题："张老师，我说我婆得了贲门癌，你怎么就那么相信呢？"

"你是我的学生，我没理由不相信你。而且我觉得，我只有相信你，才能让你成为我的朋友。我喜欢跟自己的学生成朋友。因为成为朋友后，我们彼此之间在学习方面才更易于沟通和共同提高。"

"可是万一我是撒谎的咋办？"

"这个我真没想过，因为在我心中，你一直就是一个积极上进的，诚实的孩子，你不会撒谎的。"

"可是万一我就是撒谎呢？"

"万一你就是撒谎的话，那也是我这个当班主任的没当好，把自己的学生管得太严了，让学生心里有话不敢说，所以该被批评的人不是你，而是我！或者我与你一起该被批评。"张阆苑笑着说："不过，我从来没有相信过会有万一发生。"

"是的，张老师，谢谢你如此信任我。"我颇为感动地说："我就是一个诚信的人！而且请你相信，今后的我更不会令你失望，还会越来越诚信！"

说这话时，我原本心里想发笑，但是眼睛，却在不知不觉间，涌出了泪……。

镜见

下部

第四章

水落石出的芬芳

二十五

不期而遇的窘

三月，百花齐放，绚烂竞飞。

往事被折叠，成了回忆。心情一个踉跄，扑进未来。

上学和放学的路，一样的循环往复；或喜或忧的心事，一样孤独无趣。

就这样在狭窄的时空里穿行，像一袭无人在意的空气，不知不觉间，我跨进了初中三年级的下学期。

春风吹长的季节里，我的个子在阳光中微笑，见风生长，雨后春笋般一下子高了许多。伴随着个子成长的，还有头发，由以前的黄毛变成了青丝，如同上了油打了蜡；还有身材，以前的干柴棍现在也如春天的风一般招展，蓓蕾初绽，蓄势待发。

时或阳光明媚,时或阴雨绵绵,我的心情在抽穗,稚气在瓦解。年龄渐长的最大特征,便是行事不再悬崖峭壁,少了断桥烟雨。

在风筝放飞的季节,我参加了四川省中学生数学竞赛,将自己的信心像风筝一样放飞。

槐花香芬之时,我揣着嫩绿的心情走进五月。一个喜讯乘着槐花的芬芳而来:我呀,在四川省的中学生数学竞赛中,获得了初三级组的一等奖。

对,你没看错! 我获得了全省中学生数学竞赛九年级组的一等奖!

这个喜讯,让我笑语盈盈,也让我曾经放飞的心情,如陌上花开。

也就在这五月的薰风里,在一个晨露晶莹、鸟鸣缤纷,淡雾如纱的上午,我吸着潮湿的花草味儿,漫步川流不息绽放的色彩,在心情洒满阳光的路上,走进了位于成都市中心天府广场一侧的四川展览馆科技厅的颁奖现场。

花团锦簇,彩旗飘飘,风景非常漂亮,更漂亮的是我的内心,是我内心此时的扬眉吐气。

当然,也许我也是别人眼中的风景。也许,每个人都是别人眼中的风景。

这不,我刚走进颁奖会场,刚刚在放有自己座牌的座位上落座,我身边一个又黑又胖的男孩便奇怪地打量起我来,那个眼神,有饥饿,有惊奇,有欣赏,莫可名状,既像欣赏一幅风景,更像探寻和求证一个哥德巴赫猜想,破解一个斯芬克斯之谜。

我讨厌这种色狼似的眼神,虽然这眼神可能并没有长在色狼的脸上。

然而此时,一个黑暗的笑脸上露出了一排洁白的牙齿,这张怪异又喜感的脸翻动着更黑了一成的上下嘴唇,问我:“你是袁倩?”

声音热情,却又遥远。缥缈如星光,梦幻如穿越。

对黑胖男孩的热情,我内心尴尬,抵触,反感,如冰雪下的湖面,异常平静,甚至不想答理他。但我想,我终归是一个有涵养的人,不能与一个进化不是很完善的人计较,因而最后内心在经过反复的思想斗争后,出于礼貌,还是淡然而优雅地反问他:

“你怎么知道我叫袁倩?”

黑胖男孩的两片嘴唇嚅动,好似浊泥翻滚,滑稽有趣:“因为我们今天获奖的同学是按名次顺序坐的,再说你的座位前面桌上摆的牌子上不是写着‘袁倩’吗?”

我不冷不热:"嗯。好像有那么点道理。"

黑胖男孩露出一丝惊喜,就像发现了救命稻草:"你真叫袁倩?"

不过,稻草既可能成为最后一道救命符,也可能成为压死骆驼的最后一条罪魁祸首。

"你这话问得可有意思了! 请问有什么不对吗? 我不能叫袁倩? 或者你要问我这样一个问题:什么东西早晨用四只脚走路,中午用两只脚走路,傍晚用三只脚走路? 可今天这是颁奖现场,不是考试现场,更不是面试现场啊!"

虽然被我讥讽,但这个像只黑熊的黑胖小子却不恼不怒,且慌不迭地解释:"不是不是,我是看你与我曾经的一个同学长得很像啊,只是你比她漂亮多了。"

我非常惊诧,却又不屑一顾:"是吗? 还有这事?"

时间的镜像,更若梦境。这个黑小子是在催眠吗?

黑浪翻滚,微笑在抖动:"那个同学叫王恩玫,她是一个非常可爱的女孩子。但是由于她活泼好动,好开玩笑,仗义执言,从而不是那么受老师喜欢。"

"哦?"

我不惜摧毁吹弹即破如花似玉的完美,夸张地用吃惊且扭曲的面部表情设问。

但花开花谢,也只是一瞬之间,秀美丽质的面容便写满了不以为意。

这时,颁奖台上正一派忙碌,有美女在往颁奖台一侧搬着获奖证书和奖品,有工作人员在调试着话筒等设备。

浊浪继续翻滚,微笑依然打抖:"我的这个同学还喜欢捉弄我,跟我开玩笑,且时常让我下不了台。"

"有这事? 她为啥要捉弄你呢?"

虽是一惊一乍,却依然漫不经心。但我的话却让黑胖小子有些羞涩:

"因为她脸上长有痤疮,我有一次对同学说,她漂亮倒是漂亮,可是脸上长得有青春痘,就像癞巴狗一样。癞巴狗就是蟾蜍,我这个比喻可能被她听到了,伤害了她,所以她捉弄我。"

"那她捉弄你,你恨她吗?"

"不恨她。"黑胖小子说:"相反,我觉得自己还挺对不起她的。"

"对不住她? 就因为你说她像癞巴狗?"

"不仅这一次。还有一次,我帮同学作弊,结果殃及了她。"

"殃及了她?"

"是的,殃及了她。"黑胖男孩若有所思:"我扔给我一个死党的纸团,结果扔到了她的桌子上。"

"那你这不是帮了她大忙了吗?"

"没帮大忙,应该说,如果那个纸团是扔给她的的话,也帮不上忙,因为她的英语成绩挺不错的。"

"然后呢?"

"然后老师就说她作弊。责罚她,要不是老师看到那个纸团里啥也没有,可能她就会受到处分。但也许这事让老师从此记恨她了。"

"你不是说那个纸团是作弊的吗? 怎么里面又啥也没有呢?"

"因为那个纸团上的字,我是用的隐性笔写的字,这种笔写上去后的字迹,过 10 多分钟就会渐渐消失得无影无踪。"

黑胖小子的话仿佛从地狱里传上来的,让我不由得打了一个颤。

"啪!""啪!""啪!",随着三声手拍麦克风的声音响亮地传来,人们散乱的目光一下子倾注到了主席台上。只见一个身着红色旗袍的美女主持人袅娜地走上主席台,宣布颁奖大会正式开始,并进入第一项议程:领导讲话。

在美女主持人短短的宣布之后,又袅娜地走向主席台一侧之时,人们的视线中,旋即有一个头发梳得一丝不乱,且打上了发油的胖子,手里拿着讲话稿,来到了主席台中央讲话席,稳稳地坐了下来,并调整了麦克风的位置,然后开始了致词。

观众席变得安静了下来。

我眼睛盯着台上正讲话的领导,感觉不到他口中激情四溢地嘣出的国内国际形势一片大好的讲话内容,脑子里却关注着黑胖小子接下来要说的话,装满了黑胖小子聊天的情节,并盼望着他揭秘如魔术一般能创造奇迹的隐性笔。

这种关注,犹如在黑暗中坐着,盼望光明。

我用手挡住嘴巴,以免被人看到我在说话,留下不尊重台上领导的印象,但语言却若有若无地抛向黑胖男孩,不急不慢地探寻着谜底:"市场上还有这种笔存在?"

我的心里，不知不觉间吹来了一卷卷云，雾霾笼罩，先前湛蓝而空阔的获奖的喜悦，在这种雾霾中渐渐疏离，渐渐疏离。

"有这种笔的，这种笔是专为作弊而生的。"黑胖男孩子也用手遮住嘴巴，眼睛盯着台上正讲话的领导，但头却偏向于我，且神秘兮兮地说："我觉得你真的跟王恩玫长得好像啊！你除了个子比王恩玫长得高了许多，比王恩玫漂亮许多，脸上没有青春痘外，你们俩长得真的好像啊。你是不是就是王恩玫啊？"

台上领导的致词依然精彩着，而且越来越"感性！"——讲起"感"来滔滔不绝没个完，"使命感"、"责任感"、"危机感"、"紧迫感"、"荣誉感"，很多"感"鱼贯而出络绎不绝；讲起"性"来也洋洋洒洒一长串，"必要性"、"重要性"、"长期性"、"艰巨性"、"复杂性"，很多"性"接踵而至纷至沓来……

"这怎么可能呢？"我不懂"感性"，也不懂"性感"，"肉食者谋之，又何间焉"？成人的事咱也不参与。我的注意力仍在黑胖小子这边，我漠然地回答他道："当然，这世间撞脸的事也可能有的，但我又没有见过你的那个叫王什么的同学，我不知道我们长得像不像。"

"我那个同学叫王恩玫，姓王的'王'，'恩情'的'恩'，'玫瑰'的'玫'，谐音就是问一个人'忘恩没有'的'忘恩没'的发音。"黑胖男孩客气且腼腆地说。

突然，他又想起什么来，拿起他所坐位置的座牌说："哦，对了，我叫胡继勋，是田家中学初三（二）班的学生，请多关照。"

"嗯，胡同学你好！"我淡淡地，爱搭不理，心里竖起了长城一般坚实的鄙视：

"我又没有见过你那个叫王恩玫的同学，也不知道我与她撞脸没有。还有，我姓袁，她姓王，即使撞脸，怎么可能我就是她呢？"

但这个叫胡继勋的人没有接我的话茬，也没有观察我的脸色，他像一个匈奴一般不在意长城的存在，持之以恒地纠缠着。

"还有那件事，也对不起啊！"这个叫胡继勋的黑胖男孩说这话时，神情掩饰不住尴尬："我本想跟王恩玫开个玩笑，没想到那个玩笑开大了。怪我不懂事，不知道分寸。"

我心里一惊，但脸上却笑意盈盈，看上去真诚而善良："哪件事？"

"就是那两百元钱的事。"胡继勋说着低下了头。

"哦?"我朝着胡继勋笑了笑:"我不明白你在说什么。"

"嗯,你的,哦不,王恩玫的那两张写着'勋'字的百元面额人民币其实就是王恩玫自己的,那两个字是我写上去的……我这样做的本意是想跟王恩玫开个玩笑,捉弄捉弄她。因为她总是捉弄我,把我捉弄得很惨,我便寻思着怎么也捉弄她一回。却没想到这个玩笑造成了这么严重的负面影响,吓得我不敢对我们班主任李檀老师去解释了,我怕我去承认是我搞的恶作剧后,会受到处分,写检查,影响'三好学生'的评选……"

胡继勋的话,让我听得全身顿有彻骨之寒,更听见内心发出了"噗"的一下被痛楚撕裂的声音,有冰锥、冰棱,一根一根,扎进心房,凌厉、凄绝。

这时,先前致词那位领导又臭又长如懒婆娘裹脚布似的讲话终于结束了,他志得意满地离开主席台的身影是那么滑稽。他讲了什么内容,我真不知道,但却觉得可以浓缩成几个字:"性"、"感"、"要"、"不要"……

漂亮的主持人上台,春风拂面般吹到了主席台子中央,照着手中拿着的一张单子念着紧接着的程序:

"下面进行颁奖仪式,请下列同学上台来接受颁奖:袁倩、胡继勋、李长城、丁耀祖、杨振宇……"

上到台来,这位名叫胡继勋的黑胖同学依顺序仍紧挨着我站着,让我觉得颇觉感慨。

唉,天涯何处不相逢,即便小小领奖台? 他怎的就像一只撵路狗?

生活中,我总与许多美好不期而遇,但却又注定很快与之各奔东西;

生活中,我也总被许多厌弃撞了一下腰,然而从此我却躲也躲不掉。

茫茫人海,哪须刻意构筑离愁? 正应验了不是冤家不聚头。

虽然下面是黑压压的人和雷鸣般的掌声,但胡继勋却恍若置身事外,思路与情致仍停留在刚才他对我说的话题上面,因而仍然在悄悄地向我进行着后续叙述,对打在他脸上的聚光灯不管:

"还有,那个可恶的老太婆讹诈你的事,要不是公安局最终还了你……哦不,还了王恩玫的清白,那可真是冤死了,我万万没想到我在那两百元钱上写两个字的事会与那个恩将仇报的老太婆的讹诈那么巧地无缝契合在一起,而且闹出这么大的风波来……"

胡继勋对我说这句话的时候,我的眼泪不争气地落了下来,潇潇如雨。

模糊的视线,把我拉回到了那炼狱般的往事之中……

"唉,女儿怎么这么命苦啊?看到她年龄这么小,却遭遇这么复杂的事,我的心都碎了。"这是女人努力压抑,也带着哭腔的声音。

凄惶、无助,忍辱含悲,仿佛世界末日。

"女儿的命确实够苦的。可是再一想,也谈不上苦与不苦,你说谁的成长是一帆风顺的呢,对吧?别难过了。"

男人的情绪也很低落,想象得出他说话时是那样蹙额疾首,愁锁眉心。

"我现在甚至有些后悔以往对女儿太严厉了。你说现在,她该怎么办呀?"

女人的话充满自责,更有一种她曾经固守的家教观念崩塌碎裂的痛苦。

"你不要自责了。俗话说,'严是爱,宽是害,不教不管会变坏','养子不教父之过,养女不教母之过',你对她严,是应该的。何况你对她的严在表面,爱在内心。"

男人努力克制着自己心中的压抑,搜肠刮肚地想着法子安慰女人。

"那你在其他学校有人脉关系吗?"

悲伤不安的女人,只能捡起最后一根救命稻草。

"我在文德中学有一个同学是副校长,我找他试试。"

男人低沉的声音里有一种面对责任时的无路可逃,也有一种别无选择时只能死马当成活马医的无奈。

"文德中学可是重点中学中的重点中学啊!是名校啊!你能把女儿给转进去?而且就算你能转进去,这得花多少钱啊!"

"虽然文德中学是重点中学中的重点中学,是名校,我不一定能将女儿转得进去,但是文德中学不是有那么几所联办学校吗?能转到联办学校也行啊。我估计这个问题不大。再有,关于花钱的问题,我的观点是,该花的时候一定要花,所花的钱与女儿的前途比起来,这算得了什么呢?"

"那好吧!"

凄惶无助的女人与情绪低落无奈的男人观点达成了一致。

……

过了一会,又响起了女人若有所思且遥远的声音:"我想的是,给女儿换学校后,名字也要给她改改。她不是小名叫倩儿吗? 以前她叫王恩玫,如果给她转学的话,就给她改名叫袁倩。"

"你舍得她不跟你姓了?"

"你哪来那么多废话呀? 你不同意她改名改姓就算了,让她回归跟你姓你还废话那么多!"

"呵呵,还是我老婆深明大义啊!"

"这得到公安局去,把户口上的名字也改成袁倩才行的。"

"我知道怎么改,在去公安局改户口之前,还得去居委会开证明……"

那天晚上,我辗转反侧,一夜无眠,因而父母细微的谈话声,却重重地敲击着我的耳膜。那一刻,我心灵的旷野,下起了悲情的雨,不争气的泪滴大颗大颗地顺着我的眼角,流了出来,流过发际,再流进耳廓,嘀嗒进潮湿的枕头里……

二十六

水落石出

命运的舛与顺,总是那么令人惊叹。

就如同一部好的影视剧,情节是那么扣人心弦,曲折跌宕。

一味的嗟叹虽无济于事,但时间的长河中,也终会有公平呈现。

人海茫茫,世事茫茫,我迷茫地行走。但茫茫的世界,能被阳光照射的地方,终归还是占多数。

谁也没有想到,那件事都5个月时间过去了,台历翻过了150多页,原以为会泥牛入海,消失于无形,却突然有了结果。

我庆幸这一天最终还是到来了。虽然等待的时间稍微久了一点儿。

就像我从未与春天预约,但春天终究会不期而至一样。

警方通过调查,最终还原了事实真相:那个将我逼到人生死角的梁知穗,真是恩将仇报,并对我进行敲诈勒索。

这让我本已死水一潭的心湖,顿时翻滚起了五味杂呈的波浪,心里有了流泪的抒情,和无风的呜咽。

那是一个天空如洗的周末,深冬的寒冷里开始出现了春的气息,阳光煦暖,蓝天蓝到心里,一扫反客为主的尘霾;清新如滤的空气,荡涤着压抑许久的沉闷。

我们一家决定走出户外,去这个冬天上午明媚洁净的时光里,梳洗一下久未打理,已被尘封,且快发霉坏死的心情。

然而,正当我们打算出门,去感受依旧纯朴的心灵飞扬之时,却突然响起了敲门声。

这惊心动魄的声音,如同一砣砣石头砸了下来,砸在刚刚起航的、脆弱的心上。

我爸颤颤兢兢地打开门,只见有一胖一瘦两位大叔,赫然出现在门口,要不是他们朝着我们微笑,我们一家肯定会又被吓一跳。

那些日子里,我家的门已经失去了保护神的应有角色,俨然变成了别人安放的阴险的弓弩,敲门声变成了恐怖的弓箭射杀的声音,我们家每个成员几乎都成了惊弓之鸟,害怕那摄魂挟魄的敲门声。

每次敲门声响起之时,我们全家都会吓得一哆嗦,心头顿时乱云堆积,冷风霎霎,压抑的痛楚针扎般痛,瞬间漫遍全身。一声声的敲门声仿佛敲在我们的心上,声音不大,却似霹雳惊雷,令人心惊肉跳。

尽管那两位大叔面带微笑,让气氛在一瞬间晴朗了许多,温暖了许多,但我们一家还是在那一刻愣住了:这两人怎么这么面熟呢?

想打招呼,却又不知道他们叫什么名字,在哪儿见过呢?

"请问你们二位是……"我爸满脸堆笑地问。

我看到我爸脸上左眼角鱼尾纹里的那一颗红痣,又像一个红衣舞者,张扬地跳起了街舞。

无事不登山宝殿。客人到来,无论他们所为何事,都应该笑脸相迎。我爸始终如此,而且他还总是这样教导我的。他时常对我讲一句老话:"出门看天色,进门看脸色",他说无论有谁敲门,皆远来是客,咱不能给客人难看的脸色。

"不记得我们了？我俩是双桥子派出所的……"

想起来了，这两人是上次我被那个叫梁知穗的老太婆和他的儿子曾任金，逼得无路可逃，气得无以复加而被迫报警后，来到我们家的那两位警察。

不过他俩这次来我家与上次来我家时有所不同：上次，他们穿着威严的警服；今天，他们穿的是泯然众人的便服。

这两人不介绍自己还好，一介绍反而把我们吓得更惨。我的心瞬间沉重，如压千钧，先前盼望着能够去公园晒晒冬日暖阳的欢欣，也顿时冰封；脸上、手上更因为莫名的害怕而痉挛，而起了鸡皮疙瘩，牙齿更是很没出息地打起了架。

我爸脸上的笑容也瞬间冻住了，他左眼鱼尾纹里那一颗红色的痣，也醒目地定在那儿，就好像也在猜度着眼前这两人所为何事，为啥无约地造访。因为，这两人无论穿什么衣服，都改变不了他们是警察这个本质。既是警察上门，怎么可能有什么好事？

"警官，警官先生，你们又有什么事吗？"

我爸原本不怕警察的，他自己就是城管，城管几乎与警察是一家，他对警察有啥好吓的？

但是这段时间，因为我，我父母也如我一样，神经绷得紧紧的，就像大水冲了龙王庙一样。因而见到说自己是警察的两个人时，紧张得与他们打招呼的声音都有些颤抖。

"别紧张，没什么事。"两位警察中一位长得稍胖、年纪稍大一些的警察又马上纠正说："不对，有事，不过是大喜事！"

说话间，他的眉宇间荡漾着真诚的笑，全然没有上次我报警之后他们到我家来时那般威严、岸然和不可侵犯。

"喜事？这段时间我们老袁家霉冲了，有什么喜事？再说了，能与警察扯上关系的事，会是喜事吗？"我妈没好气地问："不要说喜事了，假如没事，能过平平淡淡、无世无争的日子，对我们家来说就是喜事。"

胖且老一点的警察谦恭地点了一下头，依旧笑着说："真是喜事，这个喜事还与你们的宝贝女儿王恩玫有关！"

"你不急，听我们简单给你们讲一下是什么喜事吧！"这时瘦且年轻一点的警察也满脸堆笑:"我们是来还你宝贝女儿王恩玫的清白的。"

"对,我们是来还你家宝贝女儿王恩玫的清白的。"胖且老一点的警察附和道:"不仅如此,我们还要表扬她! 向她学习!"

听了这话,我们一家悬着的三颗心才稍稍落了地,眼前,阳光粲然。

原来,这两个警察接案之后,在这5个月里,他们在事发的街区内进行了大量的调查走访,希望找到目击证人。但由于找不到目击证人,调查结果一无所获。

找不到人证物证,便难辩是非。最无奈的是,街头的摄像头也是坏的,无法还原当时的真实场景。

时间一天天过去了,警方立案调查,如旱天之雷,雷声响过,远去了,也带着云朵远去了,带着我心灵渴望的浸润远去了,该下的雨滴却未落。

我的等待修敬虔肃,却如坐针毡,度日如年;然而,警方的消息一直缈远虚无,如入爪哇,杳杳冥冥,不知所之。

那些日子里,憋屈和烦恼侵蚀着我的宁静,一只无形的大手每天都在撕扯着我脆弱却向上、向善的心灵,折磨和动摇着我一直以来坚守、自以为颠扑不破的世界观、人生观。

我是不是一只看上去平平淡淡,却孜孜不倦的春蚕,默默地努力,积极向上,与世无争,梦想着吐出晶莹柔韧大受欢迎,能织就绚彩霓裳飘逸绸锦的丝,以妆点这个火热的世界。同时,在这个过程中也能够成就自己,使自己羽化成蝶,成为长翅膀的天使……

但最终事与愿违,却成了作茧自缚?

我或者是一只喜欢讴歌时代、热情似火的鸣蝉,要长出一对透明时尚的薄翼,就得身历万劫,穿越污浊,然后蜕出曾经,才能展翅人生的天空?岂料,我的热情成了把春水叫寒,把落叶催黄,徒剩秋霞一心愁,烟波林野意忧忧?

圣洁的信念,轻如浮云;凄惶的压抑,重于泰山。我努力追逐阳光,但阳光给我的却是看得见,摸不着的镜像。

我多么渴望青春静静地绽开,在山野空谷,花瓣洁净芬芳自知不染微尘,我从没想过要潜入阴郁的所在,但茫茫阴郁却将我团团围住。

坦诚被乌云遮住,阳光被灰尘挟裹,我的坚守生不如死,世界尽头莫过于此。

人活脸,树活皮。我的脸面并不金贵,但人格金贵,只要一天不还我真相,那么几乎所有的人都会把我当成一个人品很坏的人,当成人人喊打的过街老鼠。

这世间的事,终归有定数。该来的迟早会来,该去的早晚会去。

也许是偶然,也许是必然。憔悴的时间,终于驱散了久滞的冷。

有一天,一个网友在成都本地很火爆的蜀都论坛上发了一个视频帖子,标题叫《流浪狗无辜死于非命,老人家你怎么下得了手?》。

这是一个手机视频,视频中,一个老太婆在蜀都花园北小门外,用手中的木质拐仗痛打一只京巴流浪狗,当这只京巴狗痛得趴在地上"噶嘟! 噶嘟!"地呻吟时,她仍没住手,不仅如此,还加大了打击力度;见流浪狗不能跑动后,她又去街边上的旮旯里捡了一块残砖,使劲砸狗头,直到把这只京巴狗砸得血肉模糊,不能动弹为止。

这个视频引起了网友们的强烈反响,跟帖无数,谴责、感伤者无数。有网友气愤地说:"这件令人寒心的事件的发生,其实不是老人变坏了,而是坏人变老了!"

虽然也有网友说,也许是那只流浪狗惹了老太婆,从而让她对流浪狗痛下杀手;还有网友振振有词,就是那只流浪狗先咬了老太婆的脚后跟一口,被惹恼的老太婆才置它于死地的。

但人们的气愤却并没有因此消减,相反一浪高过一浪。还有不少人要求人肉这位心肠狠毒的老太婆。

有一位网友在跟帖中说,就是这个老太婆,曾经在家乐福门口跌倒过,且在她最困难的时候,还有一位女中学生好心救过她,给过她水,给过她钱……并上传了一段视频。

就是这段视频,引起了警察的注意。通过技术手段,警察顺藤摸瓜,得知发这段跟帖视频的网友,是家乐福附近一家相片冲印店的员工,他所发的视频资料,来自于照片冲印店中的防盗摄像头的记录。而老太婆跌倒之地,恰恰能够被这个摄像头的视界所覆盖。

于是警察找到这家照片冲印店,调出其录像记录。真相,就这样在被埋没了 5 月之久后,终于大白于天下。

这件事要不是有摄像头帮忙,真是跳到黄河里也洗不清。

　　不过，"黄水一石，含泥六斗"，不论是谁，跳进黄河也别想洗清。我没想过要跳进黄河去洗清自己，如今看来，能跳进摄像头，让摄像头来洗清自己，也足矣。

　　要想人不知，除非己莫为。在录像记录铁的证据面前，梁知穗不得不承认，自己的右小腿骨折，与我无关。

　　不仅无关，我还在她摔倒在地、痛苦呻吟，众人避之不及时，不管不顾地走上前去见义勇为，将她扶起，扶到街边水泥凳子上坐下，并给她饮料，又给她 20 元钱后，才离开……

　　往事和现实在不停地切换，身边的空气变得潮湿，氤氲。两位警察叔叔犹如旁白的讲述，讲述他们调查的过程之时，我不知不觉间，已是泪流满面。当他们说我不仅是清白的，而且还是值得大家学习的榜样时，我更是哭得泣不成声。

　　见状，老一点的警察心疼地摸了摸我的头，躬着腰安慰我说："别哭了，孩子！我们知道在这段时间里你受了多大的委屈，也正是猜到你受了委屈，所以，我们在调查的过程中心情也沉重，且想尽快得出真相。但是这件看起来并不难的案子，调查起来却颇费周折……孩子，我们接案后，过了这么久才有结果，真是对不起啊！"

　　淡淡的烟草味，缀满了一种慈祥的重量。

　　"宝贝，别哭，现在不是一切冤屈都洗白了吗？"我爸很开心，他把我揽进怀里，用手掌给我擦拭脸上的眼泪："我一直就坚信，我家心地善良的宝贝女儿，不会干出那种撞倒人还逃逸的事。"

　　"明天，我们还将去田家中学，将我们调查的结果，以书面报告的形式告之田家中学的校领导和班主任，让他们还你一个清白。"年轻一点的警察也蹲下身来安慰我，用他那粗糙的手指，刮擦着我脸上的泪珠。

　　之后又像想起什么来，笑眯眯地对我说："我们还将建议学校为你开表彰会，表扬你的见义勇为精神！"

　　我妈也是满脸灿烂，开心得像一朵花儿。当然感慨不已之时也是梨花带泪。听说警方要建议田家中学给我开表彰会时，她竟有些迷乱、有些感激，也有些客气地摆了摆手："不用了，不用了，我家孩子已经转学到别的学校了。"

　　"不，这孩子应该表扬的！表彰会不仅是庆功会，更重要的是要洗涮她曾经的屈辱!"

　　这时我妈便没再坚持:"唉……能还我女儿清白,这就是最好的事了!"说话间,我感觉到了她声音的哽咽。

　　警察走了后,我们一家三口都泪眼婆娑,感慨万分,心里暖洋洋的,比去晒冬阳还温暖。

　　想到警察告诉我们说,有一只流浪京巴狗无意中找出了事实真相,为我洗去了冤屈,我心里对之充满着感激,于是打开电脑,想去跟帖,发几支蜡烛表示感激和默哀。

　　然而,当我调出那个帖子中的视频,看到梁知穗打死的那只流浪狗时,我呆住了:这只可怜的流浪狗看上去是那么眼熟,毛脏乱、肩胛处有一块学生量角器大的癞疤,没有长毛……

　　它是"癞巴狗"! 对,我没看错,它是我的"癞巴狗"!

　　我简直不敢相信这是真的!

　　我爸不是说"癞巴狗"已经死了吗? 而且我之后也没有看到过它了,这是怎么回事呢? 难道是我爸骗我? 难道是我换了一所学校后,从此住校,没有照顾它,它便换了栖息地?

　　看到可怜的"癞巴狗"惨死的情景,我的眼泪断线的珠子般落了出来,并最终呜呜地哭出了声……

　　后来我得知,虽然我离开了田家中学,但警方以书面形式还我清白后,学校还真为我开了见义勇为的表彰会。不过,这个会我没出席,是我爸妈出席的。

　　我没想到,这件事,竟然晚报和都市报也报道了。不仅报道了事情发生的经过,和我经受的屈辱,而且还在谴责被化名为"梁某某""曾某某"的梁知穗和曾任金的恩将仇报、颠倒黑白、丧失良知的不耻行为的同时,公布了对他们的处罚结果:

　　"综合调查相关情况,梁某某与曾某某的行为属于敲诈勒索行为。警方根据《治安管理处罚法》第四十九条之规定,决定对梁某某给予行政拘留 7 日的处罚,但因其已满 70 周岁,依法决定不予执行;同时对曾某某给予行政拘留 10 日、并处罚款 500 元的处罚。"

虽然这桩让我几乎蜕掉一层皮的冤屈不请自来,且折腾得我们家无宁日,但当我的冤屈得以昭雪之后,我们一家却始终想以慈悲之心迎接云开日朗、春风轻度的到来,并不愿意此事被新闻媒体报道。

原因一是怕扩大影响后,给人留下"此地无银三百两"的印象,影响到我的前途。同时也想到梁知穗都这么大年纪了,虽然她道德错乱,但若再被新闻媒体作为良知缺失的负面形象加以鞭挞和训斥,可能会影响她的健康。而且,她的恩将仇报、倒打一靶,也完全有可能是她神智不清,一时贪念,或者老糊涂所致。

然而正义如春潮,挡也挡不住。报纸、电视台等新闻媒体纷纷报道这一事件后,我们站在梁知穗的角度着想,有点淡淡的遗憾的同时,也觉得既然新闻报道了,也不错,这在一定程度上可以让小区的邻居,以及认识我们家的人知道事情真相。

对了,那天上我们家那两位着便衣的警察叔叔还说,他们会要求梁知穗和曾任金到我家来当面向我道歉,以此安慰我受伤的心灵。

我当时便想,既然事实真相都已经大白于天下,还我清白便可以了,人无清白不生活。他们向我道歉与否并不重要。

我没想到,这件事被广播、电视和报纸报道后,新闻还上了网,还在网上引起了网民们的强烈反响。甚至有网站发起了关于"如果你遇到摔倒在地的老人会扶吗?"和"如果你有子女,会教育他(她)帮助摔倒老人吗?"两个问题的问卷调查:

"开车有行车记录仪,人走路是不是也要备一个行走记录仪呢?不然便容易被无良分子讹诈啊!"

"当老人摔跌种种事件的出现,人们渐渐开始麻木,害怕自己摊了责任。原来我们的初衷不是这样的。当事双方不管谁赢,我们都输了。"

"希望社会多一些助人为乐,少一些恩将仇报。"

"小孩的心灵都是纯洁无暇的,经过这一事件,肯定会受到影响的。"

有更多的人却呼吁,要让讹诈者付出法律代价。

在当下,这一本不该成为问题的问题,却成了摆在很多人心底的一道选择题。

看到网络调查中约有 80％的网友称遇老人跌倒不会去扶时,我的心其实好痛。

当沉郁和炽烈的正义感通过舆论的方式,彻底倒向我这一边的时候,我却又莫名地产生了恻隐。我在想,或许当梁知穗和曾任金恩将仇报上我家索取医药费时,我们"照单"全赔,不将此事搞大,不报警,那么这件事也不会有这么大的反响。苦我自己一个,也不至于让众多网友气愤,以及动摇传统美德留存于心中那至高无上的地位。

这时,爸爸智者般冷静地安慰我说:"倩儿,社会风气不是由哪一个人的行为所能改变的,我当时也如你现在这样想过这个问题,但是我觉得如果不报警的话,就是纵容坏人。纵容坏人岂是弘扬传统美德?再说,近年来,也有不止一起这类为老不尊,或者恩将仇报的事件的发生。"

爸爸的话,既似低语,又是守望。我只能沉默良久,然后长叹了一声气。

曾经的忧伤和惶惑,让爸爸总结出了忧思:"这种恩将仇报、为老不尊等类似道德滑坡事件的发生,主要是我们国家缺乏对以摔倒来讹诈的不耻行为的法律惩戒。对昧良心者来说,这是一种低风险高回报的生意,因而有不少人会无耻跟风。"

警察上我家说明了情况,学校给我开了表彰会,新闻媒体也报道了此事,在还了我的清白的同时,还表扬了我的见义勇为,且也鞭挞了梁知穗母子的昧心行为,我心情从来没有这么好过,这种好就相当于吃多了黄连,突然吃到蜂蜜的感觉。

深邃悠长、痛彻心扉的等待后,该来的云开日朗,终归来了;该去的乌云阴霾,也真的去了。躲在雨后的心,迎来了霁日光风。

尘埃落定,蓦然轻松。我竟有些恍惚,恍如做梦。

我心情好,却不知道梁知穗母子的心情如何。不过有一点,却让我微生感慨:警察叫他们母子上我家道歉,但这事却如泥牛入海,没了踪影,时至今日,他们也没前来道歉。

而当电视记者当时采访梁知穗为什么要恩将仇报,讹诈我时,她的理由是:"我穷,没钱治腿,所以……"

话没说完,便是哭泣,直到掐断镜头。

"九年级组一等奖：袁倩！"

这时，颁奖台上那位美女主持人读出了我的名字。

标准的普通话，激情婉转，如一碗泰米稀粥，软糯香浓，散逸出艳羡和赞许。

话音刚落，便是掌声雷动。

雷动而激昂的掌声里，一个荣誉击退了记忆中的往事，痛苦、悲哀、风雨、眼泪，都在一瞬间如潮水般消退、隐形。取而代之的，是荣誉所带来的喜悦和欣慰、如梦如幻的自豪，和从未曾想过的扬眉吐气。

教育厅长捧着奖杯走向了我，一边将金光闪闪的漂亮的奖杯递给我，一边伸出手来跟我握手："袁倩同学，祝贺你荣获本次数学大赛九年级组一等奖！"

就在教育厅长跟我握过手之后，漂亮的礼仪小姐又给我送上了一大捧鲜花。

这一刻，无数闪光灯对着我"咔嚓""咔嚓"地闪，如鸟嘤，如蛙鸣，竞相欢歌，让静寂和忧伤，都如虫豸一般，在这浩淼的欢乐之中，躲了起来。

在闪光灯的"咔嚓"声中，在经久不息的掌声中，我的眼泪再一次冲开闸门，潸潸而落……

二十七

剜心之痛

时间真是一种令人敬畏且神奇的东西。虽然它看不见,摸不着,却无时不在,无处不在。

从一个人人见了都夸漂亮却不无可爱的淘气丫头,变成了一个乖巧听话,学习成绩优异的佼佼者。同样的稚嫩,同样的面孔,不同的只是中间隔着时间的距离。

这真像魔术一样令人惊叹,但却又是颠扑不破的事实。

有形的可爱成长了起来,无形的可爱烟消云散。

所谓成长,真就是把原本看重的东西看淡一点,把原本看淡的东西看重一点?

起跛蹒跚,亦步亦趋的时间,拂去了内心见风就长的奔放。

许多美好事物随着时间的开放而花色不同,不同的花色也便呈现出不同的可爱。

或者,正如我爸在那次家长会上所讲的那样,每个孩子都是天才,每个孩子都是天使?

作家毕淑敏说,"变化使我们成熟,但它首先使我们痛苦。人生中最重要的变化,一定伴随着大的焦灼和忧虑。"

这话看来挺有道理的,我恋恋不舍地把回忆和青涩的过往,存放进心中的梦湖水岸。

获得四川省中学生数学竞赛九年级一等奖的奖章和证书后,我第一时间给仍在南充的我妈打了电话,给仍在照顾我婆的她在电话里进行了汇报,也给我婆打电话进行了汇报。

"倩儿好样的!"

婆在电话中夸赞我,声音遥远却亲切。

"婆一直相信你是最棒的,因为婆就是财经学院毕业的,婆很喜欢数学。你妈也是大学生,擅长于家教和心理辅导,有婆的遗传基因,有你妈传授的科学严谨又实用的学习方法,你取得数学竞赛一等奖是理所当然的。继续努力,一定会取得更佳更多的成绩和荣誉!"

越过喧嚣红尘,婆的话,苍老却朴实无华。句句轻喘的话语,如道道人生的辙印,尽显岁月的积淀。曾经的芬芳和奔放,都以青花瓷的形式记载和沉积了下来,厚重且充满光泽。檀香冉冉,既珍贵,又高雅,爱的价值,更像冬天里的太阳,那么温暖。

婆的话,让我涌起莫名其妙的悲伤,眼睛濡湿,内心也濡湿。

风,裹着五月的湿雾与蓬勃,盈盈而来,我的视线被梦幻一般唯美却又凄楚的画面覆盖。

多像电影镜头中的叫花子,衣袂蓝褛,步履唯艰。

也是五月,槐花飘香。一场春雨,一场迷离。

烟雨泥泞中,一个瘦削而头发焦枯的农村女人,走在深没脚踝的稀泥烂浆里。

一手拄着一根毫无特点的木棍，一手拎着一个网兜。

网兜不沉，但却拎得很吃力，拎得很愉悦。

颤颤巍巍地走向那个她久违了的，琅琅书声如阳光暖心的地方。

……

从岁月深处走来，从感动深处走来，从爱的深处走来，这个头发焦枯像叫花子一样的农村女人，平凡却伟大。

她，是我婆。

类似的一幕幕如电影镜头般的场景，20多年来已经记不清多少次在我爸脑海中播映，在他睡梦中重演，在他的谈资中再现。

而每次播映、重演或讲述，他都感动得视线模糊。

我婆毕业于四川财经学院，跟央视曾经的著名播音员罗京的父母是同窗。我婆因爱上身为军医的我公，且随我公转业回乡，时间老人急促地走到她面前，在她的命运之树上残忍地斫砍起来，然后，鲜活的生命色彩成了迥然有异的两段。

从此，我婆变成了一个普普通通的村妇，变成了五个孩子的母亲，丰满的身材伴随着家与幸福的成长而日益干瘪。

一朵生长于城市里的娇花，从城市移栽至农村后，曾经的大家闺秀被烟尘浸染，窈窕的身姿变得陋鄙粗粝；锦衣霓裳被布衣粗服取代；食不厌精的生活在时间的嘲笑中变成了食不裹腹；满头青丝变成了一蓬衰草；那一手曾经在宣纸上恣意挥洒、隽秀飘逸令人啧啧称道的毛笔字，也成了写在箩筐底部的让人鄙弃贫穷小气的物主记号……

其实我婆生于殷实之家，祖上有田地、工厂。她曾经的生活是那样富贵、美好，滋润而馨香，如花的笑靥弥散着翡翠般古朴而优雅的气质。

抗日战争爆发，不忍日寇涂炭生灵，不忍同胞痛失家园，流离失所，骨子里流着不屈血脉，像个坚韧的汉字，有着坚定爱国传统的我婆的父亲，激愤地变卖商产，买飞机支援前方将士抗日，自此家道中落。

但即便如此，我婆依然是城市里的一块小家碧玉，直到为了爱情，跟着我公到了我公的老家四川省南充县大通乡下。

大通，别无特色，除了一望无际的红丘陵。

这些丘陵，就像遍地的乳房，又像遍地的馒头。

不要以为起伏丰满的便是可以奶人的乳房，或是可填饱肚子的馒头，不要以为苗条瘦削，便是杨柳依依袅袅婷婷美好的身材，其实那是一望无际拥挤的贫瘠。大通人祖祖辈辈稠密且厚重的希望，喝着红苕稀饭疯长，未来不过是芭茅花絮般的轻飘。

红丘陵的大通一直吟哦着苦涩的情怀。

贫穷如刀，摧残着一家的幸福，割裂着我公和我婆的健康。岁月剥蚀青春容颜之时，水土之异，粗茶淡饭，拖儿带女，扶老携幼，也让我婆落下了胃病幽门梗阻这个重疾，命悬一线时，被迫做了胃部部分切除手术。

九死一生，我婆挺过了这个生命的难关。从鬼门关回来之后，我婆不再能胜任重体力劳动。自此，一家七口人，只有我公一人挣工分。生活的艰难，点点滴滴，无处不在。

今年春节前，回老家祭祖。我爸在搜寻他儿时老屋的旮旮旯旯之时，岁月陈旧、霉变的气息扑鼻而来，勃发着他脑海中一直保鲜的苦涩并回甜的往事。

陈年的积尘中，一个突然出现的物件顿时让他泪流满面。那是一个紫红色的，皮质已经破败、拉链已经无法使用的手提袋。这个手提袋让他一下子触碰到了遥远且模糊的成长岁月，触碰到了攻苦茹酸、敝衣粝食，几无以为生的疤痕，温情而忧伤。

这个手提袋是我婆在曾经贫苦的岁月去赶场时总是拎在手上的手提袋。这个手提袋里，曾经装过贫穷家境里可怜的零食，以及我婆汹涌澎湃却又十分无奈的爱：一个锅盔，或者几粒炒花生，或者几颗香蕉糖……

每当我婆慈爱且愧疚地从场上气喘吁吁地返回，皱纹堆砌、笑颜如花地出现在屋后的小路上时，她的儿女们便扑上去翻起她的手提袋来。

一只只竹节一样清瘦的手在手提袋里翻找着希望，一股股哈喇子在想象的希望中奔流。这多像黄口的雏鸟看到母鸟归巢时竞相张着嘴等着喂食的情景啊。

然后清瘦的手又像绿叶一样衬托出一朵朵马兰一样的小花朵，这些小花朵幸福地开在红丘陵的贫瘠里。她的儿女们这种有一丁点阳光就灿烂的笑容，总让我婆心里溢满苦涩和酸楚。

一个锅盔分成九瓣——小家七个人一人一瓣，再加我婆的公公、婆婆一人一瓣。我爸不过只能分得其中如手指宽那么一绺；又或者我婆所买的炒花生，一人只能分得一粒，甚至是半粒；所买的香蕉糖一人只能分得一颗……但我婆慈祥而又心酸地看着她的儿女们美美地吃这些零食的情景，在我爸的记忆中却是那么厚重、博大，而又地老天荒。

青春如水，泼进沙漠，潮湿的不是沙粒，而是自己的内心。

岁月阴翳，有一种摧残比季节更盛。吃不饱饭，且无药治病，婆的健康沧桑而消沉，每况愈下。终于，身体差得再不能赶场了，就连在屋后小路上走走也得拄一根棍子才勉强能行。

曾经绚烂的花朵，被贫穷磨砺，残败得本就不忍目睹，再加上风雨的无情剥蚀，尚在枝头便已堪比零落成泥了。

然而，一个烟雨蒙蒙的上午，正在高中教室里认真地听课的时候，我爸忽然感到一阵温暖，抬眼看去，他看到窗外有一个熟悉的身影在朝他慈祥地笑。

这个贫穷的身影衣衫缀着补丁，右手拄着一根棍子，左手拎着一个网兜，网兜里装着一个有盖的搪瓷盅盅。

"班长，这是哪个？是你们生产队的？"

同桌故作好奇地问眼中已经有着薄薄泪雾的我爸。轻微的问话却激起了一片笑声。

我爸的同桌是个美女，她的话总有极高的关注度。我爸同桌的话其实话中有话。

那个年代，农村中学住校的学生是从家里带粮食到学校蒸饭吃的。除了老师，没谁买饭吃，也没谁买菜下饭。不是不想像老师那样买饭买菜消费，而是没钱。

由于国民经济落后，粮食匮乏，家里能有粮食让孩子带到学校蒸饭吃便不错了，哪还有钱让你买菜下饭？而所谓的粮食，也不过是红苕或玉米渣，如果哪个同学能全用大米蒸饭，那他家便是富裕之家。

我爸班上有一个姓蒲的同学，家境也不好，有一天，蒲同学的母亲到学校为蒲同学送粮，引发了一个令人鄙视，且流传至今的笑话。

怕儿子饿着，母亲百里迢迢地步行到学校，给儿子送粮，这本是一件感人的好事，但蒲同学却将之弄成了惨人的坏事。

原因是蒲同学的妈长相欠佳，脸色黧黑晦暗，衣着破旧不堪。当有人明知故问，或者已猜出八九分，而问蒲同学那个女人是谁时，怕自己母亲给自己丢脸的蒲同学竟虚荣地说："她是我们生产队的社员，顺道给我带粮来。"

也不知道这位母亲听了自己亲生儿子的话后，心灵的天空是否有如一道闪电掠过，会有一种骤然的痛楚。但另一个声音却在阳光下响起了炸雷：

"那个女人是你们生产队的社员吗？你放屁，她是你妈！"

很巧的是，我爸班上另一个同学的家所在生产队恰好跟蒲同学的家所在生产队是邻村，这个同学认识那个女人，也知道那个女人正是蒲同学的妈，因而忍无可忍之时，便揭穿了蒲同学令人不齿的谎言。

谎言被揭穿，虚荣被正义踩扁的蒲同学脸上红一阵白一阵。

自此，这个令人不耻的笑话便在同学间流传开来，成了典故。

虽然蒲同学事后在面对同学们针对此事的嘲笑之时，强词夺理地辩解说："我的话还没说完，只说到一半便被人打断了。其实我的回答也没错，你敢否认我妈也是我们生产队的社员这个事实吗？只不过她还同时兼任另一个头衔，那就是我妈……"

兴许蒲同学使用的是诗歌语言的回答，听上去是那么朦胧。不过不解释还好，他越解释越令人反感。

有这个"典故"在先，当我爸无意间突然看到窗外有一个熟悉而温暖的身影出现，且感动得双眼朦胧时，我爸的美女同桌便抛出了那个奇怪的问话。

这不是在挖苦我爸，而是在说"小品"。

当然，不只是我婆出现在同学们面前时，我爸的同桌这样问他，在蒲同学制造那个令人鄙视的笑话之后，谁的父母出现在同学们面前，同学们都会打趣地问："那个人是哪个？是你们生产队的？"

哈哈哈哈……

"不，她是我妈！"

"你妈可真土！像个收破烂的！"这话就有点损人了。

"儿不嫌母丑，狗不嫌家贫。"我爸没理会美女同桌的话，美女嘛，目光通常是长在额头上的，往往不知天高地厚。我爸微笑着看了我婆一眼，向我婆点了点头，然后给老师请假后径直走出教室，没管身后传来同学们的各种议论和唏嘘声。

"妈，你怎么来了？"来到我婆面前，尚未等我婆开口，我爸便责备起我婆来，心疼我婆已经病入膏肓的身体，沉重、压抑且感动。

"儿子，你爸今天买了一笼猪心肺炖萝卜，说给我补身体，我想到你正长身体，缺营养，妈便给你送了些来。"

婆有气无力的话，努力绽放却又如同被阳光晒蔫的微笑，让我爸的心好似被利器猛烈地扎了一下，痛得他一下子涌出了泪："妈，你自己吃嘛，你的身体这么差呢……"

"没关系的，不要担心我。学校不是离家不远吗？"

婆的笑容沧桑、倦怠，却又温暖。

学校离我爸家是不远，不过4华里。但这对一个气息奄奄、病情危殆，走路十分吃力的人来说，却无异于天涯。

婆将那一搪瓷盅盅猪心肺炖萝卜交到我爸手里后，又踩着蹒跚的步子，拄着那根棍子走在了回家的路上。

留在我爸心里的，是绵绵阴雨似的感动，明媚阳光似的温暖，和扯心扯肺的牵挂。

然而，虔诚的牵挂敌不过风吹就倒的虚弱。在路过场口时，泥泞没踝的路滑倒了我婆，她如同一朵残花一般砸进稀泥里，迷离的烟雨笼罩着她，就像一个梦那般脆弱。

苍凉、寂寥、穷苦、疼痛……婆在那一瞬间都感知不到了，她将自己砸在泥地上后，稀泥后面坚硬的石头碰撞得她昏了过去，病入膏肓的五脏六腑经这一摔也许某处出现了撕裂，一口血喷涌而出，悲怆地妆点着她已经灰暗的人生。

好人总是有好报的！尽管奄奄一息，命悬一线。

所幸就在我婆倒地之后，正巧有一妇女经过，这个好心的人见状及时扶起我婆来，又掐人中又呼喊后，我婆渐近静谧的生命，重又散发出幽香。

穷苦的日子不是过的，而是熬的。

尽管九死一生，我婆最终还是熬过来了。与平时病恹恹的她相比，反倒是我健康的公，突然患上美尼尔氏综合征，不慎从柴楼上摔下来，摔坏了脑子，不久憾别于人世。

我公去世以后，我婆硬撑着活了下来，拖儿带女地养大我爸、我孃孃和我幺爸他们几个未成年人。

当我爸考上大学,有了工作,结了婚,有了房子之后,本想将我婆接进城里生活的,但我婆说她在农村生活习惯了,不喜欢城市生活,同时也想在老家陪伴已经作古多年、与她阴阳相隔的我公,因而她一直在老家乡下生活着,只有春节才进城与儿女团聚,享享天伦。

婆虽然这一生没有给她的儿女大富大贵,但是她的仁爱与坚忍不拔却深深地影响了她的儿女。尤其令我爸感动的是,曾经我婆在生命已至奄奄一息之时,依然想到的是正读高中的我爸的营养和成长。

因而,在我成长的过程中,我爸经常向我提到我婆,并讲我婆的好,有时候讲得眼含热泪,感动得我和我妈都鼻子发酸。

对我爸来说,尤其是那一幕烟雨泥泞中我婆颤颤巍巍地给他送猪心肺炖萝卜的情景,永远定格在了我爸的记忆之中。

多少年来,这份感动与温暖,一直与我爸如影随行,如在灵魂里流淌。

每年五月槐花冉冉芬芳,母亲节到来之时,看到一簇簇康乃馨在街上流动,一泓泓爱如清泉蜿蜒,想到伟大的母爱,我爸几乎再忙也都要回去看我婆,或者给我婆打电话,祝她母亲节快乐。

谁知,就在我婆快满 80 岁的时候,却突然被查出得了贲门癌……

二十八

情致深处的怅惘

"婆,你最近身体好些没有呢?我好想回来看你啊!"

我靠在客厅的单人沙发上,对着电话幽远地说。

就是这位柔弱却刚强,伟大又普通的女性,手持慈爱的抹布,用一生的光阴,都在擦拭着心灵的窗户,为我们储存着足够的阳光和雨露。

屋外,皓月正盈。夜色撩人,我的思念在泛滥,沿着 65 元面值的动车票,从成都漫延开去,漫延到红丘陵中的川北,漫延到南充市一个叫大通的地方,感受一位正与癌症病魔顽强抗争的老人无声的呻吟。

有一种思念的甜,有一种牵挂的痛,有一种因激动而咳得连心连肺的揪扯,有一种人生悲秋淡淡却无助的忧伤。

婆对我的了解，可以说三百六十度无死角，但婆总是鼓励我，肯定我，把我视为她心中最绚烂的玫瑰。无论我是多么淘气，即使淘气得被迫转学，她也从来没有责备过我半句，也依然信任我，慈祥始终，鼓励始终。

其实我明白，在婆面前，我是个不孝、不懂事的女孩子，我平时总以忙学习为借口，跟婆通电话的时候并不多。然而真的忙吗？看课外书都有时间，看电视都有时间，给婆打电话怎么就没时间了？

"跟过去相比，可能好了些吧。至少没有恶化吧。不然，婆哪有精力接你的电话啊？"隔着空间的距离，婆的声音通过现代的通讯工具传了过来："你好好学习吧，婆没事的，好着呢！比这更大的风浪婆都经历过了，这个小病算什么呀？"

婆的声音些微、柔弱，却阳光，就像一只温暖的手，拨动着我内心那根至亲的弦。想到秋风中摇摇欲坠的一片曾经生机盎然的叶子即将飘零，我的眼泪无声地滑落了下来。

我愧对我婆啊！在我婆面前，我是个小罪人啊！

我以给我婆筹集做癌症手术的费用的名义，掩盖自己利用国庆假期去街上给人贴手机保护膜的方式赚取私房钱的事实，来欺骗老师和同学；同时将老师和同学们为她老人家奉献的爱心捐款挪作他用，买了一款对于学习来说压根就没有多大作用的苹果平板电脑，以满足自己与"豪猪"攀比的虚荣心，而这一切我婆却毫不知情。

从城市移栽至农村，有时候，我觉得我婆就像一株红苕，没有了英英妙舞灼灼其华，头沾泥垢和狗尾巴草屑，纤细的手臂在风雨里勤耙苦做，穷根扎在贫瘠的苦海，身形羸弱，意志葳蕤，汗如雨下却绽放出丰润的慈祥……多像一幅放大了爱的抽象画啊。

亦如深情地注视絮飞的芭茅花，无足轻重随风浪迹的命运剜痛我的心。慈祥与贫瘠无关与爱有关，或许我也该在光鲜的人丛中发自肺腑真诚地跪地大喊一声：婆，我真的错了！

婆啊，从来都是无条件爱我的人，一个本已病入膏肓就将离开我的老人，却被我出卖，被我肆意利用，这能叫孝顺，叫懂事吗？我能不心疼，不愧疚吗？

"爸爸，我婆近来的身体情况到底如何啊？"

我在电话中问婆的病情如何，她当然会说挺好的，她就是一个有病总自己扛着,怕给后人添麻烦的人。因而,在给婆打过电话后,我又特地问起正在靠在三人沙发上看报纸的我爸,关于我婆的病情来。

"你婆毕竟已经是 80 岁高龄的人了,虽然确诊贲门癌,但由于年岁太高却不适合做手术,只有保守治疗。"

我的话,让我爸先前脸上挂着的笑容顿时了无踪影,取而代之的是绵绵忧郁。当岁月预想却又不愿直面的残酷冷寂地泼向他的时候,苍凉回望寒风中枯萎的婆,他原本澹然的心,突然有了一种无法抑止的疼痛。

"不过,你婆现在在服人参皂苷、白花蛇舌草、半枝莲、山豆根等提高人体免疫力、扼控癌细胞扩散的传统中药的同时,也在服癞巴狗与大蓟等熬的偏方中药,目前看起来效果还不错。"

提及这个血脉相连,给了自己生命的人,犹如净扫温暖的冬,让我爸脸上挂满了凛冽的寒凉。他左眼角那颗好动的红痣,也在那一瞬像只红松鼠般开始了冬眠,更像一粒泣血凝结鲜红的泪滴。

我装着没看见,更有忍不住的好奇:

"癞巴狗那么令人恶心,还有这功效?"

说到这个话题,我爸脸上的表情又开始冰雪消融,苦涩的情怀对此寄寓着厚重的希望:

"应该说癞巴狗长得虽然丑,却功效太大了,尤其是克癌方面。"我爸言语中对癞巴狗充满了感激似的:"你不是有平板电脑了吗? 你可以马上查查呀,一查便知了。"

好吧,那我就查查吧。

"癞巴狗就是癞蛤蟆。

癞巴狗学名蟾蜍。在四川地区,除了叫它癞巴狗外,还有人叫它癞疙宝。

癞巴狗多在房屋下潮湿之处生活,形体大,背上有层层叠叠的凸点,行动迟缓,跳跃不高,不能鸣叫。

癞巴狗喜隐蔽于泥穴、潮湿石下、草丛内、水沟边。皮肤易失水分,故白天多潜伏隐蔽,夜晚及黄昏出来活动。成年癞巴狗多集群在水底泥沙内或陆地潮湿土壤下越冬。停止进食,以体内贮布的肝糖来维持最低的新陈代谢,到翌年气温回升到 10～20℃ 时,才结束冬眠。

癞巴狗夜间捕食、活动，以甲虫，蛾类，蜗牛，蝇蛆等为食。"

"别看癞巴狗很丑，但却一身都是宝啊。"我爸坐起身来，跑到我的跟着，躬着腰跟我一起阅读搜索出来的资料。

"蟾蜍有毒，但却是一种药用价值很高的经济动物。蟾酥、干蟾皮、蟾衣、蟾头、蟾舌、蟾肝、蟾胆等均为药材。

能治外阴溃烂、恶疽疮，疯狗咬伤；

能治温病发斑危急，去掉蟾蜍的肠生捣食一两只，没有不愈的；

还可杀疳虫，治鼠瘘和小儿劳瘦疳疾，面黄，破腹内结块；

主治祛邪气，破结石瘀血，痈肿阴疮；

蟾肝治毒蛇咬人，牙入肉中，痛不可忍，将蟾肝捣烂后敷患处，蛇牙立出；

胆治小儿失音不语，取胆汁滴在舌头上，即愈。"

"你看吧，最重要的一点是，癞巴狗还有治疗癌症的功效呢！"我爸用手指笨拙地在我的平板电脑上划拉了起来："往下翻吧，关于这一点，讲得很详细，相关的文章也很多，不然我不敢弄给你婆喝的。"

"蟾蜍除去内脏的干燥尸体为干蟾皮，性寒、味苦，可用于治疗小儿疳积、慢性气管炎、咽喉肿痛、痈肿疔毒等症；

用于多种癌肿或配合化疗、放疗治癌，不仅能提高疗效，还能减轻副作用，改善血象。

蟾衣是蟾蜍自然脱下的角质衣膜，对慢性肝病、多种癌症、慢性气管炎、腹水、疔毒疮痈等有较好的疗效；药王、唐代医药学家孙思邈称：'蟾蜕（衣）除恶肿，神也'。医学家、药物学家李时珍《本草纲目》称：'蟾衣乃其蓄足五脏六腑之精气，吸纳天地阴阳之华宝，如若获之一，一切恶疾，未有不愈'。

此外，蟾蜍的头、舌、肝、胆均可入药。"

自从我婆被查出得了贲门癌后，我爸便加入了一个名叫贲门癌病友群的QQ群，希望从群上淘取一些对贲门癌患者的治疗及护理的方法。有一天，当他从群上得知,用去了肠肚的癞巴狗与大蓟一起熬的汤药能克抑贲门癌细胞的发展,且不少病友都觉得服用这个方子后取得了一定疗效后,便打算给我婆试用一下这个方子

那之后,我妈也从网上看到网友推荐这个偏方,她及时地将之转告给了我爸。于是我爸我妈对这个方子进行查寻资料咨询专家,并好一番商议之后,便依此方去田野里捉来癞巴狗,找来大蓟,给我婆熬制起中药来。我婆在服用这个汤药的过程中,真的在一定程度上缓解了贲门癌对她折磨的痛苦。

当然,此方长期服用的最终结果如何,还有待观察。

"爸爸,每年我都能看到以癞巴狗当药服而毒死人的新闻,这个你都敢让我妈煎成药给我婆喝啊? 万一我婆中毒了咋办呢?"

"是药三分毒,相信你也看到过吃饭撑死人的新闻吧? 所以,只要掌握到量,不超量便没问题。一只癞巴狗与大蓟熬的药,我让你婆喝六天,每天喝两次,每次喝一口,你说能有多毒呢? 当然如果纯粹没毒,那也就毒不死癌细胞了。"

这倒也是,阳光和风雨各有利弊,哪样事不是一分二为的呢?

就看你取舍的角度了!

就在这时,我还看到了一个字眼:"金蟾"。觉得挺有意思的。手指轻点,令人惊艳:

金蟾,道教中传说能口吐金钱的蟾。古代有刘海修道,用计收服金色蟾蜍以成仙的传说。

金蟾是旺财的瑞兽、吉祥物,有招财进宝、镇宅、驱邪、旺财的寓意,其形象在华人世界深入人心。

金蟾形象丰满,身上的疙瘩都是金钱珠宝,脚下也踩着元宝。

金蟾身上的疙瘩都是金钱珠宝,或者是招来财富的"青春痘",那可是花儿一样令人羡慕受人欢迎的东西啊。

不! 不是花儿,而是奔放的蓓蕾!

刚进田家中学的时候,"黑孔雀"便因为我脸上长有青春痘而说我是癞巴狗,自卑的我自此便记恨于他。

我想,就算我脸上长着几粒青春痘不好看,也比将眼睛长在孔雀屏上好看多了。孔雀开屏的位置毕竟是屁股。

虽是如此,但每当有谁被夸赞脸部皮肤多么光洁的时候,我却依然只能努力地咂着汗和泪的辛咸,孜孜不倦地寻找自我安慰。

转学到文德中学以后,也有同学背地里说,我虽然长得漂亮,但脸上有青春痘,让我还算匀称的容貌自动打折,放血甩卖。抑制不住蓬勃的青春凸点,也让我倍生烦恼,如着布衣蓝褛地穿行闹市街头。

当我的欢乐穷困潦倒、饥寒交迫,行将被哀愁吞食殆尽之时,有一个人向暗自落寞的我伸出了友善而温暖的援助之手。

她是张阎苑,她的观点与众不同,在有人这样贬损我时,她总是仗义地挽着我羸弱地前行,不只一次地以羡慕的方式对同学们进行了驳斥:

"多希望我脸上也长出这样几颗青春痘啊,好让我拿出去炫耀自己还是如此青春。"

对此,"唐僧"还曾打趣说,青春就像卫生纸,看上去很多,用着用着就不够用了。

虽然,不少人都认为,人生最大的悲哀是青春不在,青春痘却还在。但张老师对我有意无意的诸如此类很艺术的宽慰,却让我大雪漫天冰封沉寂的心空充满了和煦的阳光和勃勃生机。她那无形的手对我心灵的抚慰,也让我越来越坚信,如果青春的时光平淡无奇,那肯定便是一场事故,日后回忆曾经的过往,将会是不忍触及的哀痛。

好在,我进入初中三年级后,脸上那几颗原本令我头疼的青春痘却奇迹般地消失了,取而代之的是皓齿蛾眉、人面桃花之类的美好。

皎洁的月亮上住有嫦娥姑娘,但嫦娥姑娘所住宫殿却不叫嫦宫,而叫蟾宫,原因便是月亮上除住了嫦娥外,还住有嫦娥姑娘的保护神金色的蟾蜍,因而月亮上的宫殿被称为蟾宫。

当然,也有种说法是这样的:金蟾便是嫦娥的化身。中国古代有一本叫《灵宪》的书中便记载说:"嫦娥遂托身于月,是为蟾蜍"。

传说如此,古人也用"蟾宫折桂"来比喻考取进士。

一直以来,由于蟾蜍美好的寓意,用于蟾蜍造型的金银、翡翠等工艺品,被司空见惯地摆放在不少人的家里,且奉为至宝。

看来丑与美的界线并非天壤,痛与爱更是孪生姐妹。

但是,据说蟾蜍装饰品的摆放要很讲究,某些注意事项绝不能忽略,不然会适得其反：

1. 不要因为金蟾外表的凸点不中看而忽视了其高洁的内心；

2. 除了家人，最好不要让外人去随意摸弄那些疙瘩，影响其灵气。

3. 金蟾不能摆在横梁底下，恐对其心理压抑过度；

4. 金蟾尤其不能对着厕所或者摆在厕所旁，原因是金蟾圣洁的内心不能亵渎；

……

"咱老百姓，

今儿晚上真呀么真高兴，嘿！

咱老百姓，

今儿晚上真呀么真高兴，吼！

咱老百姓，

高兴！高兴！"

正当我用手上的苹果平板电脑，津津有味地查阅着关于癫巴狗的相关资料和传说的时候，我爸的电话却突然响了起来。

今儿晚上是挺高兴的，是一种很复杂，很纠结的高兴。

在我爸拿起手机，吃力地用他那已经有些老光的眼睛，深邃得像个学究般地看着来电号码的时候，我拿起了身边茶几上的一个用玫瑰花图案作背衬的珐琅彩可折叠便携化妆小圆镜，爱怜地照起了自己。

镜中的脸秀丽、光洁、白皙，没有一粒青春的凸点。我摸了摸，既感到开心，又感动莫名的失落，犹如失落一个莫名的梦。

夜色更深，灯火迷蒙。那个歌手仍在手机里卖力地唱着"咱老百姓，今儿晚上真呀么真高兴，嘿！"，我忍不住问我爸："谁的电话啊？怎么不接呢？"

"不知道，一个陌生的号码。"

我爸说着，没再像个学究似地在记忆里大海捞针，研究那个怎么也想不起主人是谁的陌生号码，接起了电话：

"喂，你哪位？吴校长？哦，哪个吴校长？吴斌，田家中学的校长……"